公元787年，唐封疆大吏马总集诸子精华，编著成《意林》一书6卷，流传至今

意林：始于公元787年，距今1200余年

U0838756

意林®

一则故事 改变一生

《意林·少年版》编辑部

白蛇传说之天妃 3

月上无风 著

吉林摄影出版社
·长春·

图书在版编目（CIP）数据

天乩之白蛇传说. 3 / 月上无风著. — 长春：吉林摄影出版社, 2018.1

ISBN 978-7-5498-3393-1

Ⅰ. ①天… Ⅱ. ①月… Ⅲ. ①长篇小说－中国－当代 Ⅳ. ①I247.5

中国版本图书馆CIP数据核字(2017)第279275号

天乩之白蛇传说 3

TIANJI ZHI BAISHE CHUANSHUO 3

著　　者	月上无风
出 版 人	孙洪军
出 品 人	杜普洲
总 策 划	顾　平　宋春华
主　　编	宋春华
责任编辑	施　岚
图书策划	宋春华
特约策划	韩佩贞　王雁雁
图书统筹	罗　艳
执行编辑	朱晓婷
封面绘图	SUMMER
封面设计	资　源　徐　丹
美术编辑	坛爱萍
发行总监	王俊杰
开　　本	700mm×1000mm 1/16
字　　数	300千字
印　　张	17
版　　次	2018年1月第1版
印　　次	2018年1月第1次印刷

出　　版	吉林摄影出版社
发　　行	吉林摄影出版社
地　　址	长春市泰来街1825号 邮编：130062
电　　话	总编办：0431-86012616 发行科：0431-86012602
网　　址	www.jlsycbs.net
经　　销	全国各地新华书店
印　　刷	天津泰宇印务有限公司

书　　号　ISBN 978-7-5498-3393-1　　　定　　价：32.00元

目录
CONTENTS

天乩之白蛇传说3

目录 CONTENTS

天乱之白蛇传说3

第一章
血月之夜

1

逆云走到正和自己对弈的斩荒身边，恭敬道："主上，噬心香给饕餮了，许宣在明心湖的谋划也跟饕餮说了，同时，亦告诉了他，血月是他修炼肉身的最佳机会……但……只是不知这一场血月之战，饕餮能有几分胜算。"

斩荒稳稳落定一粒黑子，唇边是拿定主意的笑意："成也好，败也好，我只需七杀格罢了。血月开阵，非死即生，我们助饕餮一把，令许宣身死，我借此机会拿到七杀格，这盘棋倒也不算太差。"

逆云欣喜道："主上英明！其实逆云早有此意，许宣身死，虽有碍寻找最后一处结界，但只要主上同时拥有贪狼、七杀两种命格，之后再顺利地从那齐霄处夺下破军，集齐三种命格，三界之中，便无敌手。到时破结界只是早晚问题，根本不足为虑。"

"若非许宣急着拿回仙骨，我本想再留他一段日子……"斩荒有些遗憾地笑笑，摇了摇头，他深吸一口气，眼眸微眯，"饕餮，你可千万别让我失望了，即使是死，也得让许宣为你陪葬！"

说罢，斩荒再次落下一枚棋子，敲在白玉棋盘上，发出"咔"的一声脆响。

饕餮他们走后，冷凝失魂落魄地走到湖畔，许宣缓缓睁眸，看到她后便飞身从明心台上跃至岸边，关切地问："师妹，你怎么来了？"

"饕餮约我来的……"冷凝一边说，一边拉下了自己的衣领，只见她白皙的皮肤上隐隐浮现绿色的图腾，她哀伤道，“这妖气太深，我无法根除。”

许宣亦是惊讶：“想不到这妖气如此根深蒂固。”

冷凝低眸，神态楚楚可怜：“这几日我已拼尽全力抵挡，然而收效甚微，今天更是被他窥得纰漏。师兄，我想……或许三日后借助你在湖边布下的阵法，我心中仅剩的妖气才能除得干干净净。”

许宣眉间微微一蹙，没有立即回答。

冷凝咬着下唇，神态哀婉地道：“药师宫的将来，万不能交付给如今的我啊……当日他利用我犯下恶行，我于心有愧，你与他一战，我还盼着能出一份力……”

“这倒不必，”许宣沉吟片刻后，方道，“看来饕餮已经盯上了你，既然如此，这几日你也不要回去了，就待在金山寺中吧。”

“嗯。”冷凝轻轻点头应下，眼见许宣随即转眸望着明心湖沉思，她悄悄松了一口气，唇边勾起一抹奇怪的笑意。

2

小青通过多日的观察，知道齐霄与许宣每日这个时候都会去明心湖钻研阵法，便欲潜进金山寺中去察看有无昆仑镜。

正溜至墙边，身后忽然传来一声轻咳，她脚下一颤，晃晃悠悠地转过身去挤出一个笑容，勾了勾鬓边头发：“齐霄少侠，许久不见啊。”

“可我近日每天都看到你在这金山寺外探头探脑啊。”齐霄背着手，一脸浩然正气，却说着戏谑的话。

小青嗫嚅道：“那你不正大光明出来见我。”

“我就为了看你这小妖什么时候动手啊，”齐霄笑得阳光清澈，只带了一点儿小小的邪气，他凑近小青，“为了昆仑镜来的吧？”

齐霄帅气俊朗的面容离她太近，近得呼吸可闻，小青心跳如擂鼓，忙别过头去：“是他们说的昆仑镜可以提升修为……”

“他们……他们是谁？”齐霄凑得更近了些，仿佛要从她面上看出破绽来，“是上次那个救你的人吗？小青，上次我可就说了不许你再同那人来往！”

“啊？”他思维太过跳跃，弄得小青一脸发蒙，她捧住自己烫得似要燃烧的双颊，争辩道，“是小白问的骊山弟子，才不是那个人……”

“这还差不多，”齐霄闻言面色舒缓了些，站直身体一本正经地教训道，“竟把主意打到昆仑镜上，利用旁门左道修炼，难道你们蛇类全都生性懒散吗？”

“不行了不行了……”小青搓着自己的脸，只觉自己快要炸开来了。

“什么不行了？”齐霄有些莫名其妙，扳过她的身子，抬起她的下巴，皱眉道，“你的脸怎么这么红？可是身体不舒服？”

眼见齐霄伸手欲摸自己的额头，小青一把将他的手抓住，舔了舔有些发干的嘴唇，然后猝不及防地踮起脚尖，在齐霄脸上轻吻一口，呢喃道：“你看上去太好吃了，我忍不住了……”

齐霄甩脱她的手，连退几步，惊慌失措道：“你！你这是做什么？知不知道男女授受不亲？”

小青望着他这副模样，忍不住笑了。

“你还有脸笑！”齐霄捂住自己被亲处，板着脸训她，却感觉到了自己面颊的热度。

小青勉强控制住自己不去大笑，一扬下巴：“男女授受不亲，可我又不是女人，我是女妖精。”

“女妖精也不行！不知羞耻！罔顾礼法！”齐霄气得接连喘粗气。

小青噘了噘唇：“谁让你看着那么好吃？何况你又不是凡尘中人，还讲究什么礼法？”

齐霄一甩袍袖，别扭地转过脸：“我可以不顾，你可不行！往后，绝不能这样对别人，听到了吗？”

白夭夭从竹林中走出，恰好看到这一幕，便是忍俊不禁。

齐霄循着笑声看过去，见是白夭夭便更是生气：“你笑什么？小青在你身边，你怎么不管管？”

白夭夭掩住唇边笑意，悠然道：“我为什么要管她？”

小青点头，补充道：“小白满心都是许宣，哪里有空管我？”

白夭夭正色望向齐霄：“你若答应我，让我三日后暗中相助，我便让小青……从此对别人收敛些。”

齐霄勉强板住面容，正色道：“你不在骊山好好修炼，竟跑来金山寺与我谈条件？”

白夭夭上前一步，诚恳再劝：“饕餮法力高强，我实在放心不下许宣。”

齐霄望着白夭夭，沉默许久后，才缓缓点了点头。

随后，白夭夭去了明心湖。

许宣感应到她的到来，睁开了眼，却坐在明心台上久久未动，只这样静静地望着她。

白夭夭飞身过去，立于他身边。

许宣站起身来，仍旧直视着前方，冷声道："不是说了不复相见吗？"

白夭夭先是低下头去，随后又鼓起勇气，抬首望向他："我放不下你。"

许宣深吸了一口气，眼中的疼惜与不舍再无从掩藏，他只能闭上双眸，冷声道："可你忘了，我们之间，本就是天命难违。"

白夭夭猝然伸手，扳过许宣，与自己对望，她深深望入他的眼睛，恸道："我如何敢忘？千年前我已经失去你一次，如今，我只求与你长长久久。"

许宣背在身后的双手已紧攥成拳，面上却依旧平淡如昔："回去吧，好好修炼。"

白夭夭不敢置信般摇了摇头："你只有这一句对我说？"

许宣有些不忍地唤了声："夭夭……"

"夭夭……这名字是你取的，你还记得吗？你教过我，'桃之夭夭，灼灼其华。之子于归，宜其家室'。"白夭夭双眸盈满晶莹泪水，咬着苍白的下唇道，"你还说过，会护我一生，莫非这些都不算了吗？"

许宣久久没有言语，白夭夭热切的眼神逐渐转为凄凉，仿佛自我安慰般道："我不信你不记得这些了，我不信你真的会拔除情根……相公，你会信守承诺的，对吗？"

许宣依旧沉默，在白夭夭即将绝望，几乎站立不住的时候，他才轻声开口："三日后，我会去骊山，告诉你答案。"

白夭夭暗觉不妙，颤声问道："若三日后，你不来呢？"

许宣信手一挥，霎时间电闪雷鸣，明心湖上降下滂沱大雨。

许宣手中化出一把红色纸伞，他举到白夭夭头顶，替她遮去暴风雨，语调清冷地道："若我不来，那就是我忘记与你道别了。"

"我不要与你道别！"白夭夭伸手去拉他，却只能眼看着他的长袖从自己手中滑出……

眼见他在倾盆大雨中转瞬被淋透的身影匆匆离去，白夭夭疾声唤道："相公！"

许宣没有回头。

"我等你，你可不能失约……"白夭夭咬住嘴唇，强力控制住自己酸涩眼眶中的泪水，不让它坠下，心却一如方才许宣的背影，被此时的狂风暴雨给浇了个湿透。

3

三日之后，许宣站在明心台上，环顾四周明心湖平静的水面，神色一如此时的气氛，是山雨欲来前的宁静。

血月，是千年难遇的天时；明心湖，是可通天界令灵力加倍的地利；可这人和究竟是什么……

他已经参了多日，为何还是参不透，眼见只剩两个时辰便是月升，若还是参悟不到人和……他怕真的只能与饕餮硬碰硬了。

齐霄一跃而至巨石上，关切地问道："怎么样了？"

许宣神色严峻地摇了摇头，随后释然一笑："罢了，不必尽善尽美，只要用阵法困住饕餮一炷香时间，令他无法炼成肉身，便也是了。"

齐霄眉头紧皱，以为他是担心无法顺利借饕餮妖气蜕骨一事，只能无言，安慰般拍了拍他肩膀。

"我没事，"许宣摇了摇头，"眼下时辰将近，你再去外围试下阵法有无疏漏。"

齐霄点头，飞离巨石。

夜色初降，齐霄在湖畔树林间亲自尝试布阵与破阵，待他破开重重树影之时，发现香炉中的一炷香早已燃尽。他心生安慰地点了点头："有了昆仑镜相助，这阵法的难度果然大大提升，想来困住饕餮，亦不是难事。"

他正欲去明心湖向许宣说明此事，天色却忽然暗到伸手不见五指的地步，妖气骤然浓烈异常，齐霄蓦地一惊，连忙闭目感受，随后睁开双眼，望着眼前的空洞黑暗，怒骂道："竟然逆时开阵！真是个疯子！"

空中忽有一道仙气飘然而至，齐霄抬眼一看，忙诧异唤道："青帝，您怎么来了？"

"我还能不来吗？"青帝伸手一抚，空中便忽然现出一道若有若无的结界，湖中心的六角阵法隐隐在黑暗中闪烁金光，"自己看吧！"

齐霄错愕无比："这……这阵法不对劲儿啊……为什么？而且这结

界……”

青帝怒道：“血月未至，我却感知到此处阵法已开，万里之内的妖气竟都被汇聚在此，只怕事情有变，赶紧前来相看！谁知，明心湖旁竟被我那孽徒设下结界，因着昆仑镜的威力，我一时间竟难以化解！”

“原来……一切都是幌子……什么布阵破阵，什么只用困住饕餮一炷香，他其实早就拿定主意要独自与饕餮生死相搏，借来的昆仑镜也只是为了布下这死界，将我们隔绝在外，他要利用破坏饕餮重塑肉身之机，用最残忍的方式将自己炼成仙骨。可方才他还骗我说他放弃了，我才离开他去检查阵法的。我真笨。还以为他真需要我帮忙杀掉饕餮……”齐霄说到痛处，望着眼前的无边黑暗，面容狰狞，几欲落泪。

“是他糊涂啊……糊涂啊……”青帝神色更痛，但他无权插手凡间之事，只得长叹着飞身离去了。

“我要在阵外阻住饕餮！”齐霄收拾起心情，正待转身去林外，却见饕餮已然狂笑着穿过结界，再也看不见了。

黑暗之中，一轮血月缓缓升起，倒映在明心湖中，将湖水染得赤红。

明心台上，许宣白衣飘飘，与饕餮对面而立。

饕餮低低的嘶吼在这压抑的氛围中回荡着，双眸比血月更红，许宣面对着饕餮这凶残模样，却依旧是面色平静，毫不生惧。

饕餮阴冷一笑：“不愧是紫宣，好胆量，好魄力。”

许宣唤出天乩，往下一指，徐徐道：“我占尽天时地利，有什么好怕？倒是你，为了借由今日炼成肉身，不得不以身犯险。”

“到了此时，你还要道貌岸然？”饕餮放声大笑，“这世上，知你者，莫若我。精心布局许久，今日对你，不也是千载难逢？”

许宣皱眉道：“上一次我能胜你，千年之后，不过再战一场。”

饕餮利爪指了指他：“你要毁我肉身，更要借由我的妖气，助你蜕去凡骨，炼成仙骨。许宣，布下这样的局，你胆量不小。不成功，便是死。如此作为，你那娘子可知晓？”

许宣愣住，徐徐阖上双眸，旋即睁开时已是一派平静：“纵是被你知道了又如何？”

饕餮眸中的猩红色越发浓重：“不做到知己知彼，我焉敢亲身前来？只不过，你当真以为，我会让你如意吗？”

许宣神色一凛，随即缓缓提剑：“如不如意，战过再说！”

白夭夭飞身而至，却被结界弹开，小青赶紧将她扶住，担忧地问道：“小白，可要紧？”

白夭夭脸色仓皇：“我们还是来迟了一步。相公他逆时开阵，还在湖外设下结界。我们所有人都进不去了。”

小青瞪大双眼：“许宣他这是要干吗？齐霄呢？也让他这么胡来？”

白夭夭扶着面前的结界，看着其中的沉沉黑暗，恸道：“那日我就应当猜到的。他这是抱了必死的决心，眼下，阵中恐怕只有他与饕餮二人。”

小青更惊：“他一个人……一个人怎么打得过饕餮？”

白夭夭面上一白，险些站立不稳。

小青却望着空中，大喊道：“小白，不对！血月，落下来了！”

只见这百里之内唯一的光源——天上那一轮猩红的血月，竟然渐渐没入黑暗天空之中。

而转瞬，血月竟又从东方升起。

小青和白夭夭不明所以，只能站在结界外干着急。

突然，身后传来急促的脚步声，小青回首，发现是齐霄，白夭夭看见他，面色就更是绝望，因为这证明了结界内果然只有许宣一人在迎战。

齐霄观她面色，便知所以，叹道：“他瞒着我们所有人，设下此局。将自己与饕餮关在里面决一死战。”

白夭夭焦急地问道：“难道没有打开结界的方法吗？”

齐霄面现不忍之色，垂下眼帘，低声道：“方才青帝言，此天象无法可破。”

“那这第二轮血月……”

“许宣要一夜四次升落。你该明白，他想做什么！”

白夭夭身子一抖，跌坐在地：“竟是如此……所以他才狠心将我送去骊山，可我……竟不能早些明白他的心意！”

小青一脸糊涂，望着二人：“到底怎么了？许宣杀饕餮是为了除害，就算设下结界，又与小白有什么相干？”

“一个时辰四轮血月，他若单单要杀饕餮，又何必行此逆天之事？”齐霄冷声说完，见小青依旧一脸懵懂与急切，便轻叹一声，“第三轮血月升起时，饕餮的肉身就会逐渐败坏，许宣恰好可在此时，利用这魔气，再借助明心湖之灵气，蚀尽一身的凡骨……”

白夭夭神色沉痛无比，补充道：“他是要炼化成仙骨。”

小青恍然大悟："他，他这么做是为了小白？"

齐霄冷哼一声，看向面前的结界："哼，血月之日，明心湖上，又有昆仑镜在此，难道饕餮会不清楚他的盘算？这既是许宣的契机，也是饕餮利用天时地利，聚集魔气的好时机！"

小青急得跳脚："饕餮魔气大涨，许宣岂不危险？"

"何止危险？"齐霄咬住后牙，双拳紧握，"许宣一身半步真仙转世的凡骨，正好能助饕餮炼化肉身，大功告成！他大胆妄为，会要了他的命！"

"啊！"小青惊呼，倒吸了一口凉气，"他……莫非会死？"

"未必，"齐霄抬头望着天上的血月，"如今天上只是第二轮血月初升，谁胜谁负还难说，若他炼成了仙骨，必能将白夭夭身上一半的七杀格取走，如此一来，白夭夭就无须承担七杀格，受天雷反噬，败坏妖身。"

白夭夭苍白一笑："他已在此设下结界之中的死界，就算身死，饕餮也休想出来。以命换命，他从一开始就做好了最坏的打算。七杀格因天雷遭到的反噬，也能因化成仙骨而消散。"

"许宣的算计果然深沉，竟设下了死界。"小青想着想着，又觉心焦，担忧地看向面色惨然的白夭夭，"可若是他死了，小白……小白怎么办啊？"

小青话音刚落，白夭夭便飞身向前冲去，试图闯入结界，小青赶紧将她拉住，齐霄怒骂道："你做什么？"

白夭夭凄声说道："若连我也不进去助他，相公他哪还有生路？"

"死界，是以生死相结，若你硬闯，许宣才是绝无活路！他这是下了决心，不让任何人插手。"齐霄掷地有声地说完，心内却是挣扎，若是有一线机会可以进去，他宁愿进入结界拼掉性命，也不要在这里焦灼难安。

"可我……不是别人啊。"白夭夭心头痛极，双眼失神地盯着那处结界。

突然间，一阵香气传来，白夭夭与小青都闻到了。

小青一边忍不住深呼吸，一边问道："这是什么味道？好香啊！"

白夭夭却是眉头紧锁："噬心香，有人要引妖前来。"

小青抚住心口，一阵慌乱："这香气好生厉害！我体内的心火竟隐隐不受控制。"

"赶快闭息静气，以做调理！"白夭夭拍一把小青，两人立马就地坐下，平心静气。

齐霄浓眉紧锁，眼见第二轮血月已升至当空，若真是群妖到来，妖气冲天，不知是福是祸。

第二章
大开杀戒

1

湖水汹涌，早已染成赤红，湖面无风自起波浪，一层又一层暗红的波涛，在夜色下显得格外阴森恐怖。

许宣手持天乩剑，身形飞快，剑光化作一道白色光芒而出，饕餮从湖面上滑过，利爪破了剑光，逼到许宣面前。

饕餮怒喝道："你好大的胆子，竟利用昆仑镜逆转天象！"

许宣冷声回道："既知你不会束手就擒，我安能不做好准备？"

"一个时辰内四次月升，如此逆天行径，你就不怕受到天罚吗？"

血月之下，许宣染血的白色身影宛如谪仙，他竟然微微一笑："一千年我都过了，该罚的，一样没少。不管来什么，我都担着就是了。"

饕餮勉强镇定下来，狠声道："四道血月又如何，于我，也是有利！"

许宣长袖飘飘，剑身轻划过水面："你当真如此自信？"

"我若失了肉身，大不了从头再来！"

"再来一次？你聚得了精魂？等得到血月？这不过第二道，你就已经慌了。"

饕餮终是再难保持平静，怒吼道："许宣！今日我必取你性命！"

与他相较，许宣倒是格外平静："我既开了昆仑镜，就没想活着出去。只是你，也不会再危害人间……"

饕餮暴怒，仰天长啸，向许宣一跃而起。

许宣提起天乱剑，湖水也就势扬起波涛。

饕餮一爪紧紧抓住天乱剑，许宣眉头紧皱，此时血月当空，更衬得他一身血迹斑斑，如同被万箭穿透。

饕餮冷哼一声："谁胜谁负，为时尚早！单凭你一人，休想坏我大事！"

许宣忍着蜕骨的剧痛，硬是将剑向前挺进了寸许："今日我若不能蜕成仙骨，至少，也要为世间除去大患！"

说着，天乱剑便是一抽，扬起了大片血雾，喷洒在夜空之中。

噬心香诱来了众多小妖，小灰阻止不了阿福他们，也只得跟着到来。随后，他们便见到了结界之外、树林深处的冷凝。

小灰立马神色戒备，挡在了众小妖之前："是你点燃的噬心香？"

冷凝站起身，愁容满面："对不住，为了救师兄，我实在是没有办法了……"

阿福深深嗅了下噬心香，转而便一脸兴奋地搓了搓手："许大夫可是在结界里面开阵吗？"

冷凝颔首："正是，他一个人对战饕餮，我怕他不敌。湖上结界阻隔万物，唯有心火可以穿过。我想凝聚心火进去为他助阵，可最近妖力大减，怎么都不成功。"说着冷凝便试图凝结心火，可火苗刚从心口穿出，便熄灭了，她咬紧下唇，痛苦地摇了摇头，又向众小妖深深一揖，"为了师兄，也为了苍生大义，决不能让饕餮闯出结界，危害三界！诸位能否凝结七七四十九道心火，随我相助师兄，赢得这场生死之战！"

"不过一道心火，有什么问题！"阿福一拍胸口。

旁边小鹿也是连忙点头："是啊，当初许大夫特意安排大伙去了蟠桃宴，好家伙，九重天，就算再修炼几千年也未必有这个福分！现如今许大夫有难，咱们不能不管！"

锦鼠也应和道："不说许大夫，光是为了白娘娘，我们也必须相助啊！何况许大夫从来不轻视我们这些小妖，这样的心胸，我们都铭感于心。"

身后的众小妖都连声道："没错！"

小灰见状，急忙摇手："不可不可，之前我来见过许相公，他说他有主意收服饕餮，让我们不要参与其中，万一我们给他添乱了怎么办？何况……"他觑一眼冷凝，压低声音对身后众小妖道，"你们难道忘了她过往所做之事吗？她的话，不能轻信啊！"

“这……”小妖们顿时面露犹豫。

冷凝却不争辩，只转过身试图兀自凝聚心火，却一再失败，眼见她脸色渐渐灰败下去，嘴角更是渗出了一丝鲜血……

小灰也不由得震惊：“你这是……”

冷凝咬着下唇道：“既然你们不愿相助，我也无须多言。若不是我体内妖性已失大半，无法凝聚心火，又何必找你们来！”

小鹿眨了眨眼，谨慎道：“冷姑娘，大家都是为了许大夫平安归来，只是这心火是咱们妖的根本，一旦凝聚，自身便实力大减，免不了慎重些。”

冷凝望向他，真诚地说道：“今夜师兄大战饕餮，占尽天时地利，同样，血月也是饕餮吸取师兄肉身的契机，胜负难料。若是能够聚齐七七四十九道心火，那么师兄便可借此得到人和，打败饕餮！”

小灰摇头，断然否定：“不可能，许大夫明明叫我们不要掺和的！”

冷凝眉头紧皱，疾声道：“师兄一心担心你们的安危，只怕心火出体，自身安危难保。可你们竟全然不顾他！你们是妖，嗅觉再灵敏不过，难道没闻到这噬心香的味道里还掺杂着肉身腐败的气息吗？你们难道真的闻不出那是师兄肉身腐化的味道吗？”

她此言一出，小灰也是不敢确定了，小妖们的确闻到了一种腐烂的气息，于是，小灰磕磕巴巴地问：“此话可当真？”

冷凝忧心忡忡地摇头：“我又怎会以师兄的生死做玩笑？”

小灰还待追问，冷凝却已经又转过身去，径自继续尝试凝聚心火了。

眼见她心火凝出便在微风中熄灭，小灰正是踟蹰，身后却已经有一道道心火飘来，他惊诧回望，眼见阿福、小鹿他们已经闭眸凝结出心火。

小灰挣扎许久，终是也咬牙凝结出心火来。

一道道心火燃在压抑的血红夜色下，竟是美丽非常。火光悠悠，慢慢飘进了一片黑暗的结界之中。

2

明心湖水血色益盛，竟已分不出是血月的映照还是真实的鲜血。

饕餮涉水疾退，终在远处站定，捂着胸口喘着粗气，暗红月光之下，手臂竟然已成枯骨。他声音嘶哑地恨道：“这第三轮血月也快落下了，你这副样貌，令人生惧，与我倒是不相上下。”

湖水中隐隐倒映出许宣的身影，果然也是一片狼藉不堪，身上大片鲜红姑且不论，持着天乩剑的手已是血肉模糊，隐见白骨，但持剑力道却依旧丝毫未减。他双眸通红，唇边鲜血不住滴落，声音也已然微喑：“今日要取你性命，舍了这一身皮囊又如何？”

饕餮恶狠狠地说：“只怕你没有这个本事！”

天空中，第三轮血月正在落下，许宣观一眼天色，知时间不多，便硬撑着一口气，踉跄着持剑上前。

饕餮拖着残败身躯迎战，两人在月影变幻中交锋，皆已是强弩之末。

许宣运用最后的真气，猛攻饕餮，被剑气伤到的部分极速枯败。

饕餮却是硬气道：“这就是你的极限了吗？我几万年前就已得道，你区区本事，我还不放在眼里！”

许宣面容清冷，淡然一句：“若我是你，就留着力气，兴许还能多撑些时刻。”

饕餮瞟一眼血月，唇边勾出嗜血微笑：“血月即刻就落，你也得意不了几时了！”

许宣赶紧再一剑挥去，巨大的月影下，两人攻势相撞，斗法的光辉映满湖面，撞击得结界都隐隐动摇。

第三轮血月落下的最后一丝月光之中，许宣长剑挺进，饕餮以指爪相迎，指爪尖锐地划过许宣的肩头，伤痕深可见骨。

两人僵持不下，饕餮唇边邪佞笑意更盛，双瞳中更是血光大盛：“待我出去，定亲手取得你娘子的性命，好让你在黄泉路上，有个伴！”

许宣咬牙，嘶吼一声，长剑又挺进寸许。

而就在此时，月光全失，天地间有片刻的失光，随后第四轮血月终于升起。

许宣唇边扬起意味不明的笑意。

而饕餮身上的伤痕却在以肉眼可见的速度复原，他狂笑道：“已是第四次月升，许宣，你还能有什么手段？”

许宣低眸，轻笑着微微摇头：“我算计至此，还是败了。是我高估了自己，想不到竟无法吸收你的魔气。”

“道高一尺，魔高一丈！我等了千年，怎会让你如意？”

许宣却是平静抬眸，决然的视线冷漠地投在饕餮面上：“别说千年，再过千年，你也休想重得肉身。”

饕餮面上的疑惑还没来得及完全展露，天乩剑便是蓦然闪过森寒剑光，饕餮的那丝疑惑转瞬变成了惊恐。

许宣笑声悦耳又温柔，可说话声却是冷如万年寒冰，字字刺骨：“你要我的凡骨炼成肉身？可惜，今日也注定是一场空！”

“空”字刚落，许宣便持剑贯穿了饕餮，饕餮下意识地双手紧紧抓住剑身，却不料许宣并没拔剑，而是就这样抵着他向湖面撞去。

两人身影滑过月色，饕餮惊慌失措，大怒道：“许宣！你连对自己都如此狠绝！竟为了除掉我，连自己也不留活路！”

许宣带着必死之心和清淡的微笑，与饕餮一起沉入湖中，溅起猩红水光。

无论如何，他也不会让饕餮再出结界了。

只是……

“夭夭，给你的答复，恐怕也永远说不出口了……”

许宣眼前出现了白夭夭的面庞，她圆圆的杏眼，她挺秀的鼻梁，她小巧嫣红的嘴唇，她呆愣的模样，她无所畏惧的坚决……

血月之下暗红的湖水侵蚀着两人的骨肉，发出令人生畏的呲呲之声。

许宣平静地闭上了双眸，任自己的思念和愧疚，伴随着自己残败的肉身一同沉到湖底。

而此时，渐渐平静的水面之上，却忽然出现了一盏心火，火光微弱跳动，隐有欲灭之势，可随后又是第二盏，第三盏……渐渐四十九道心火齐聚，缓缓落于湖面，月色也逐渐散去血红，清亮的月光照在湖面之上，湖水也渐渐变得清透，再度恢复了原本的模样。

四十九道心火铺满湖面，远远看去，好似一片燎原之势，原本腥风血雨的明心湖此时宛如仙境，令人难以相信方才这里是发生了怎样激烈的一场生死相搏。

而明心湖外，冷凝双眸忽然闪出幽绿光芒，纤纤十指上忽然蹿出蛛丝，她双手往前一挥，蛛丝纷纷扎进了还在凝心聚气的小妖心口。

“丝线入心，恰好能魔化你们，心火已经利用完了，该用你们的手杀人了！”

痛苦哀号之声竞相响起，失去心火的众妖来不及反抗，便已被冷凝控制。

冷凝阴冷地笑着，拿出饕餮给的收妖袋，将小妖们全部收入，细细扎好袋口，转而进入另一头灯火通明的金山寺。

大殿之中，永安正带着众沙弥念经，为今夜的大凶之兆祈福。

3

夜色渐退，晨曦染红天空，第一道阳光照射得人睁不开眼睛。

一阵微弱但清晰的碎裂之声传来，白夭夭站起身来，迎向从天而降的青、白二帝，颤声道："两位上仙亲自前来，难道也无法阻止吗？"

随着天光，结界之中不再是黑暗一片，而是湖水清澈，波光粼粼。白夭夭望向明心湖，眼中隐隐已有了泪痕："这是……相公呢……"

忽有落叶随风翻飞而过，飘向湖面，青帝神色一凛，小青则兴奋地拍手："结界开了！"

青帝摇首叹息："死界已经碎裂！许宣恐怕凶多吉少！"

小青大惊失色，急忙看向白夭夭，只见她脸色苍白，一瞬间仿佛被抽去了全部力气，她勉强稳住呼吸，运起灵珠，却感受到其中的七杀格确实已经消失不见，顿时神情颓唐，委顿在地："七杀呢……不在了……相公……"

齐霄双拳紧握，上前一步，怒斥道："昆仑镜是我们二人同借，凭什么让他一个人用！我要去明心湖看个究竟！"

他正欲纵身而起，眼前一道光影闪过，昆仑镜已落于白帝掌心。白帝唇边牵出一丝苦笑："你不必去了。昆仑镜已物归原主，看来许宣连怎么归还，都早有安排。"

齐霄双眸通红，声音嘶哑："难道全天下就他一个聪明人吗？竟然如此一意孤行。"

小青此时正愁容满面，既为许宣难过，更担心白夭夭同齐霄，不知该如何宽慰二人，而就在此时，她却忽然嗅到一阵不对劲儿的气息。

她动了动鼻子，顿生惶然："情况不对！有血气！"

青帝神色较她更是严厉："这血气已然不是来源于妖气，而是魔魇！"

齐霄惊问："此地怎会有魔魇？"

小青闭上眼再用心感受一阵后，看向金山寺方向："我们妖类嗅觉最灵敏……这气息似乎来自……金山寺。"

众人皆是一凛，唯独白夭夭神情自始至终皆是茫然，呆呆遥望着明心湖，看向那密林掩映下的一点儿波光。

小青抱住白夭夭肩头，低声喃喃：“小白，兴许只是结界撑不住，与许宣并无关系呢？又或者，饕餮战败了，他正出来呢？”

白夭夭摇了摇头，一滴眼泪就这样从眼眶直直坠下，她无力地说道：“小青，我守了一千年，再也等不了下一个千年了。”

小青这才看清她面色苍白得仿佛宣纸，一触即碎，于是更添心急：“是许宣自己做的决定！是他要独自迎战，布下生死结界！”

“他也终究是为了我罢了。今日，就算他真的死了，我也要亲眼看到！”白夭夭眼中渐渐聚集了一些慑人的光芒，她站起身，甩开小青，鬓发散乱地朝着湖心跌跌撞撞地走去。

小青疾声呼唤：“小白，回来！”见白夭夭恍若未闻，小青只得担忧地跟上去。

青、白二帝对视一眼，又飞身离去，齐霄则捏了个诀，前往金山寺。

谁知半途，却忽有绿色藤蔓裹住他脚踝，趁他一时不慎，将他从云端拉了下来。

齐霄站起身，愤愤地看向面前的藤妖和蝶蔓，也不多说，唤出佩剑，便向二妖挺身攻去。

而斩荒却是在府邸的院落之中失落自嘲。

天光大明，他竟整夜无法催动他身上的贪狼格，更何谈吸收许宣身上的七杀格……

如此算来，他是全白忙活了。而若是许宣身死，七杀格消散，他多年的谋划更将功亏一篑。

而他此时也才知道，自己的命格竟然也已是不全。

逆云担忧地走进院中，问道：“主上，如何了？”

斩荒缓缓摇头，眼见逆云欲要追问，先伸手阻住他，深吸了一口气后，缓下心神，冷声道：“其余的先不说了，眼下我需要你立刻去帮我做件事。”

“何事？”

斩荒眼神一狠：“我感受到，有人在魔化妖族。”

逆云顿时大惊。

4

金山寺中，此时早已是血海炼狱。

被魔化的众小妖，早已失去理智，唯有杀戮才能平息心中那鼓噪的恶念。冷凝将他们放在了金山寺后院，便狂笑着离去。他们最后的理智是赶走了小灰去向小青报信，剩下的，便是无休止的杀心。

他们冲向大殿，将魔爪伸向了那些方念经出来的弟子。

有重伤的小和尚敲响了示警的钟声，第三下时，便倒地死去，死状狰狞惨烈。

而前院和殿中，更是早已尸横遍野，血流成河。

阿福獠牙和指甲俱是长得可怕，他抓住一个小沙弥，眼看就要一口咬下去，却忽然被一道白色剑光弹开。

只见金色日光下，许宣一身白衣飘飘，仙姿初盛，独立在一片血海之中。

阿福杀红的双眼中恢复了一丝理性，他面带喜色地道：“许……许大夫？”

许宣眉心微蹙，疾声劝道：“这魔性还未全成，切勿继续作恶！”

阿福摇了摇头：“我们已经成魔，回不了头了！”

许宣面露痛惜之色：“是我来晚了。”

阿福凝向他手中散发着森然剑气的天乱剑，心中狂躁渐起，他用最后的清醒，决绝地撞向剑身。

许宣急忙闪身避开，恸道：“此事尚有回转，何必轻生？”

旁边的小鹿则是直接跪在了地上，哀求道：“许大夫，求你杀了我们吧！我们不能再杀人了！”

许宣后退两步：“今日你们是因我成魔，我怎能下手？”

小鹿神色惨淡：“一朝入魔，再无回转。”

“你们信我，待我想出解决之策……”许宣举着天乱剑的手微微颤抖，只觉眼前此幕，比他之前所遇到的任何场景都要令他为难。

猝不及防地，远处传来金山寺弟子的哀号声，更加折磨着许宣同小鹿他们的神经。小鹿再度磕头下去：“求求你了！我们是妖，但我们不能成魔啊！”

此时地上一名受伤的弟子试图挣扎着站起，却扯动了那伤口，渗出一股鲜血，锦鼠闻到血气，心智大乱，便挥动利爪，向那弟子抓去。

那弟子匆忙闪避，许宣则挡在中间，伸手抓住锦鼠，厉声喝道：“你清醒些！你是妖！不是魔！”

锦鼠神色终于再度清明了些。

小鹿抱头嘶吼一声，忽然拔出自己腰间的匕首，向自己手掌砍去，许宣抓着锦鼠，竟是来不及阻拦。

手起刀落，鲜血遍地，小鹿眼中的魔气退去大半，他惨笑着冲神色震惊的许宣道：“自修成人形，我没有一天不想着行善积德。今日却在佛门重地作恶杀人，如何对得起山君和白娘娘。落入魔道，我宁愿选择一死！”

因许宣手上的颤动，天乩剑身发出阵阵龙吟，他眉间紧皱，却是久久不能言语动作。

第三章 分道扬镳

1

“山君……我要去告诉山君！”小灰一面碎碎念，一面在林中慌不择路地奔逃。

忽然面前一个黑影落下，小灰急忙停步，抬眼一看，便吓得魂飞魄散：“是……是你……”

他愣了一瞬，赶紧掉头飞速逃开，饕餮猖狂大笑，伸出利爪，一把将小灰拎起，伸手掐住他的脖子：“我忠心的手下，你怎么一看见我就想跑呢？莫不是跟了那蛇妖几日，已经不把我放在眼里了？”

小灰脸色剧变，畏惧地说：“主……主人，你肉身已成？”

饕餮满意地一哼，遥望远处金山寺的方向：“多谢你们相助，才能如此顺利。这一份大礼，许宣，你可消受得起？”

青帝同白帝通过冰镜，终是知道了明心湖和金山寺所发生的一切。

青帝长叹一声，面色沉重：“小妖们用四十九道心火成就了许宣，使他终于蜕成仙骨。只是也让饕餮炼成了肉身……那股魔魇之息，正是趁着小妖释出心火，妖气正弱之机，将他们炼化成魔。许宣这回恐怕被饕餮算计了。”

白帝也是重重叹息：“千年了，饕餮的狡诈更胜往昔。咱们两个徒弟全部搭进去，也没阻止那妖物在人间做出惊天之乱。而咱俩，说是上仙有通天之能，却不能插手人间之事，只能眼睁睁看着一场厮杀，却不能阻止！”

青帝却是摇了摇头：“虽不能插手，可你我身为上仙，不能眼见大乱却无动于衷！我去请求天帝，派出天兵去平这人间之乱。”

“不如便让我门下的潇湘带兵去吧，”白帝郑重地看向青帝，“这次事件因着昆仑镜起，若九重天上问起，我也着实不好交代。饕餮……必除。”

青帝沉吟半晌，终是点了点头。

金山寺内，许宣同众小妖僵持不下。

小鹿他们都是无比挣扎痛苦，可终究抗拒不了内心的魔性，屡屡攻向没来得及逃走的弟子。

“清心，静气，不要为之所乱！”

许宣左支右绌地用天乩剑格挡，而另一头，还有一群魔化的小妖将已经受伤的金山寺弟子围在中间，眼见有弟子向着他惨呼道：“许大夫，救我们！”

许宣回头一看，急忙足下轻点，飞身过去，用剑隔开阿福。

阿福竟然已经耐不住厮杀的本能，对许宣挥爪而出。

许宣既要保护金山寺弟子，又不能伤害阿福，冷不丁，竟被锦鼠抓破了手臂。

“你们清醒些！不能入魔！”仙骨的血气更激发了小妖们的魔性，眼见一小妖不受控制地攻向许宣，被许宣的厉喝唤醒片刻意识的阿福帮许宣挡了下来，魔化的小妖的利爪已经洞穿阿福的腰脊，还要撕咬他，阿福的心智却在剧烈的痛楚中越发清晰，拼命阻止魔化小妖的靠近。

他一面打斗，一面声音嘶哑地说道：“许大夫，杀了我吧！求求你了！我可是吃过九重天上蟠桃的妖，不能杀人，不能成魔！”

许宣只觉自己快被逼到了极限，焦急道：“当日身死，是你们以心火相救。眼下也是因我，才会被饕餮趁虚而入！我若杀你，岂非不仁不义？”

阿福声音中只有一心求死之意：“魔性蚀体，痛不欲生！还犯下此等滔天大罪！我们没有颜面再苟活！”

小鹿也补充道：“妖能存于三界，可魔丧失心智，天性嗜杀，只会毁天灭地。我们修炼妖力，只求有朝得道，如今……天道难容，只求一死！”

而他们身边，几只法力较弱的小妖，早已彻底入魔，用贪婪的眼神看向许宣的一身仙骨。法力较强的如阿福、小鹿和锦鼠，眼中俱是痛不欲生。

许宣举起了天乩剑，却迟迟不能落下，忽有一只手抓住许宣的衣角，许宣回头一看，发现是成器。

成器胸口挨了一爪，鲜血在他胸口晕染成深红一团，他断断续续地说道：

“救……救住持……师叔，危险……”

一小妖看见成器胸口的血，眼睛都直了，狂吼一声便向成器扑去，许宣一剑挡下小妖，小妖却神情暴戾，命都不要还欲再往前扑。

许宣再看向面前眼中含泪的阿福，脑中浮现出昔日同小妖们相处的欢欣画面和他们的情深意重，而如今……

天乩剑几番扬起，又几番放下。

“许相公……求你了……”阿福话音未落，脸上再度燃起了贪婪嗜血的神色，许宣终是一闭眸，天乩剑从阿福胸前穿心而过。

阿福睁着大眼望着许宣，利爪和獠牙瞬间退去，唇边带着丝微笑，翕张间吐出两个无声的字：“谢谢。”

许宣抽出剑，接住阿福的尸体，郑重地放在地上，却忽然意识到什么一般，抬眸望去，只见不远处白夭夭正不解地看向他，喃喃道：“你还活着……可你，竟然……”

她的眼神让许宣更为痛苦，还来不及说话，小青就已经跑上前来，怒骂道：“许宣！你忘恩负义！你的命都是他们救的！你怎能杀他们？”说罢又转向众小妖，“你们是怎么回事？怎么会变成这样？”

没人回答她，反而有丧失心智的小妖攻向她。

小青接连后退：“你们疯了吗？”

许宣只是静静地望着白夭夭，隔着这样的距离，他读出了她眼中说不出的惨然与绝望。

身后忽然又传来弟子们惊恐的叫声，许宣身子微微一动，便攻向了正疯狂攻击的小妖们。

白夭夭提气，纵身上前，唤出挽留，挡住天乩，神色倔强地望着许宣。

许宣撤剑，攻向另一只欲杀害弟子的小妖，白夭夭再度出剑格挡，她出手愤怒，一招一式俱是用力至极，而许宣却没有使出全力，处处退让，只问她：“你看看你身后，小妖无辜，那金山寺的弟子就不无辜了！”

白夭夭挡在众小妖面前，还没来得及回头，彻底魔化的小鹿便向她背后攻来，许宣一招直击白夭夭面门，白夭夭双眸圆睁，下意识伸手格挡，许宣却反手一剑，直刺小鹿心口，结果了他的性命，而自己的肩膀，却被白夭夭手中的挽留划破。

这是两人第一次厮杀。

白夭夭露出一瞬的慌乱与愧疚，却依旧紧盯着他："许宣，你还有其他解决办法是不是？"

许宣低眸，似是不愿与她目光相接，径自退开两步，淡定开口："他们已经在血月下化魔，不要靠近。"

"是因为你一个时辰令血月四升四落？"白夭夭难以置信地看向他。

许宣沉默不言，只反手再次化去一个小妖的攻击。眼见他下一步便是杀掉那小妖，白夭夭赶紧横剑一挡。

"难道只能杀了他们？"白夭夭咬住下唇，双眼直直盯向他，泪水在眼眶中打转，见他不说话，便又追问了一次，"你回答我！难道只能杀了他们？"

许宣瞥见小青已经挡不住众小妖对僧侣们的攻击，便飞身越过白夭夭，攻向小妖们，白夭夭发了狠似的，屡屡用剑隔开，许宣只得同白夭夭动起手来，白夭夭踉跄后退，直退至与小青比肩。

小青咬牙望向许宣，半是愤怒半是恳求地说道："许宣，我不管他们今天犯下怎样的错，他们毕竟是因你才入魔，更是对你有救命之恩。请你不要杀他们！"

许宣没有回答，只捏了个诀，眼见那面小小的心镜便从白夭夭怀中径直落下。许宣天乩剑尖在镜面一点，本被强行粘好的心镜再度碎裂，化成一方牢不可摧的仙障，瞬时就将小青与白夭夭困在里头。

白夭夭仓皇地摇头，对许宣道："不要！"

小青则是气得对仙障又砍又踹，吼道："许宣！你卑鄙！"

许宣多看了会儿白夭夭，再狠心转头，对着向自己齐齐攻来的小妖杀去。手起剑落，曾经熟悉的小妖，一个个死于天乩剑下。

许宣面上依旧冷漠毅然，手里的剑也是越来越快，可只有他自己知道，指尖已经颤抖得握不住剑。

一个又一个小妖带着笑容死去，露出解脱的神情。

而身后的白夭夭和小青则是几乎跪在了地上，声嘶力竭地大喊让他别再杀了。

但许宣仿佛没有听见，只背对着仙障，任曾经帮过自己的四十八只小妖，尽数成了剑下亡魂。虽然他们在死前对他无声地说了"谢谢"二字。但他怎能真的认为自己是帮了他们……

四十八只小妖，金山寺大半的僧侣，全部都是因他而死。

他为他的自以为是，付出了最沉重的代价。

真正是罪无可恕。

潇湘仙子在云端看着下面所发生的一切，如冰霜般清冷的面上也是出现了一丝不忍与叹惋，回头对身后的昆仑弟子与天兵说道："我们来晚了，还是回去吧。"

2

听了潇湘仙子的汇报，白帝闭眼长叹，轻轻摆了摆手。

青帝则是心中一痛："大错已酿，悲剧已成，这次……俱是许宣的错，是我没有教好他。"

白帝浓眉一扬，怒问道："莫非你还要替他受一次过不成？"

"当日我就应该猜到，他一旦动情，哪会轻易放弃，原来……竟被他铸成如此大错！"青帝既怒且痛，一时脚步虚浮，险些站不稳。

白帝扶住他，劝道："哪儿有那么多早知如此，有此精力后悔，还不如想些后面之事。"

潇湘仙子手握长枪，长枪撑着地面，站起身来，满目恨色："小妖已堕入魔道！许宣是不得不为，此番就算我们及时赶到，恐怕也只能做出一样的抉择！"

白帝叹气摇头："是劫，终究逃不过，如今你倒是比起许宣和齐霄更为决断几分。"

潇湘仙子眉间冷毅非常："我所受磨难，恐怕只有师父清楚！人，并非一开始便是无情。"

白帝望她一眼，似有些痛惜，却是不再多言。

金山寺大殿之上依旧是一片狼藉，许宣扶住奄奄一息的永安师叔，向他体内灌注仙气，齐霄匆匆而至，默不作声地奔到永安师叔身旁，跪倒在他身边。

永安师叔吃力地向齐霄伸出手，齐霄急忙跪行两步上前，将他的手紧紧握住，痛声唤道："住持！"

永安抚着胸口，喘着粗气嘶声道："金山寺……一朝成炼狱……"

齐霄脸色苍白，低头恸道："是我的错！我无颜面对大家！"

许宣眼底更是沉痛无比，他摇头道："是我太过自信，竟输在饕餮手上，一人之责，赔上了这些无辜性命。永安大师，许宣愧对金山寺！愧对无辜人命！愧对这苍生……”他愧疚之情溢于言表，痛难再言。

齐霄双目赤红，抓紧了永安双手，神色越发坚定，愤恨开口：“师叔，你放心，我们定手刃饕餮为金山寺报仇！”

永安急咳几声，许宣赶忙注入仙力，终是令永安呼吸渐渐平复，永安深深呼吸两下，呼了句佛号，望向二人：“我佛慈悲，普度众生。你们不要一心想着复仇，眼下金山寺元气大伤……”他因太过虚弱而停了下来，只深深看向齐霄，目怀希冀，手反过来紧紧抓住他，一切不言自明。

齐霄立马明白，点头道：“我定会照顾全寺上下。”

永安目露宽怀，努力抬手，粗糙手掌抚过齐霄头发：“若你已想明白，从今往后，金山寺就交付于你。剃度一事便尽快安排吧，从此剃去烦恼，断绝红尘。抛却自由随心，肩负佛法重任。”

齐霄郑重抬头，眼中坚定不已：“师叔，金山寺重任，齐霄定不会辜负你所托！只是我六根未净，绝入不了这空门！”

永安师叔咳嗽几声，一时急怒攻心，竟真的昏了过去。

许宣不断灌入仙气，永安师叔仍旧虚弱不已，齐霄虽是担忧，却丝毫不改坚毅神色。

此时，前院突然传来小青的哀号：“小鹿！阿福！你们醒醒啊！”

齐霄慌忙站起身，许宣却是神色平静：“仙障散了。”

“我先把师叔送回房中，再来陪你。”齐霄抱起永安匆匆走向后院，许宣听得前院小青哭天抢地的哀号和白夭夭沉痛的安抚，双眼现出了一丝迷茫。

不多时，他便看到白夭夭带着小青出现在殿门前，白夭夭愤怒的神色中夹杂着悲凉，小青则全是怨恨与杀气，一见到他，便直直冲过来，冷哼一声：“许宣！”

恰好齐霄送了永安后回来，便挡在面前抱住了她，低声安抚道：“小青……”

小青双手一振，已是双剑在手，竟将齐霄格开了一步：“你别拦我，今天我一定要亲手替我属下讨回公道！”

许宣并不看她，只淡淡说道：“你不是我的对手。公道，自有小白替你讨回。”

齐霄闻言，回首看向许宣，见他低垂双眸，神色平静，却知他心中定早已是痛不可当。齐霄脸上也渐渐现出悲戚之色，却拽住小青，用劲将她强行拉了出去。

一时殿中便只剩下了许宣与白夭夭两人。

两人谁也没有说话。许宣是因为内心的愧疚沉甸甸地压在心头，一句话也说不出口。

而白夭夭望着他与千年前紫宣毫无二致的一身清冷仙骨，一时也是无言。

许久后，白夭夭才佯装平静，甚至噙了一抹微笑，望着许宣道："相公，你曾说会到骊山之上给我一个答案，我想知道那是什么。"

许宣微不可闻地叹了口气，从蒲团上起身，淡淡地说道："这一生，我恐怕再也不能说出口。"

白夭夭闻言，眼眶一湿，险些啜泣出声，但她咬紧牙关，倔强地看向许宣，一言不发。

许宣感受到她目光的分量，手中拎起天乩剑，反过来，将剑柄递到白夭夭面前，终是抬眸，望向她澄澈的杏眼，徐声道："四十八只小妖，一路予我帮助，今日金山寺中却尽数命丧我手。我……不仁不义，你当如何做？"

白夭夭从许宣手中霍地接过剑来，稍一运气，便是衣袖翩飞。她垂眸看向那剑身，上面尚有未干涸的血迹。

她痛苦地闭眸，再睁开时，更是只余坚定："西湖边，我们做个了断！"

说罢，她便施法消失。

许宣跟着化为一道白色光芒。

3

西湖仍是那个西湖，风光秀丽，景致如画，这千年来，都未曾变过。纵是此时湖上起了冷冽狂妄的大风，也不改其丝毫隽永。

风卷动两人衣摆，许宣同白夭夭对峙着，却不敢径直抬眸望入她的眼睛。她的半点儿失望，都会让他心痛至极。

白夭夭手里举着天乩剑，剑尖直指许宣，却在微不可察地轻微颤动。她抬高视线，望了眼随风而动的云卷云舒，苦涩地道："若非我想逆转天命，替你分担七杀格，你就不会想尽办法蜕去凡骨。"

许宣终是懊悔地看向她，故作冷漠："与你无关，是我失算了。"

白夭夭自讽一笑："可是如今，我才知道他们所说的无法承受的业果是什么！当年是我任性行事，害得你元神散尽，千年后也是我一意孤行，扭转天命为你聚魂。"

许宣声音中终是有了一丝波动起伏："你想要说什么？"

"飓风起于青萍之末，是我从未将九重天的规矩放在眼里，是我践踏了天道，无视这法度……"白夭夭垂眸，鸦羽般的睫毛将所有情绪都掩藏在那双清水般的眸子中，更强压着其中的水光闪烁，"可如果是这样，为何业果不冲我来！小妖何辜，却因我而死！"

许宣想抱她入怀，脚下已经忍不住上前一步，却终是停下，放缓声音道："我说了与你无关，明心湖一战，我技不如人，让饕餮得逞。欠下如此多的人命，我扛下了。"

似是听到了笑话，白夭夭讽笑着望向他，颤声问道："四十八条命，重于泰山，你扛得下吗？"

许宣再度稳稳上前一步，沉声道："剑在你手里，你随时可以结束这一切。这份罪，我愿意赎去。"

"难道你以为我不敢吗？这是血海深仇，我难道不应找你讨回来吗？"

"没有什么敢与不敢，只是你应该出剑，我应当接下。只是从今以后，我与你之间……"许宣面色虽然依旧无波无澜，但声音和语气却泄露了他的情绪，此时他再难继续言语，或许也便是在为他们终于走到的这一步而叹息。

白夭夭紧紧咬牙，面色苍白如纸，她何尝不怨不怒，更可气的是，他时至今日还在试图将她推远，她火冒三丈地质问道："那些小妖死前的痛楚、挣扎，还在眼前。你我之间，又算得了什么？从头到尾，你一直是这样，决定都是你做，而我，就只配跟在你身后承受这结果！"

"小白，你错了，这一切的血债，全算在我身上，哪怕散去全身功力，哪怕再碎一次元神，我也不愿……"许宣言至此处，又复哽住，他平静地看着白夭夭，却是掷地有声地道，"总之，公道，我还给你！"

白夭夭仓皇摇头："你不明白，我所求的不是公道，而是赎罪。这是我们无法跨越的罪孽。不论你如何做，我也忘不了厮杀的那一幕。"

许宣闭眸，无法再言。

白夭夭走近他两步，神情越发凄然："你不明白，我也得承担起自己的罪责。我不再是千年前的小白了，你给了我名字，我便不只是当初那样简单的一只小妖了。”

白夭夭眼眸中带着渴望与贪恋，她深深地望向眼前这个一副引颈就戮的模样的男人，这个她爱了一千年，等了一千年的男人。

每次，当她以为自己会和他一生一世永不分离的时候，就会出现这样不得不分道扬镳，各行其道的局面。

或许，他们终究是抗争不过天命的。

纵使拼尽浑身解数去斗，又如何斗得过连累他人性命、犯下滔天罪孽时内心的忏悔与愧疚。

白夭夭惨然一笑，低头望向手中的天乩，春葱般的手指轻抚过森寒的剑身，却温柔地一如在抚摸许宣的面颊：“天乩剑，苍生何辜。兴许，我就是你命中的劫难。”她痴缠的目光一变，转而变得异常坚决，“总是因着我，叫你背负万千难处，是我对不起所有的人。”

言语未落，她便是一剑而出，径直带着天乩剑白色的剑光往自己脖间抹去。

许宣察觉不对，连忙夺过天乩，手臂却被剑气所伤，霎时便是鲜血淋漓。

白夭夭后退一步，目光流露出一丝慌乱，想要关心他的伤势，嘴唇微微一掀，却是半个字都吐不出来。

许宣狠狠瞪着她，怒道：“你竟想用天乩剑伤你自己！”

白夭夭侧眸，望向碧波万顷的西湖，冷言道：“当年你为我放弃升仙，最后落得灰飞烟灭。如今再度为我蜕成仙骨，却是牺牲了四十八条妖命而成！言已至此，我还有何颜面，再苟活下去！”

许宣有些无力，沉声问道：“这是我一人的决定，与你何干？”

白夭夭却匆匆抢过他的话：“也许只有我不在你身侧，你才能好些。”

许宣面色沉痛，却无法表达心中任何一丝翻涌不堪的情绪。

白夭夭侧眸看向他，寒声说道：“许宣，今生今世，你与我……”

许宣单手遮面，声音悲凉：“不见，亦不念。”

语罢，便是转身，匆匆离去。

白夭夭的泪水于他话音刚落的瞬间冲进眼眶，整片西湖此时俱是模糊一片，她呆呆地看着许宣踉跄的背影逐渐消失，努力压抑着眼中的泪水。

暴风渐退，乌云散去，西湖上空又是晴空一片。

两人却隔着千年，渐行渐远。

第四章
心中有数

1

小青怒气冲冲地试图甩开齐霄，吼道："你放开我！我要去西湖边上，替小妖讨回公道。"

眼见齐霄不放手，小青竟是不管不顾地挥手攻向他，齐霄单手挡开，眼见小青不依不饶，便只得与她交起手来。

小青眼见不敌，便是愤然道："欠我这么多条命，你还敢对我出手！"

齐霄一手抓住她两只手腕，将她拉到自己面前，望着她满是怒火的双眸，咄咄逼问："小妖堕入魔道，杀我金山寺弟子，这笔债又该如何还？"

"若非许宣强行令血月四次升落，他们如何会成魔？"

"如果单纯如此，那你为什么没成魔，为什么白夭夭没成魔，为什么其他的妖物没有成魔，偏偏就他们……许宣认下来是因为他不想推卸责任，你既然想为他们报仇，难道就没用你那脑子想过这些吗？"

小青却完全听不进去，只顿了一瞬，脑海中便又充盈着以往小妖们活蹦乱跳此刻却全无生息地躺在地上的画面，又闪过许宣一剑一个、毫不犹疑的模样，她甩开齐霄，退后两步，痛苦地抱着头，嘶吼道："可是他们至少救过许宣！许宣杀了他们就是恩将仇报、忘恩负义！你护着他就是你也不讲道理！"

齐霄眼底掠过一丝沉痛，哑声问："那他还能如何？继续看着小妖杀尽寺内无辜之人？看着他们一个个彻底成魔、危害世间？还是亲手阻止这一切，哪怕背上骂名！若是你，你会如何做？"

小青放下双手，那双妩媚勾魂的眼睛，虽无泪水，但其中的哀伤清澈可见。她喃喃道："我只知道，他们叫我山君，我却眼睁睁地看着他们被杀，毫无能力阻止。"

齐霄手掌略微抬起，似是想要摸她的头发，却复又放下，轻声道："你不知他，他却知你们。他的心里定是愧疚的。"

小青面上怒容又起："他若有一丝一毫的愧疚，就应该还给我们公道！"

齐霄也是再度皱起浓眉，与她争辩："你口口声声说着公道，可你是否想过，有能力去报仇吗？我方才便说了，这一切怨不得许宣，或许皆是饕餮一手主导！就凭你的道行，难道是他的对手？"

小青摇了摇头："就算是因为饕餮，可若非许宣一意孤行，饕餮又怎会有可乘之机，又怎会造成如此惨剧？"

齐霄不再言语，而是走向远处的尸体，蹲下身来，替死不瞑目的金山寺弟子阖上眼睛。见他漠然的背影，小青心头更是无名火起，恨不得将他燎烧干净："回答我！你为什么不说话？"

齐霄冷冷一哼，狠狠说道："这笔债你不用向许宣讨，如果我在，一样会杀了他们！"

小青心中一惊，却转而冷笑不已："你与他们相处了这么久，想不到一旦翻脸，也是这般无情！"

齐霄站起身，望向她，轮廓坚毅深邃的面上，是不容侵犯的凛然正气，他掷地有声地说道："斩妖除魔，以正大道。"

小青最恨的便是他这副模样，仿佛在他们之间划开了鸿沟，那样的距离，是人与妖的距离，是收妖者与妖的距离，更是九重天与妖的距离，哪一个，她都无法逾越。

她点了点头，唇边笑意俱是讥讽："那在你眼里，我也该被灭杀对吗？齐霄，你说是不是？"她双剑一出，情绪激动地攻向齐霄，齐霄双手一格，握住她两边手腕，径直将她拉入了怀中。

小青奋力挣扎，齐霄轻拍着她的后脑勺儿颤声说道："小青，世道已乱，人与妖之间，必有一战。"

小青一口咬在齐霄肩上，但不仅没用毒牙，手上的双剑更是收了，她埋在齐霄肩头，委屈地哽咽道："不会的！齐霄！我不会伤你！他们……他们也不会是魔！"

齐霄虽是吃痛，但揉着小青头发的手却更加轻柔："我知你与他们不同，只是你有你的路，我也有我的坚持。我只担心，若真有那么一日……"

"我不要！不会有那一日，你不能负我，也不能骗我！不能……"小青紧紧地抱住齐霄的肩头，浑身都在不可抑制地颤抖。

"我不愿有那么一日，可若遇到那般情况……"齐霄温热的大手稳稳放在她的颈后，仿佛在给她力量般，在她耳畔低语的声音也是那样轻柔，又坚毅如铁，"小青，旁人的生死我难以照拂，可你，我一定会保护的。信我……"

小青再难控制，在齐霄怀中放声大哭。

独独没有眼泪，只余悲怆的哭声回响在一片死寂的金山寺中。

2

香炉中紫烟升腾，斩荒调息养元，血月里多番欲要强启命格，终究损耗太盛。

逆云来到后，便恭敬立于一边静候。待斩荒缓缓睁开眼睛后，才道："主上，果然是饕餮，是他将噬心香给了冷凝。"

"噬心香原本只是让他借众妖的妖气来修炼肉身，他却竟指使冷凝让众妖献出心火再趁机魔化杀戮。"斩荒缓缓捏碎了手边的青玉茶杯，"我原本以为许宣必死无疑，谁料我贪狼命格不全，竟是让他借心火之力，逃过一劫！"

斩荒将碎裂的青玉茶杯掼往地上，惊得逆云眸中一闪，忙低身道："主上！是属下办事不力。"

斩荒摇头轻笑："逆云，你可知何为贪狼？"

逆云低头，不敢直视，更不敢作答，斩荒却恍若无事般，继续噙着笑意道："贪狼有心，吞噬天地，可命中偏偏注定，事事临门一脚，功亏一篑。"

逆云有些心疼地疾声唤道："主上！"

斩荒伸手，示意自己无碍，站起身来，缓缓理了理衣襟，狭长的眸中是慑人的野心："天堂地狱一夕转瞬，我偏不信命，更不认输。我要这天拜在我脚下，我要妖族子弟从此挺起胸膛，傲视三界！"

逆云俯身拜去，崇敬道："主上能一统妖族，不就是不认命，不从天吗？"

斩荒沉吟许久，才道："现在还是先计较命格之事，我细细想过，若我命格真有缺失，那必定是在小青身上才对。"

逆云豁然开朗："她替主上温养元神，所以才会如此！若要成大业，定要拿回不全的命格！"

"眼下还不能完全确定，但若贪狼真在她身上，便得寻一良机才能不损她性命地拿回命格。"

逆云知他顾惜小青性命，欲言又止半晌后，才低声道起另外一事："饕餮魔化小妖之事，底下人已经有所不满，不知主上有何打算？"

斩荒冷哼道："蝶蔓与藤妖，都是我一手安排于他身边，饕餮胆敢自作主张，我事先竟全然不知。他如今，心是越发大了，或许是我太低估他了。"

逆云亦是不平道："昔日龙族全盛之时，他也不过是一介龙子。龙王尚且对主上三分客气，他竟敢如此行事！"

斩荒面容阴狠，沉声道："他既然不明白，我就得让他看清我是何人。"

逆云闻言，便是激动不已："主上可是要重修万象令？"

斩荒轻蔑一笑，点头："待我查清楚缺失的命格，便是召集族人之时，或许，还需要先去见一位故人。"

几日后，齐霄在雷峰塔边的桃花林中找到了许宣，一个他从未见过的落拓的许宣。形容萧索，下颌冒出了青色的胡楂儿，身边随意倒着几个酒罐，手里捏着个陶娃娃，正聚精会神地画着，间歇停下来，仰头喝一口酒，再继续勾勒那娃娃的面部轮廓。

齐霄凑近了一看，才发现画的是小鹿，身边阿福、锦鼠的已经画好……

齐霄心里叹息，问他："你要这样颓唐到什么时候？"

许宣悲凉地说道："我穷尽一切算计，终于蜕成了仙骨，却再也无法与她在一起。还害了这么多小妖的性命，拖累了这么多无辜僧侣，这一回，我彻底栽在了饕餮手中。"

眼见他又要一口闷酒灌入，齐霄抢过酒瓶罐，自己先饮了一大口，方红着眼眶道："这事我该承担一半的责任，本来这苍生，便该我们共同护着，饕餮也该我们共同围杀。"

"是我太过狂妄自信了，"许宣别过头，拭去眼角的些微湿润，自讽一笑，"千年前我就知道，你我肩上担负的是三界重任。只是事到如今，才明白，世间真无双全之法。齐霄，你费尽心血想要护下之人却被你亲手推开，这其中之痛，你能明白吗？而你想要护的苍生，却又因为你的私心而蒙难，这种痛，你又能明白吗？"

齐霄紧盯着许宣，又一口酒饮下，方正色道：“但如今你却不能如此颓废堕落下去，你的最后一处结界，可是在三潭印月？”

许宣终是神色一凛，向他定睛看去：“饕餮有动作了？”

“嗯，你师父找到了我，说百草仙君本欲找他借冰镜来寻冷凝的下落，却找不到冷凝，反倒在镜中看到了沉睡的蛟龙，想必这是饕餮下的战书。他们用冰镜寻到了第五处结界，便是在三潭印月，我这几日便去察看了一番。饕餮他们或许还不知此处结界，但也是迟早之事，而受到前四处结界被破的影响，此处已经不慎稳妥。我虽用法力替你做了修补，但若遇上饕餮，怕是依旧难为。所以你必须得振作了，我们要想办法加固结界。”

许宣定神一想，最终却又露出了一丝自嘲与懈怠：“但是……”

“没有但是。不管是紫宣还是许宣，都不会用此等颓然丧志来弥补自己的错误！”齐霄一掌拍在他肩膀，见他抬眸望来，便用鼓舞的眼神看着他，似在给他勇气，“纵是这些小妖，也不愿见你如此。”

许宣听罢，一下夺过他手里的装酒的陶罐，见他要反对，便微笑道：“最后一口。”

齐霄欣慰地拍了拍他的肩膀，看着他手里的小鹿陶偶，又好奇地问：“我以为你会画很多的白夭夭，原来画的却是他们。”

许宣浅淡一笑，声音中藏着悲痛：“那日在金山寺，他们心心念念皆是蟠桃盛宴，我想着，若是有机会，便带着这些陶偶再去一次罢了。”

齐霄也有些被触动，半晌不语。倒是许宣放下酒罐，率先站起身来：“走吧，我们找你师父借昆仑镜去。”

“我试过，但他避而不见，所以才来找你一起。”

“白帝是害怕再惹出祸事来，被九重天责罚，”许宣恢复了从容，只将悲伤掩在瞳仁深处，他淡然一笑，“同去看看吧。”

二人飞身消失。

3

骊山之巅，树叶纷飞。

白夭夭便站在这纷飞的树叶阵中，挥舞挽留，将那些急速飞来的叶片花瓣一一斩断。因为速度极快，若是稍有不慎，叶片锋利的边缘便会在她身上留下伤痕。白夭夭尝试用剑势的柔韧来引导叶落之势，她要穿过这片林子，登上山巅。路愈向上，攻势愈急，白夭夭虽是行进缓慢，但终究是步步前行，而随着一次次攻击下来，她的剑招也是越发熟练。

叶片从四面八方全然袭来，白夭夭渐感压力，她用左手化解，右手猛然击出，竟将叶片花瓣震得粉碎，一地落红，让她脑中突然闪过许宣那日杀掉小妖的情景，一有片刻走神，叶片便在她手臂上划下一道浅浅伤口。痛感令她迅速找回意识，她深吸了一口气，全神贯注应战，出手越来越快，前行速度也是越来越快。

骊山老母并另一位骊山弟子在旁看着，弟子见到白夭夭的进展，便不由得有些开心地道："今日师姐已向前行进一百余步，进步可谓飞速。"

骊山老母也是颇觉欣慰："她资质本就出众，只是这些年太过懒散。"

弟子本是喜悦，但转念又觉担忧："她回到骊山之后，一刻不休，一直在此修炼。弟子只怕她的身体会吃不消啊！"

骊山老母缓缓摇头，不以为意："勤加修炼，能出什么事？"

"在人间经历了那些，她心里定然极为难受。往日还有小青陪着她，这次，师姐性子大变，小青也不知跑哪儿去了，更是没跟着一块回来。"

骊山老母叹了口气："那青蛇怕是也动了情。"

小弟子一派天真地歪了歪头，问道："动情？"

骊山老母清冷一笑："人心复杂，本是修仙之人，理应清心寡欲才是，你们无事少去人间。"

弟子虽不懂其意，却恭敬地回道："是。"

骊山老母目光落在白夭夭身上，有些担忧，虽知她人间所历，对她来说未尝不是历练，她此时勤奋修炼，专注于修为，自然也是好的，但自己知道这徒弟的性子，哪里是能轻易放下的呢？

一旦动情，又怎会轻易割舍？

骊山老母一时竟有些恍惚，仿佛看到了多少年前一样痴缠执着的自己。

白夭夭终于登上山巅，便收了剑势，笑着转身，朝骊山老母走了过来，见她面色不悦，便是不解："师父，往日我不修炼时，你总是教训我，怎么今日，师父仍旧是愁眉苦脸呢？"

骊山老母回过神来，便是柔声相劝："小白，你既要修道，便该顺着大道而行。道是何物？是天地之间的法则，你可明白？"

白夭夭低头一笑："我知道师父是担忧于我。小白蠢钝，千年前如此，如今亦如此。"说到此，她稍稍停歇，抬眸直望着自己师父那双高冷却又慈悲的眸子，"可我这样蠢笨的人，心里凡是认定了一个道理，便再没有回转的余地。我知道相公，可他却未必知道我的心思，这一回，我必要证明，是他错了。"

骊山老母心内叹息，果然如此，她忍不住蹙眉问道："你要证明给谁看？九重天吗？"

白夭夭唇边是坚定不移的笑意："我虽修仙，可我也是妖。弟子虽不敢与九重天为敌，可若是天道真的如此，那我也断然不能接受！"

"糊涂啊！"骊山老母忍不住感叹，"事已至此，饶是天帝也不能让他们复活，你还待如何？"

白夭夭眸中光芒毫不闪躲："我要证明给相公看，也要证明给诸天神佛看，无论是如何逼不得已，如何的权宜之计，四十八只无辜小妖就这样丧命，小白，绝不接受，我必将此事追究到底。"

骊山老母叹息着摇了摇头，但也不再多劝了，只道："回房去休息片刻吧，有故交来寻你。"

白夭夭有些诧异地挑眉，随后回到房中，一见来人，便大喜过望："仙鹤姐姐？"

饕餮正在洞中调息，融合肉身，蝶蔓和藤妖守在一旁相陪，见饕餮睁眼后，藤妖方道："齐霄方才去找过许宣，二人似乎是去昆仑山了。"

饕餮"嗯"了一声："继续盯着，一定要搞清楚许宣的行动，悉数告知于我。"

藤妖皱眉："属下不明白，我们的计划为何要故意通过冰镜告知青帝，这样一来，他们不是有所防范？"

蝶蔓甩着自己腰际的垂绦，无所谓地笑道："主人已恢复了肉身，就算他们知道了，又能如何？"

"怎么？你连这事也没有告诉他们吗？"

洞内烛火忽地扑朔，斩荒闪身出现在饕餮面前，唇边依旧是不羁的笑意。

蝶蔓同藤妖连忙躬身行礼："见过妖帝。"

斩荒悠然示意二人平身，饕餮则冷声开口："如今你终于肯出来了？"

斩荒微微扯了个笑容："你肉身终于修成，于情于理我也应该前来道贺。”

饕餮冷哼一声，斩荒一派笑意，也是不慌不忙。

蝶蔓眼珠一转，婉转开口道：“适才妖帝所说究竟是何事？蝶蔓愚笨，还请您指点。”

斩荒满意一笑，淡淡解说：“你们应知道，千年前紫宣灰飞烟灭之际，用元神在人间设下五处结界，只要最后一处结界不破，蛟龙就会永远沉睡。”

藤妖有些了然：“因此，若要完成大计，首要便是寻找结界。”

饕餮冷哼一声：“五处结界已破了四处，余下的那一个，你究竟几时才能查出来？”

斩荒也不介意他的指责，轻飘飘地笑着说：“许宣已经拿回仙骨，跟着他自然就会知道答案。”

藤妖见他的视线瞥向自己，连忙应道：“属下明白，定会盯紧许宣的动向。”

斩荒满意地点了点头，蝶蔓的眼睛则飘向山洞深处，开口问：“敢问妖帝，那我们还要将冷凝困于山洞中吗？让她回去探听，岂不更好？反正如今许宣他们都不知是因为冷凝才令小妖们入的魔。”

斩荒缓缓摆了摆手：“她这枚棋子，用在这里未免可惜，如若留着，日后定有大用。”

蝶蔓点了点头。

饕餮忽然冷声道：“退下吧，留意各方动静。”

蝶蔓与藤妖齐声应是，然后便转身退了出去。

饕餮一脸阴狠地望着斩荒，冷声道：“往日我的死活也未见你如此上心，斩荒，此事你若有什么筹谋，还是先告诉我为好。”

斩荒稍稍耸了下肩：“我何必骗你？你这肉身比千年前更加精纯，如今我来瞧你，只是想知道，自己的盟友究竟恢复得如何了。若是影响了大计，可就不好了。”

饕餮盯了斩荒半晌，冷哼一声：“你为躲避九重天，始终身处暗处，无论何事都要我去做。不过不管你藏着什么秘密，我早晚都会知道。”说罢，饕餮便闭了眼睛，继续调息，一副送客的模样。

斩荒淡淡一笑，也不甚介怀他的自大自傲，只是眼底多了分怀疑与忌惮。

他回到府邸，逆云迎了上来，从怀中掏出一只木盒，小心翼翼地递给斩荒："主上，你要的东西。"

斩荒唇边勾出一丝莫测笑意，打开木盒，只见其中有一副伤痕累累的银色面具，显然已是历经岁月，他看着那面具，眸中有一闪即逝的温柔。

逆云有些担忧地问："主上不是要补万象令？不知取来此物是为何事？"

斩荒微笑着关上盒子："如今许宣的七杀已经完整，万象令要补全，贪狼格也要补全。我要确定命格之事，必得去见这位故人。"

逆云闻言便是一惊："万万不可啊！主上！主上若是去找了她，便等同于惊动了九重天！"

斩荒笃定地摇了摇头："你放心，此事……我心中有数。"

第五章

情不自禁

1

小青在西湖边上的植被中仔细搜寻着冷凝蛛丝的痕迹。

这几日她每天去三潭印月缠着齐霄，齐霄或是被她缠得烦了，不仅找来许宣一同在三潭印月布下结界，更让她去调查冷凝失踪一事，说冷凝或许同那噬心香有关——

“噬心香不仅可以吸引妖到来，更可迷乱妖的意志。正是有人趁此时机，蛊惑了他们的心智，致使他们沦入魔道。冷凝自明心湖一见之后再无踪迹，想必与此事有关，你每天都说心头难过，说要见我才好些，可如要真的好起来，还是得找到小妖成魔的真正原因，替他们报仇才是。”

小青找得有些泄气了，想到齐霄的这番话，不由得犯起了嘀咕，道：“不知道这臭家伙说的是真是假，该不会真的是嫌我烦，所以才给我找些事来做吧。这让我到哪里去找冷凝嘛。以前都是他们做的……还有小灰，也不知道他去了哪儿，是不是也被杀了……”

小青想到死去的众小妖，心口又是一阵疼痛，靠着树干仰头望向自细密叶片间投下的碎金光线，深吸了一口气，又渐渐握起拳头：“若你们真是被冷凝所害，我定为你们讨回公道。”

这方圆三十里内她都查遍了，唯有在药师宫外寻到了些冷凝的蛛丝，想来冷凝还是在那药师宫躲着。

思罢，小青掉头，准备去药师宫中寻冷凝，刚一转身，便忽是一阵绿色烟雾袭来，小青一跃一避，堪堪躲过。

落地一看，从林中走出的，正是一脸阴阳怪气的藤妖，她不由得大怒，骂道："藤妖！你还有胆子来找我？"

藤妖冷笑一声："我听说你好好的山大王不做，整日里围着这西湖打转。特来问问你在做什么？"

"山大王？你明知道我手下都被饕餮灭了个遍，还敢故意讥嘲于我！"小青唤出双剑，风风火火地攻了上去，碧色双剑翻飞，招式凌厉非常。

藤妖一边退守，一边开言："你我同是妖，我是来助你的，你这是要做什么？"

小青一剑攻向藤妖面门，啐道："少装好人！我与你们才不相同！饕餮在何处？冷凝又在何处？你今日若是不说，就休想离开！"

藤妖笑得邪气，挥手放出一大团毒雾，一跃出了战局。

小青信手掐了个法诀，唤出清风吹散毒雾。

只见那藤妖还是立在十步开外，优哉游哉地望向她，讽笑着说："你若能破了三潭印月的结界，我倒是可以将他们的行踪告知于你。"

小青持剑戒备："你们有本事，自己打上金山寺去！"

藤妖冷笑两声："你的手下都死在许宣手上，我只道你与他不共戴天。哦，原来是舍不得你那情郎！你若求求主人，或可帮你杀了许宣！"

"杀他？"小青眼中寒光一闪，"我先杀了你！"

说罢，又扭身向他攻去，招招尽是杀心。

与藤妖未能缠斗多久，便忽有张狂笑声从林间响起。

小青警惕地退后两步，凝神望去，只见饕餮捏着颤抖着的小灰的后颈狞笑着而来，再随手将浑身战栗的小灰往地上一扔，讽笑道："熟人又见面了，是不是该欣喜万分啊？"

"小灰！"小青一见小灰，便是又惊又喜，但看到身边的饕餮，柳眉一竖，恨道，"小灰别怕，今天我定将你从这帮恶人手中救出来！"

"恶人？"饕餮大笑，看向脚边的小灰，"她对你情义深厚，你难道不应向她坦陈个明白清楚，你一直效忠的主人，到底是谁？"

小灰吓得在原地一个劲儿发抖，一个字都说不出。

饕餮踢了他一脚，眼神落在如被当头浇了盆冷水的小青面上，故意温柔地笑着说："说吧，不怕，如今我肉身已成，三界之中，几乎无人能奈我何。你的身份也不必再隐瞒了，大可向她坦白一切，不如就先挑最近的说，你刚刚是怎么帮我去探查三潭印月的结界的？”

藤妖见小青脸色苍白，也是不怀好意地补充道：“小灰对主人一向忠心耿耿，比我们追随主人的时间还要长。”

小青一剑向藤妖刺去，藤妖忙不迭地避开，扯动了方才打斗中留下的伤口，面露痛色，愤愤骂道：“死到临头还要耍狠！”

饕餮抬手制止他，故意斥责说：“别说这样的话，万一她改变主意，愿意跟着小灰一起投到我麾下呢？毕竟她和齐霄那般要好，定是知道怎么破三潭印月处的结界的。”

小青没有搭理他，只看着地上缩成一团的小灰：“我不听他们的，我只要你亲口告诉我，他是你的主人，对吗？”

小灰更紧地缩成了一团。

小青向他走近了几步，面色苍白地说道：“众多小妖中，我最信任的便是你，与我最亲近的也是你。这么多日来，因没有见到你的尸身，我既害怕又期待，怕你是早遭了谁的毒手，期待你或许还活在人间。可如今……小灰，他们四十八人，无一幸免被斩杀在金山寺内，他们都是我们最最亲密的同伴啊！这难道也是你的计划，你的谋算吗？”

小青的轻声发问，犹如一记记重锤，狠狠敲在小灰心口，痛得他几乎喘不过气来。

他忍不住抬头望向小青。

却见她一剑直指面前，眼中是浓浓的杀意，她逼问他道：“回答我！是也不是！”

小灰惶恐地连连摆手摇头：“不是我，不是我！”

饕餮轻咳一声，朗声对小灰下令：“小灰，我费尽心思将青蛇引来，就是给你个机会证明你对我的忠心。就在这儿，杀了她！”

小灰震惊地瞪大眼睛，而小青则好似没有听见饕餮的话，只是直愣愣她看着小灰。

小灰怎么会不知道她的失望与痛心，又复缩成一团不住摇头，却始终说不出话来。

饕餮见他这副模样，怒喝道：“连我的命令你也不听？还是要我亲自动手？”言语一落，便向小青跃去，一爪直直刺破了小青的小腹，小青痛苦难耐地后退几步，鲜血瞬时便染红了碧色衣衫，滴落在地。

饕餮残忍一笑：“今日你知道了真相，死了也不算亏。许宣受了这与所爱分道扬镳之苦，我再送齐霄一份生离死别作为大礼好了！”

饕餮另外一爪向着小青喉间抓去。

一道剑光忽至，白夭夭从天而降，几招将饕餮逼退，冷声道：“有我在，谁也不能伤她。”

“倘若是许宣在此，我还要忌惮几分，你？不过徒来送死！”饕餮不屑冷笑，又吩咐藤妖，“你来拦下白夭夭，我今日定让小灰亲手杀了小青，让她尝尝被至亲所杀是什么滋味！”

藤妖说着便攻向白夭夭，白夭夭一面与他同饕餮缠斗，一面担忧地看向小青：“小青，快走！”

小青回过神来，本也因担心白夭夭而犹豫，但看白夭夭为了保护自己而处处受限，一狠心，跺脚离去。

饕餮眼神一狠，便欲追去。

白夭夭立马横剑相拦，藤妖从旁攻来，攻势大开大阖，白夭夭左支右绌，终究是没有拦住饕餮，让其带着小灰离开了。

白夭夭只得对藤妖下了杀招，力求赶紧脱身去营救小青。

2

小青被饕餮一路追至三潭印月边上，便是体力尽失，几乎瘫坐在地。

饕餮带着小灰悠然从林中走出，用一副猫戏老鼠的神情看着小青：“啧啧啧，似乎无路可逃了，除非，你把结界破了逃入湖中，你们蛇，不是最善水性吗？”

小青背后便是齐霄与许宣所设下的结界，她虽是虚弱地喘着气，眼神却很倔强：“大不了再战一场！难道我还怕了你不成？”

“有胆色！”饕餮说话间，便再度向小青攻去，小青横剑没挡下几招，便又被他一爪抓住肩头，鲜血顺着饕餮的指尖滴落，更激发了饕餮眼中的嗜血与残忍。

小青一剑砍向饕餮手臂，却被饕餮另一爪击向胸口，她匆匆败退，重重跌在结界之上，后肩之上瞬时便是一阵刺骨疼痛，她强忍住没有出声，顺着结界跌坐在地上。

饕餮扬起残暴笑容，指了指小灰："你去，尽速将她收拾了。"

小灰颤颤巍巍地上前，饕餮抛出一把剑给他，小灰险些没有接住。

小青强撑着从地上站了起来，一抹唇边鲜血，怒喝道："饕餮！你有胆子就自己与我打。我就算拼了一死，也要将你除了！"

饕餮轻蔑地大笑。

小灰已经拿着剑走到小青面前，颤抖的剑尖指向小青，久久无法下手。

饕餮侧首舔着指尖的血，冷声催促："小灰，你在等什么，快点儿动手！"

小青怒视着小灰，心头失望万分："你这个叛徒！没想到你的心肠恶毒至此，彻底做了他手下的一条走狗！眼睁睁地看着同伴死在你面前，竟然无动于衷！"

小灰闻言倍觉心痛，剑尖抖得更是厉害，张嘴喊了声"山君"，却再也发不出任何声音。

小青冷冷一哼："何必再做出这副模样，你既能害了他们，也不差多一个我！"

小灰闭着眼睛举起了剑，小青看着那锃亮的剑尖，想起当日惨死的众多手下，忽觉哀莫大于心死，心跳倒是缓缓平静了下来："动手吧，总有人会为我报仇的。"

小灰咬着牙，眼看就要举剑挥下，地上忽然出现了金色阵法，流动着暗金色的光芒，小灰手中的剑本就握得不稳，此时便是径直掉落在地。

饕餮一看那阵法，便是面色凝重："竟是他们赶来了！"

"是来救山君的！"小灰只觉长松了一口气，差点儿没忍住笑出来。

饕餮愤恨地握紧拳头，低声骂道："若是许宣与齐霄联起手来，眼下我倒不是他们的对手。"

小灰立马面露惶恐，竖起长耳朵假意倾听一番，道："有人来了，我听到了，是两个人的脚步声！"

饕餮面色狰狞地望着小青，终是咬牙道："这次便先留你条命，告诉他们，这账我总是有时间找他们算的！"说罢，便带着小灰离开了。

"我们也会找你算的！"小青不忿，还想挣扎着起身，身子一晃又跌落下去，却是倒在一个温暖的怀抱之中。

小青抬头，见到齐霄熟悉的眼眸，嘴唇轻轻一掀，想要说什么，却是抿唇停住，只将自己无限地靠进齐霄怀中。

齐霄紧握住她的手，面色焦急地关切道："你可还好？刚才你的血激发了这阵法，令我们察觉到这里妖气大盛。好险，我只怕晚了一步。"

小青看到他心痛的眼神，只觉身上的疼痛都在此时了无踪影，他的怀抱，或许便是整个三界最安宁的地方，连意识都控制不住地松散开来，她向齐霄甜甜一笑："我就知道，你舍不得我死。"说罢，便带着这幸福笑容晕倒在齐霄怀里。

白夭夭终是斗败藤妖，提剑赶来，却一眼看见站在齐霄身后的许宣，眉间一下蹙起，眼神却是不忍离开。

许宣似有所感，回过身来，白夭夭赶紧藏于树后，紧握住自己手中的挽留，默念道："相见，亦不见。"

深叹一口气后，白夭夭终究是转身离开了。

3

齐霄与许宣带着小青回了药师宫中。

见许宣为小青针灸，齐霄在旁，拿起许宣针包中的一根针，尝试着扎了自己指尖一下，痛得丢下都来不及，赶紧担忧地看向床榻。

许宣凝神聚气地替小青施完针，将银针一根根拔出，放在绢布上细细擦拭。

齐霄将手中的针递给他，又急切地问："怎么样了？"

许宣淡然回道："无妨，只是有些失血过多，又兼急怒攻心，服几剂药再休息几日便好了。"

齐霄仍不放心，看一眼床上脸色苍白的小青，又追问："怎么你施了针，人却还不醒？她满身都是伤，你再仔细瞧瞧。"

许宣险些没忍住翻他一个白眼："伤不碍事，你还不信我？"他转身走开两步，将床榻前的位置留给齐霄，再掏出一瓶药水，放在桌上，"这是治她伤的，外用即可。"

齐霄连忙小心地拿起来，仔细端详。

许宣瞥他一眼，只觉有些好笑，便道："你倒是有心。怕小青去金山寺会引发众怒，把她带来药师宫养伤。”

齐霄轻咳两声，双手合十：“阿弥陀佛，佛门中众生平等，自然也是会救小青的。”

许宣并不相信，饶有兴致地看着他，直看得他脸色羞窘，方才悠悠然道：“你只管陪着她吧，不出一个时辰，自会醒了。”说罢便提着药箱，推门离开。

齐霄见许宣关上了门，便坐在床边，望着小青重重叹气：“你呀，一只小蛇妖，偏能惹出这么多事来，不让人安心。道行低微就不要去招惹他，万一我晚到一步，还不知会有什么结果。”

小青其实在许宣施完针时便已醒了，此时听得齐霄转身去水盆边拧帕子，便睁眸偷偷觑他一眼，又迅速闭上。

齐霄拿起帕子，细细替小青擦拭手上的伤口，将药小心翼翼地涂抹上去，随后又涂抹肩头，刚将衣服往下拉开一点儿，小青小巧精致的锁骨就迅速撞入眼中，瞬时齐霄心头便一阵不受控制地乱跳，赶紧默念佛经，抚平胸中悸动。

小青装睡也是装得面色通红，心跳不已。

两人都浑然忘了初次见面之时，小青褪下肩头衣衫诱惑齐霄，后者是怎样的毫无反应。

4

清风拎着药箱随许宣行走在药师宫中，一脸庆幸地道：“许师兄你可算回来了，咱们宫中大小诸事都无人做主，大家都要乱了套了。”

许宣只一面若无其事地搭着话，一面手指却状似不经意地结印，在药师宫的林间不同阵眼注入仙力，布下阵法。

他眯眼看着宫中的蝴蝶飞舞，眉头便是微不可察地一蹙：“宫中竟有这么多蝴蝶。”

清风点头：“自大小姐走后，宫中便是有了一股莫名其妙的奇香，这蝴蝶想必都是被这奇香引来的。若是百花盛放时节，想必是美景。”

许宣驻足，望向清风：“师兄弟们可有人受伤？”

清风有些不解地回答：“蝴蝶不伤人啊。”

“宫中自大小姐走后，便再无人见过她吗？”

“没有人提起过，半点儿消息都没有。不过大小姐不是说去金山寺找你，游历行医去了吗？”

许宣再不出声，手下结印的速度却更快了些，瞬间阵法已成，他便带着清风回去了。

白夭夭潜进药师宫来察看小青的情况，却也发现药师宫飘有奇香诱来众多蝴蝶的异常，一路随着蝴蝶的行踪寻来，远远便看见许宣他们在说话。

白夭夭立时藏身于树林间，再不上前，待他们走了之后，才继续一路前行，直到寻到林中药圃附近，忽然发现飞舞的蝴蝶似是撞进了一张网中，挣扎了几下，便是再无生气，而转眼更是消失无踪。

白夭夭上前，才发现两棵树上竟然挂起了一张巨大的密网，丝线细而透明，因而若非离得近了，便是根本看不真切。她仔细凝视了片刻，忽然想起那夜被嫁衣中丝线捆裹的情形，惊道：“果然如此，这就是冷凝凝聚而成的毒丝！只是……为何偏偏引蝴蝶前来？”她思忖片刻，见又有一只蝴蝶撞了上来，正在蛛网上挣扎，内心低叹一声，妖力覆盖其上，将蝴蝶救出放走。

不管冷凝目的究竟如何，她手段如此狠毒，断不能让她再如此继续下去了。

暗自想着，她捏了个诀，在密网之上布下了法力——若是冷凝再用此网杀生，便会逐渐遭受反噬。

冷凝此时正在饕餮的山洞中修炼，周身绿色气息环绕，忽地抬手弹指，放出一道丝线，上面竟是裹满了蝴蝶磷粉，隐隐发光。蝶蔓躲过那丝线，斥道：“你做什么？”

冷凝收回丝线，缓缓睁开了眼睛：“修炼罢了，若误伤了你，也只能怪你自己闯进来。”

蝶蔓走到她身边，嘲笑道：“我知道你在盘算什么。但是以你的修为，无论花多少时间，都不可能逃出主人的手心。”又伏低身子，凑到她耳边蛊惑道，“不如为主人所用，重获自由，想做什么就做什么，岂不快活？”

冷凝别过视线，声音森寒：“我想要的，会凭我自己的本事拿到，不劳你们费心。”

蝶蔓冷笑一声：“你若真有那样的本事，许宣岂不是早就到手了？”

冷凝直视着蝶蔓，杀气肆虐。

蝶蔓细眉一挑：“哟，你莫不是有胆子动手吧？”

见她这种反应，冷凝倒是笑了出来："我曾经为人，便更是明白，人与妖果然如此不同。"

冷凝起身，靠近蝶蔓："我的骨气，偏生就是比妖硬了些。跟你与藤妖不同，绝不会对饕餮屈膝！"

蝶蔓被惊得说不出话来，冷凝噙着一抹冷厉的微笑，信手抚过蝶蔓清冷的面颊。

蝶蔓只觉一阵剧痛传来，捂着脸倒退两步，大惊失色地看向冷凝："竟能伤我？你练了什么？"

冷凝笑而不语，轻蔑地望着蝶蔓面颊上那两道红色的细线状伤口。她的眼神令蝶蔓不寒而栗，不敢再过多停留，赶紧掉头出去察看自己的伤势了。

第六章
一个心愿

1

小青能下地之后，便由白夭夭陪着，去花园中走动。她想着那天的情形，还是郁郁寡欢，折了枝柳条，在地上随意扫着，噘着嘴道："那日若不是着急救我，或许你就能杀了藤妖。"

白夭夭摇了摇头："其实藤妖法力不弱，要杀他恐怕没那么容易，能摆脱他，已是大幸。也幸好仙鹤姐姐上骊山来告知我冷凝失踪一事，我想着下凡来找你帮忙，才能恰好救了你，否则啊……你此时怕已经死在了饕餮手上。"

"都怪小灰那个叛徒，枉我那么信任他！"小青气得直跺脚，柳条一下下打在地上，仿佛那儿躺着小灰一般。

白夭夭轻叹了口气，望着眼前一只翩然飞过的蝴蝶，若有所思道："那日我追过去，见到了许宣。"

小青立马停下手上动作，煞有介事道："小白，我丑话可跟你说在前面，虽说是许宣救了我，可我是不会轻易原谅他的！"

白夭夭闻言，眉眼一弯笑道："你放心，只管像往常一样待他就是了。"

小青有些诧异地歪头："他叫你来，难道不是做说客的？"

白夭夭神色一暗："他躲我还来不及，怎么会叫我前来呢？"

"我真是搞不懂你们两个，感情难道不是应该直接一点儿的吗？"小青上前一步，拉住白夭夭的手臂，忽闪着大眼睛问道，"小白你知道吗？那天齐霄救我的时候，眼神从没离开过我一刻！我觉得，他心里肯定是有我……的吧？”

白夭夭看着小青一脸的期盼与娇羞，便忍不住唇边的笑意，轻轻帮她理了理头发，柔声问道：“我且问你，你是不是想跟齐霄更亲近些？”

小青闻言眼睛更是一亮，扭着她手臂道：“你又有法子了？快告诉我！”

白夭夭露出慧黠的笑容，抬头望了眼碧空，方优哉游哉道：“这几日，明月清风，晚上正好去看星星。两人在屋檐上，不就能好好谈心了吗？”

小青高兴地拍掌：“妙极了！这就是你说的诗情画意吧！小白，以前许宣就是用这一招追你的吗？”

白夭夭柔柔笑着，缓缓摇头道：“以前，都是我用这一招吸引他的注意。那时他是九重天上的骄子，而我，只是个无名无姓的小妖，只要他能看到我，哪怕一眼，我也心满意足了。”

白夭夭眼底的柔情蜜意，满满地溢出了眼眶，惹得小青心怀羡慕，叹道：“若我们也能像你们这样，便好了。”

白夭夭眼中的光忽然就熄灭了，她自讽一笑，低声道：“像我们这样……相见装作不见，咫尺如同天涯吗？”

小青知道自己又说错话了，惹了她伤心，却又不知从何劝慰，半晌才缓缓说：“小白，这事怪不了谁。我知道，你们之间还隔着四十八条妖命。”

白夭夭徐徐地闭了眼眸，待睁开时，又是平和如常，她拍了下小青的肩膀：“先回去休息下吧，晚上不是要去看星星？”

小青转瞬又期待地笑开了花，重重点头。

夜至三更，正四下里在药师宫中寻找小青的齐霄在经过一处房舍时，忽然听到房顶上传来轻柔的小曲，他驻足抬头望去，果然看见小青正悠然躺在房顶上，一双脚还软塌塌地荡在外面，悠闲至极。

齐霄无奈地摇了摇头，纵身一跃飞上屋顶，低头看着正哼着小曲、一脸惬意的小青。

小青瞪他一眼：“你站那么高做什么？都挡住我的星星了。”

“我来寻你。”齐霄缓缓回答。

“寻我何事？”小青心里一喜，却是故作倨傲之色。

齐霄抬头看向星空，声音清冷：“待你伤好了，就与白夭夭待在一处。若是再遇上饕餮，也有一战之力。”

小青霍地站起身来，正立在齐霄对面，鼻尖几乎贴上了他的脸：“我知道小白道行深，法力也强，只是我不明白，为什么不叫我跟你待在一起？”

齐霄强压住心中翻涌的情绪，冷冷开口：“我还有正事要办。”

小青连忙追问：“什么事？”

齐霄反身坐下，没有回答。

小青一脸悲戚，赶紧转身抱着膝盖坐在齐霄脚边，自怜自艾道：“小白聪明，什么都猜得到，可我看不明白啊，你们一个个的却都瞒着我，从没与我交心。”

齐霄见她突然就伤了心，实在不知又哪里惹了她，只见她哭丧着脸，哀哀戚戚地道：“我就是不明白，为什么小灰要背叛我，我真的没想到这么多年来，他竟是饕餮安排的棋子，甚至……还想杀了我。”

齐霄听她语气沮丧，仿佛下一瞬便会哭出声来，连那碧色的身影在星光下都显得更加单薄，便忍不住宽慰道：“你还难受什么？为了照拂你，这几日我都顶了巡夜的职，不然你今夜又怎么能堂而皇之地躺在人家的屋顶上，如此逍遥自在地看月亮看星星？”

小青顿时喜上眉梢：“真的？”

见她转瞬就开心起来，齐霄无奈地摇了摇头。

可小青忽而就又变得委屈，嘟着小嘴道：“可是我不想一个人看。”

齐霄看着她那扑闪扑闪的眼睛，心跳渐渐便又失了控制，他唯恐自己失去方寸，索性便不去看她，装作不甚挂怀的样子笑道：“一会儿喜一会儿悲，你们妖都是这样的吗？”

小青忽然发觉自己确实有些情绪化，只觉更加焦躁不安，悄无声息地皱紧了眉头。

齐霄见她不作声，侧首去看她，却看见了她脖颈间隐隐露出的一段粉色未愈伤痕，便放低了声音，缓缓道：“我同许宣是真的有事情要忙，我们必须要想法子让师父露出行踪，找他借到昆仑镜，但五次上昆仑，他皆闭门不见，只找一群门下弟子来应付我们，说他外出云游去了。他一日不现身，人间的凶险便会增添一分，饕餮功力日益强盛，只怕下次来袭，就不只是伤了你一人这么简单。”

思及此处，齐霄也是有些焦灼不安，便站起身来，匆匆道：“总之，你伤好后便时时同白夭夭待在一处吧。”

眼见他转身要走，小青急忙站起来，拉住他的手。

齐霄一愣，想要挣脱，却发现她拽得很紧，便再多用了几分力气，唯恐下一瞬，便会有什么不受控制地脱出心口。

小青眼见着他的手即将从自己指间脱出，便疾声大喊道："若是我能令白帝出现呢？"

齐霄不再试图挣脱，回过头来，静静望向她。

小青便在这样沉静专注的眼神中缓声道："如果我能让白帝现身昆仑山，你能不能答应我一个心愿？"

说出口后，她又怕齐霄不同意，抓住他的手又紧了几分。

齐霄望着小青，久久不语。月光在两人身上镀上一层银边，星辰更似是直接落入两人漆黑的瞳仁中，夜色极静且美，整方天地中，仿佛只有他们两个人。

不知是谁的呼吸先漏掉一拍。

齐霄在小青期待的目光中，缓缓地点了点头，又从怀里拿出传音珠给她，郑重道："小青，我近日或许常在昆仑山，这个给你，一旦你遇到危险，它便会提示我。另外，我传你结界破解之法，若遇到饕餮……"

"我定会守好结界！"小青一脸视死如归。

齐霄有些头痛，匆匆闭了眼眸，又睁开："躲进结界，等我归来。"

小青似懂非懂地抬首看着齐霄，齐霄感觉脸上有些发烫，心里无比庆幸此时夜深，该是看不出来，便掩饰般补充了一句："当然守护结界是最重要的，你无事之时便去帮我看看吧，只是最好在结界中守候，若遇到饕餮……"

小青这下明白了，娇笑着点头，又挺胸自得道："你放心啦，上次是因为小灰乱我心神，我才没防住饕餮偷袭，这次我定让他吃不了兜着走，让他知道……"

齐霄听不下去了，匆匆伸手揉乱她的头发，便跳下了屋顶。留小青顶一头鸡窝般的乱发，站在原地哀号，脸却是红得有些发紫了，心跳更是如同擂鼓般在这宁静的夜里，响得她更加羞窘。

2

清晨的白帝庙前已是香客如云，人声鼎沸。

小青来到庙前，回头望向远处树下，见白夭夭对她点了点头，便摇身一变，化作一个普通中年妇女的模样，故意大声地在庙前叹气。可惜虽有人不住侧首，却无人相问，小青眼珠机灵一转，又随着一众来上香的香客进入庙内，径直走到香案之前，大力拍打着香案，飘起一阵阵香尘。

小青就在这烟雾中哀号道：“白帝啊！你真是不顾苍生啊！枉我月月前来上香，你却罔顾我心中所求！白帝啊！天神不仁，要我等凡人如何是好！”

她此等行径，终是引得众人上前围观，大家面面相觑，皆是十分不解。有一位穿着富贵的香客望着小青，有些欲言又止，小青见状主动走上前去，问道：“这位老兄，你来这白帝庙，是要求什么？”

香客迟疑道：“我家娘子要生了，我想求白帝大人保佑我们一举得男。”

小青闻言，便是“哇”的一声哭了起来：“前天我娘也要生！郎中说这胎胎象有力，观其形状，铁定是个儿子。”

“你娘？”香客不由得震惊，上下打量小青，“你娘这么大年纪还生？”

小青一副哀伤状，点了点头：“是啊，谁知那白帝一点儿都不灵，要儿子生女儿！我娘挺着八个月的肚子来这庙里，就为了上一炷头香，这炷香竟然偷龙转凤，将我那弟弟又换没了！我们家已经有了十八个女儿啦……”说着小青又是号啕大哭，虽然没有眼泪，却故意连连做出拭泪状。

有两名香客彼此交流了两句，便反身出了庙，小青见剩下众人仍是不愿离去，便有些慌乱地看向庙外的白夭夭。白夭夭早被小青夸张的表演逗得笑个不停，此时稍一思忖，便偷笑着伸手施了几个法术。

庙中顿时便有人发现自己的钱袋子不见了，另一名拄着拐杖的年轻男子，抱着自己的伤腿在地上痛得打滚，怒骂道：“哎哟！痛死我了！看来这白帝真不行，我本来求腿尽早痊愈，结果却痛成这样！哎哟！要命哟！”

庙中顿时乱成一团，小青趁人不备，溜出门外，换回自己原本的容貌，古灵精怪地笑着走向白夭夭。

白夭夭笑着捏了把她的脸：“做得好，我们明日换副模样再来。”

小青娇俏一笑：“我想啊，若是再把香客引到青帝那儿去，我看这白帝还怎么坐得住。”两人目光狡黠，对视一笑，手拉着手回药师宫去了。

几乎与此同时，有弟子慌乱地跑进白帝房中，向他汇报此事：“师父，不好了！那些香客吵嚷着，要将供奉的香火全数取走！”

白帝气定神闲地撇了撇茶沫子：“慌什么？我白帝庙信众浩如烟海，她一只小妖来闹，又能掀起什么浪？”

可人间几日过去，香客人数越来越少，昆仑山中连连出现异状，白帝也是有些沉不住气了。

潇湘仙子这日便来报："师父，昆仑洞有些地方坍塌了。"

白帝一听，便是长袖一甩，怒气冲冲地赶到山洞之中，只见那儿已站了好几位弟子，一见他，都是神色慌乱地跪倒在地："师父，昆仑仙山依靠凡间香火、愿力支撑，如今咱们白帝庙……"

白帝震怒道："本帝难道不知昆仑山的本源之力？说这么多废话做什么，香火出了什么事？就因为那只蛇妖？"

当先的弟子慌乱地道："那小妖日日变着花样来闹，还说是青帝那儿灵验，如今，竟好几日无人前来上香，似是都跑去了青帝那里。"眼见白帝面色越来越沉，弟子慌忙住口，不敢续言。

白帝望着破败的山洞，盛怒不已："竟然会输给青帝，这小妖倒是有几分本事，待我亲自前去拿她问罪！"

潇湘仙子见状，上前一步道："师父，眼下昆仑山结界已经开始松动，事态紧急，徒儿会带人修补结界，只是还望师父高抬贵手，不要与那小妖动气，免得伤身。"

白帝冷哼一声："万物有灵，生来便是分了高低。同样是妖身，你这麒麟圣兽一心向道，千年为我分忧解难。而他们蛇鼠之辈，竟是丝毫不懂道理，若本帝不教导他们一二，还有谁会将我放在眼里？"说着一甩衣袖，便飘然离开。

潇湘仙子无奈地叹了声气。

白帝刚一出山洞，就发现许宣同齐霄不知何时来到，顿时气不打一处来。

齐霄上前一拜，恭声唤道："师父。"

白帝别扭地侧过身，拒不受礼。

许宣也忙上前拱手道："白帝，是小青胡闹，我们二人前来，便是特地赔罪的，望白帝海涵。"

白帝脸色阴郁，拒不开口。

齐霄又补充道："师弟们说你是出门远游，我本想早些前来禀明此事，没想到竟拖到了今日。"

白帝面色一顿，转瞬便端起架子，冷声道："我刚从海外归来，仍须闭关修炼，你们无事就速速离去吧。"

齐霄见他欲转身离开，忙又唤道："师父，徒儿还为另一事前来！那三潭印月本是封印蛟龙的水结界。日前徒儿与许宣发现有所松动，兹事体大，特来借昆仑宝镜，以镜中之光加固封印。”

齐霄说完，便紧张地盯着白帝，却不想白帝并未多做刁难，神色如常地道：“这是关乎三界众生之事，我哪有不借之理，你们随我来取便是。”

许宣与齐霄对视一眼，有些惊讶，齐霄稍敛眉目，拱手一揖道：“多谢师父。”

白帝转身，又施施然丢下一句：“你们提醒那小妖，叫她别再闹，否则……”

齐霄忍住笑意，再度一揖：“自然早就警告她了，请师父安心！”

见白帝冷哼一声走进洞内，齐霄回头望向许宣，后者点了点头。

只一眼之间，两人皆是了然，白帝定是有其他为难之处。

齐霄悄无声息地放出一只传音符，再同许宣一同追随上去。

白夭夭收到传音符，便招呼如今正在青帝庙前大喊青帝灵验的小青，比了个私下约定好的暗号。

小青见状，就定定神走了过来，再在密林中，从一个中年樵夫变回了妩媚少女，她清了清喊得有些哑了的嗓子，对白夭夭道：“这就不闹了，我怎么觉得还没玩够呢？”

白夭夭点了点她的鼻头：“小青，那可是白帝，若是真的触怒了他，你可小命不保。”

小青瑟缩了下，妥协道：“好吧。”

白夭夭微微一笑：“方才齐霄传音说他们已经见到白帝，相信此事定能很快办成。”

“他怎么不传信于我，莫不是怕我找他要心愿吧。”小青噘了噘唇，牵起白夭夭的手，道，“我们这就去找他，非要他好好答谢你我才是。”

白夭夭失笑，却摇了摇头：“我还有冷凝的事没有查清，你也别四处乱跑了，就同我回药师宫中安心养伤。”

小青点了点头，忽然又想到齐霄要她看顾结界的事，便道：“你先回去，我得再去趟三潭印月。”

她这几日每天除了大闹白帝庙，便是去看顾结界，因此白夭夭也并不奇怪，便叮嘱她：“那你注意安全。”

3

饕餮调养了几日，只觉肉身融合得越发完全，心情大好，便让藤妖拖来小灰。

藤妖将小灰掷往地上，然后向饕餮一揖，邀功道："主人，我每日用藤条打过之后，都令他伤口迅速愈合，既不伤性命，却痛楚不减。"

饕餮见小灰一身伤痕，都是将将愈合的模样，便满意地点了点头，又看向小灰："你可后悔那日没有动手杀掉小青，否则何须受这样的罪？"

小灰脸色发青，却是看破红尘一般，也不发抖，也不畏惧了。

他这副模样，令饕餮大为光火，狠狠一脚向他心口踹去："你果然只有当叛徒的命！你以为你这样，她就会原谅你了？这会儿说不定她正在想着怎么将你捉住再千刀万剐！你若背叛我，我一样让你死无葬身之地。"

小灰闻言，抬起头来："山君以赤诚待我，那是我欠她的，将命还给她又如何？反倒是你，若不是当初我贪图早日化形，加上家人被你所挟持，一朝踏上贼船，自此被你利用，又怎会做下许多恶事，害了那么多无辜之人，日日受良心折磨。我待你从无忠心，不过是畏惧罢了。而现在，连畏惧都没有了，我小心翼翼伺候你，这次不过是对山君稍有不忍，你却还是将我家人杀了，从此我再无牵挂，唯此贱命一条，你若想拿，便拿去吧！"

饕餮闻言，倒是笑了起来："做下恶事，还想谈良心？你不是说你日日受良心折磨吗？那便继续受折磨吧。"说着，饕餮便是一扬手，利爪在小灰身上留下深深一道伤痕。

一旁的藤妖忙狞笑着伸手施法，伤痕竟然又迅速痊愈，只留下浅浅一道痕迹。饕餮望着指尖鲜血，残忍道："我方才说错了，对于背叛我的人，杀了岂不可惜？既然你的山君他们要与我斗，那我有的是时间慢慢折磨你。"

小灰面上担忧与痛楚交织着，却又不知如何才能抗得过这命，一时竟是悲愤地晕了过去。

藤妖看饕餮心情又复大好，便笑着说："主人，你放心，有我这法术，定让他多活一阵，亲眼见到许宣他们的惨状。"

饕餮猖狂大笑："做得好！"

此时蝶蔓突然踉跄行来，刚一进山洞，就趴在了饕餮脚下："主人救我！"

饕餮面色冷漠：“你这是怎么了？”

蝶蔓抬起头，只见原本妖冶勾魂的美丽面庞，竟有一半皆是花瓣枯萎之色。

藤妖大惊失色，饕餮也是面色微微一变，蝶蔓捂住脸，恨声道：“主人，您一定要狠狠惩戒冷凝！她利用蛛网引蝶，不晓得修炼了什么阴毒招式。故意在我脸上划下伤痕，让那毒液渗了进来，日益严重。”

另一处山洞中，冷凝纤纤玉指看起来竟比往日更加白净，只见她双手翻飞，手中丝线一扬而出，此时的丝线，早已并非透明，而俱是蝴蝶的五彩斑斓之色。

冷凝布下蛛网，捉了一千只蝴蝶，才终于炼成这兼具蝶翼之毒的蛛丝，而妙就妙在，蝶蔓要么一直不解此毒，任容颜败坏。若一旦动用灵珠解毒，她灵珠中的全部妖力就会顺着埋入她体内的蛛丝转为冷凝所用。

冷凝正露出得意之笑，手中的丝线竟忽然发生变化，一道道光影流过，她不由得慌乱起来，慌忙断了丝线，指尖已是一片焦黑之色，不由得惊怒道：“是谁，竟在药师宫中趁我不备动了手脚？”

第七章
重修封印

1

白夭夭刚一回到药师宫，便惊讶地发现隐隐有光在地上流转着，显得神圣异常。

白夭夭飞奔至正院中，看清阵法中的光汇集在院外一处，她当然知道，那个方向是冷凝布下的蛛网所在。

没想到不光她在蛛网上施了法，连许宣也在药师宫中布下了阵法。

他连这都想到了，究竟是怕她在凡间有危险，还是要引冷凝前来，让她亲自了断这场恩怨呢？

白夭夭唤出挽留，严阵以待。此时，清风从廊下经过，见到白夭夭便不由得诧异问道："白……白姑娘，你怎么到这儿来了？"

忽然间，阵法微微震动，金光大作。那些缠绕在四处的蛛网忽而燃烧起来，四下火光飞动。

宫中纷飞起异常多的斑斓蝴蝶，扑棱着翅膀打算直冲天际，不料，却环绕在此处不愿散去。

清风看到这样的情景，便是慌乱异常，大喊道："这是怎么了？宋师兄，你快来看啊！"

白夭夭长剑一出，将清风送进屋内，紧闭上屋门。

清风打不开，便使劲儿捶着门窗道："白姑娘，你关我做什么？"

白夭夭面色冷峻地看向进宫的小路，沉声道："你只管好好地躲在屋内，千万不要出来。药师宫……恐怕不太平了。”

风越发迅疾凌厉，仿如危险步步逼近，白夭夭衣袂飘飘，手持挽留全神贯注地防备着，忽有一张巨大的蛛网扑面而来，白夭夭从容挥出长剑。却不承想，长剑竟被缠绕于蛛丝之上。

白夭夭望着远处大喊道：“既然来了，何必藏头藏尾？”

“要杀你，当然得现身！”冷凝顺着指尖蛛丝从远处飞来，再缓缓落在几尺之外，面上俱是狠毒，白夭夭淡然一笑，稍一用劲，长剑生风，便是将上面的蛛丝震成飞灰。

冷凝阴狠地望着她，冷声问：“蛛网上的法术是你下的，这阵怕不是你布的吧？”

白夭夭不答反问：“当日那些小妖成魔是否与你有关？”

冷凝冷笑一声：“不如你去黄泉路上问个清楚。”随即便是一道蛛丝向白夭夭面门飞来，白夭夭不敢轻敌，招招俱使出全力，金色的阵法在二人脚下快速流动，似对冷凝有所感应一般，她每步踩下，地上都会泛起一道金光，将她的脚步禁锢住一瞬，而就是这一瞬，便会让白夭夭次次占去上风。

但冷凝的蛛丝太过难缠，白夭夭的挽留时不时就会被牵连其中，无法完全发挥威力，因而一时难分胜负。

白夭夭杏眸微眯：“看来你的功力精进不少，你杀了小妖是否便为成就你自身私念？”

冷凝阴冷笑道：“你与师兄成了亲又如何？分隔两地，饱受相思之苦吧！那些小妖的命全该算在你的头上。你一心想与师兄在一起，就得用这些小妖的命来铸就你们之间永不可跨越的鸿沟。”

白夭夭听得不忍且愤怒：“他们何其无辜！”

“是啊，他们是为了你白夭夭才死的！若我将你炼化成魔，师兄是否会像杀了小妖一般，将你一剑穿心！”冷凝一边说着，一边将道道蛛丝攻向白夭夭心口。

白夭夭剑剑破除，神色愈冷：“恐怕不能如你意，今日我要活捉你，让仙君好好惩戒你。”

听到仙君的名字，冷凝神色终是有了丝变化，却依旧狠狠道：“我就算死，也不会落在你手中。”

白夭夭趁着她的一瞬走神，挥袖击去，正中冷凝胸口，冷凝霎时喷出一口鲜血，白夭夭却往后跌去，冷凝不管不顾地放出一条七色毒丝，毒丝所到之处，竟然伴随着飞舞的斑斓蝴蝶。

白夭夭立马便被蝴蝶包裹其中，一时只顾得上攻散蝴蝶，无法靠近冷凝半步，此时空中忽然狂风大作，蝶群立马便被吹散，蝶蔓现身冷凝跟前，半张脸已是布满红色血丝，狰狞恐怖。她狠狠瞪着冷凝，几乎是恨不得将冷凝立时剥皮拆骨："你竟敢吸收我的妖力，今日我就教训教训你！"

冷凝并不看她，只看向她身后与她几乎同时到来的藤妖："你们是要助我，还是一同死在白夭夭手下？"

藤妖望向白夭夭，摆出了攻击的架势。蝶蔓却仍是愤恨地盯着冷凝，不肯移开目光。

白夭夭迎风而立，隐有仙姿，神色更是从容淡然："三个？正好拿来练手，我这段时间勤于修炼，不知妖力如何了。"她话音未落，便已向三人袭去，挽留挥动之处，带着凛冽的剑意。

冷凝方才受了伤，更加不是对手，眼见藤妖加入战斗也没有讨得好处，便看向一旁冷眼旁观的蝶蔓："还不动手？难道忘了你们主人要做什么吗？"

白夭夭挥袖袭来，阵法更加快速地转动着，蝶蔓不得不先放下恨意，攻向白夭夭。

2

许宣与齐霄随白帝进入山洞，白帝一挥袖，洞内顿时灯火通明，只见遍地珠宝，琳琅满目，皆是价值连城。

白帝随手一挥："昆仑镜就在那儿，你们自己去取吧！"

齐霄正要上前，却被许宣拉住，许宣微微对他摇了摇头，再恭敬地对白帝说："昆仑山不愧为九重天上第一洞天福地，这里倒是有不少法宝啊。"

白帝得意地轻哼一声："那是自然，不过你们只有一次机会，若是取错了，便离开昆仑山！"

齐霄与许宣望着对方，一时都有些无措。

白帝越发自得，抚着颌下长须，悠然道："我昆仑重地，总不能任由你们爱拿什么，就拿什么。"

齐霄纠结地挠了挠后脑勺："师父，昆仑镜千变万化，如今幻化成何种模样，我们怎能判断？还是请你慧眼识珠，帮我们取出来吧。”

白帝冷哼两声：“我只说了借，几时答应帮你们拿？”

齐霄忍不住嘟哝道：“难怪刚刚如此大方……”

“嗯？”

白帝一吹胡须，齐霄赶紧撇了撇嘴，入宝山仔细寻找起来，许宣则站在一边暗自观察。齐霄找着找着，在一方水晶雕像中，看到反射出的白帝影像极不显眼地瞟向了角落里的铜镜。

齐霄顿生喜悦，快步走过去，却再度被许宣一把拉住，齐霄看着他，便忽然明白过来，方才不过是白帝刻意误导罢了。

白帝恨恨地看了许宣一眼，索性开始闭目养神，倒也不催促二人。

但许宣与齐霄望着洞内一室的宝贝，仍是头痛不已。

这时，青帝却忽然来了，正在四下寻找的许宣并不意外，赶紧迎上前去：“师父，你来了。”

青帝并未言语，只从怀中掏出冰镜，径直递给许宣。

白帝在一旁气得跺脚，指着青帝道：“不是说了不管凡间之事吗？你……背信弃义！”

青帝轻哼一声：“我是助我徒儿一臂之力，何来插手凡间之事一说？”

白帝捶胸顿足：“你与你徒弟合起伙来，图谋我昆仑重宝！”

青帝下巴点了点齐霄：“这不还有一个你们昆仑之人吗？”

齐霄摸着后脑勺嘿嘿一笑，白帝顿时觉得孤立无援，气得说不出话来。

许宣淡然笑着，借冰镜的光向洞内一扫，冰镜能破世间一切迷障，无论昆仑镜变成何种模样，冰镜都能有所感应。果然这一扫过，洞中角落里的一朵冰晶莲花便闪耀出与众不同的奇光异彩。

齐霄连忙上前捧起：“原来昆仑镜变成了这副样子，倒是契合我们借昆仑镜的作用。”

许宣也是浅笑道：“看来昆仑镜正是要助我们一臂之力。”

二人相视一笑，齐齐躬身——

“谢谢白帝！”

“谢谢师父！”

白帝看着青帝，一脸的气急败坏，重重地哼了一声又一声，青帝却只当看不见。

二人从洞中出来，齐霄正是兴致勃勃，眉飞色舞地对许宣道："怎样，我方才的演技不错吧？不然怎能让师父相信我们一筹莫展，拖到青帝他老人家前来救场……"

许宣淡笑着摇了摇头，却也是松了口气："这么多日，终于借到昆仑镜了，事不宜迟，我们这便……"

他话还没说完，齐霄胸口的传音珠却突然开始鸣叫，更是烫得惊人。齐霄面色一变，对许宣疾声道："不好，小青有危险。"

许宣也是有些焦急："药师宫中的阵法启动了。"

两人立即飞身往凡界赶去。

齐霄还没下到凡间，便见三潭印月之上，小灰正和饕餮缠打在一处，但显然是不敌的，西湖湖水已然掀起惊天骇浪，小青一脸担忧地看向湖中，眼看便要纵身一跃冲向湖底。

齐霄看得心惊肉跳，赶紧落在地上拉住她，责骂道："我叫你守着封印，好好等我回来。你怎么只听前半句，却将后半句当作耳旁风！"

小青感动不已，却也有些怯怯地道歉："对不起，是我没有守好结界。我开结界时，饕餮他不知道从哪儿蹿出来，一把抓住了我……是小灰救了我……"

齐霄瞪她一眼："这些我们等会儿再说。"

说罢，齐霄冲入战局，将小灰拉到自己身后，饕餮一把向他袭来，齐霄一出手，竟将饕餮震退几步。

饕餮惊讶地看去，只见日光照耀下，齐霄掌中的冰晶莲花宝华灿烂耀眼，他催动法术，整个莲花散发出的灵气令饕餮难受不已，不由得怒骂道："想那白帝老儿，竟还肯将昆仑镜借出！"

齐霄一眯双眸，冷声斥道："你在昆仑山待了千年，曾是师父的坐骑，这昆仑镜正好克制你！"

饕餮恨声道："千年前，就是你不依不饶要擒拿我！如今，还敢来送死。"

"你错了，"齐霄轻嗤一声，凛然道，"现在我只想除掉你！"

语毕，齐霄轻声念咒，将昆仑镜向水中一抛，饕餮想要上前抢夺，却又畏惧昆仑镜的光华，稍一迟疑，莲花已经入水。

只见湖水逐渐趋于平静，饕餮震怒万分，仰天发出骇人的嘶鸣。在他凶残的怒吼中，湖水忽然间又复奔腾，冰晶莲花竟然在湖面下碎裂。

小青骇然指去："碎……碎了……"

岸上众人，皆是身躯一震。

3

许宣站在云端，看着下面白夭夭与三人缠斗，只见她出手越发迅捷，冷凝的蛛丝还未缠上，就被她齐齐削断，藤妖与蝶蔓连她的身都近不了。

眼见她以一敌三都没有落在下风，许宣嘴角爬上一丝欣慰："看来你的确没有荒废时日，法力已然精进不少，只是不知若无阵法护你，你是否还能对付他们。"

许宣挥手撤去了阵法，只见一时金光大盛，仙力汇集在白夭夭周围，将冷凝三人隔开，又在一瞬间消失。

冷凝见状便目露恨色："想不到，师兄到今日这番田地还不忘助你……"

一时更是怒下杀招，藤妖与蝶蔓少了阵法束缚，也是加紧了攻击，白夭夭一时陷入险境。

许宣眼见白夭夭节节败退，一时不慎被冷凝的七彩蛛丝缚住脚踝，便悄无声息地皱了眉头。

仙鹤不知何时来到，看到此景，不禁担忧："那三人皆是用毒，小白不会有事吧？"

许宣紧盯战况，没有回头："我不能照看她一世，得让她知道自己的不足，勤加修炼……"眼见着白夭夭挥剑斩断蛛丝，再用凌厉剑光逼退藤妖和蝶蔓，才终是转首看向仙鹤，"你可是收到了我留下的信息？"

仙鹤望着底下冷凝妖异的面色和指尖的七彩蛛丝，深深叹息道："仙君花费了许多工夫，仍未能将她引回正途。"

许宣沉默一瞬，才徐声开口："既是你们蓬莱仙山之事，也该你出面解决了。齐霄正与饕餮对战，此处若是小白能应付，我便前去相助。"

"看来你还是担心小白，特地前来。我见她一人也不吃力，你都不相帮，我又何必……"

仙鹤话未说完，药师宫中便忽然涌起滚滚浓烟。

许宣紧皱眉头，道："雄黄？"

仙鹤也是神色一变："这是何人所为？"

许宣飞身向着四人而去，只丢下一句："看来，是我低估了冷凝。你去备好仙药，替我到骊山照顾小白。"

仙鹤还来不及细想，便见许宣已经一把抓住白夭夭，施了个法，便一同消失了。

眼见冷凝他们对视一眼，也迅速撤走，仙鹤心内暗叹，先回了趟蓬莱，再复赶去骊山。

三潭印月之上，湖面又已重归平静。冰晶莲花于水面上缓缓旋转，美丽非常。小青站在岸边远远看着，感叹不已："不愧是昆仑山不外借的宝贝，不但千变万化，还能在碎裂后修补封印，再度凝聚成形。"

齐霄让他们在此好好看顾昆仑镜，随后便去追饕餮了。

小青暗道此次再不能办砸齐霄嘱托之事，因此一眼不眨地盯着昆仑镜，唯恐出半点儿闪失。

小灰站在一边虚弱地点头，小青瞥他一眼，便从鼻孔重重地出了声气，小灰立马便露出惨兮兮的表情："山君，我知错了。"

小青想起方才她都以为自己小命休矣，却不料小灰突然冲出来，替她受了饕餮一爪，接着更是与饕餮斗在一处，要不是他每一下都是不要命的招数，怕根本等不到齐霄来了。她不由得冷声问道："你平日里最为胆小谨慎，方才怎会有这样的勇气？"

小灰神色坚毅："我说过我愿为山君而死的。"

小青轻嗤一声："那你上次还想杀了我？"

小灰抓住她衣袖，郑重其事地道："山君，我没有想要杀你，我本来想的是如果实在拖不过，便干脆引剑自刎。我的家人在饕餮手中，他一直用他们来威胁我。上次因为我出手慢了，他就将我家人杀了。明明该是我的报应，却拖累了我的家人。"

小青听得心口生疼，却兀自别扭道："你是该有报应，要不是上回受的伤还未痊愈，刚刚又被饕餮所伤，我一定马上杀了你！"

小灰又点了点头，双眸已是通红："是小灰背叛了你们，犯下许多错事，死在山君手下，再好不过！"

小青眼珠别扭地一转："哪有这样便宜的事？那日，小妖们究竟发生了什么事，你还不快给我招来！"

想起那一晚，小灰声音立马变得哽咽："山君，从阿福他们掩护我逃出来之时，我就等着有朝一日亲口告诉你，好让你为兄弟们做主，报仇雪恨！"

小青神色一凛："这么说，他们不是在血月下入魔的，竟真的有人陷害。"

小灰强忍泪水，点了点头，将事情的经过原原本本皆告诉了小青。

一炷香后，昆仑镜已将封印补好，重新化为镜身，飞入小青怀中。

小青抱着它，坐在湖边，郁郁寡欢地看着自己在水中的倒影。

原来齐霄真的不是骗她，此事果然是冷凝做的，眼下小青只是不知白夭夭有没有抓住冷凝，便凝结了一道传音符，送了出去。

小灰见她久久不语，神色黯然，哪儿有半分平日的活泼，便胆怯地出声唤道："山君……若你还生我的气，就揪我的耳朵吧，或者罚我做什么都行！只是看着山君这样难过，我心中实在有愧。"

"我当然要生气！小灰，你怎么能眼睁睁地看着他们被冷凝炼化成魔呢？"小青愤然站起身，指着小灰骂道，"你若还有心，就不会这样无情！当日你至少也该出来挡挡，不会让他们就这么含冤而去！"

小灰低头，嗫嚅道："我一向胆小，那日冷凝忽然动手，我当即就吓得魂飞魄散！但那日的一幕幕一直在我脑中浮现，我恨不得和他们一起死！"

"四十八条命，就是四十八重仇！这辈子，我绝不会放过冷凝！"

眼见小青愤恨至极，小灰心中也万分难过，不由得劝道："山君，当日之事并非是许大夫的过错。眼下我们都要对付饕餮，你何苦要孤军奋战？不如同他们联手……"

小青气得揪住小灰的耳朵："胳膊肘竟向外拐！"

小灰痛得龇牙咧嘴，不敢言语。

此时，白夭夭的回讯传到，小青松开小灰，捏个法诀读完便是大怒："竟然又叫冷凝跑了！小白虽然不说，但既然方才齐霄说许宣去了药师宫，那冷凝逃脱便多半与这许宣有关，否则以他的本领，想要擒住冷凝又有何难？他亲手杀妖，此事与他定是脱不了干系！"

小灰慌忙摆手："不会的！我听蝶蔓说，许大夫在雷峰塔边的桃花林中亲手塑下了兄弟们的陶偶！山君，许相公是向着我们的。"

小青一愣："陶偶？"

"是啊，四十八个，一个不少！"

小青思及四十八条鲜活的生命就这样轻易逝去，不由得悲从中来。

以往他们叫她山君，她总使唤他们做事，细细想来，却从未为他们做过什么，若是她法力再强大些，或许他们也不至于惨遭毒手。想到此处，她轻声问："他们生前可还有什么未了的心愿？"

小灰也是低头伤怀，几瞬后，才沉声道："兄弟们生前，只想着有朝一日得道升仙，还能再去一次蟠桃林。当日，若是我能早一步找到山君，偏偏却被饕餮……"

小灰自责地垂首，小青脸上却逐渐恢复了神采："既然这是他们的心愿，我要为他们实现。"

小灰渐渐瞪大眼睛："山君……你可不要做什么傻事啊！"

小青看一眼手中的昆仑镜，猛然起身："走！"

"山君，你要去哪里啊？"

"去拿塑像，再去蟠桃林！"

"什么？山君！"小灰匆匆拉住小青，"蟠桃林在九重天上，我们怎能擅闯？"

"眼下我有昆仑镜，何处去不得？"小青瞥他一眼，"若你胆小的毛病又犯了，我便独自去吧。"说着便将小灰抖落开来，疾步而去。

小灰惊慌失措地望着小青的背影，跺足道："不行，得想办法传讯给白娘娘！"说着便使尽浑身解数化出一道传音符，再虚弱地追上去，"山君，你等等我！"

8 第八章
血污宝镜

1

饕餮好不容易躲开齐霄的追击，狼狈地快步进入洞府，心中竟是暗自庆幸今日许宣不在，否则，他们二人加上昆仑镜，自己终究是敌不过的。

刚一进山洞，便听到其中凄厉的喊声，只见蝶蔓脸上的伤痕已是触目惊心，正在地上翻滚挣扎，见饕餮进来，她就赶快匍匐过来，紧抱着饕餮的腿，惨呼道："主人救我！"

冷凝就坐在一边神色冷漠，见饕餮望过来才缓步向他走去，刻薄道："她这一身伤是我造成的，如今我已经吸收了蝶蔓体内半数的功力，对你想必用处极大。"

饕餮颇有兴致地看向她："哦？你想如何？"

"师兄他们如今都知道我已成妖，加上今日这一役，药师宫我是再也回不去了，既然如此……"冷凝唇角笑意阴狠，抬头直视饕餮，"我要成为比白夭夭更强大的妖，或许，彻底成魔也不错？"

饕餮大笑不已："那我为何要助你？"

冷凝轻嗤一声："你今日从三潭印月落荒而逃，不就是因为你虽已修成肉身，却还是惧怕昆仑镜，而被齐霄追杀躲回山洞之中，你有何颜面告诉我该如何做？今日你的对手，不过只有齐霄与小青，偏偏搞得如此狼狈，可笑至极。"

饕餮被戳中痛处，脸色霎时便变了。

冷凝则自信地望着他，吐气如兰："你需要一个好伙伴。"

饕餮唇边也勾起阴森笑意，蝶蔓却在地上抱着他的腿惨呼："主人！冷凝狡诈，你切莫轻信于她啊！"

藤妖也是补充道："她的一颗心皆在许宣身上，不可靠。"

饕餮仍不开口，只好整以暇地看着冷凝，冷凝耸了耸肩，无奈一笑，转身便欲离开，却被饕餮一把拉住，压在了洞内石壁上。

饕餮凑近她，兴致满满地在她耳边说："你倒是比我想象中有意思多了。"

冷凝也不躲闪，只稍微挑了眉，更显得妖媚至极："由人成妖，我可是妖界独一无二的，人成妖不过短短数年，妖成人形却要数百年，我修习法术可比他们俩来得快速。"

饕餮笑道："此话倒是不假，我是真想看看你若亲手与许宣对决是何等模样。"

冷凝稍稍眯眼，脸上俱是阴狠之色。

饕餮还待再言，忽地面色一变，对冷凝道："你们进洞里去。"

冷凝也不问他究竟，便转身去了洞穴深处，藤妖则搀起蝶蔓，一并消失了。

他们刚走，斩荒便现了身，戏谑道："怎么？还不让他们来谢谢救命恩人了？今日若不是我备下了雄黄，你那几个手下，恐怕早死在白夭夭剑下了！"

饕餮冷笑一声："他们三个，皆是妖族，你身为妖帝，难道不应该相救？"

斩荒似笑非笑地看着饕餮："他们是谁，我从来不关心，但我却关心你。"

饕餮面色森寒："是吗？你无非是想来看看我的狼狈样，顺便现身来提醒我，若少了你相助，我便一事无成。"

斩荒哈哈大笑，眉目间十分轻快："九重天既然是我们共同的敌人，你我之间又何必再生嫌隙。今日我来其实只是想告诉你，万象令已成了。"

饕餮忍不住露出一丝惊讶："竟然如此之快……"

斩荒饶是平日面上多是不正经的妖气，此时亦是有些得意："万象令之下，凡是妖族，必听我统率。千年前九重天毁我万象令，便是忌惮于此。如今，万事俱备，我再无畏惧。"说着，他的目光也渐渐森冷起来，"千年已过，我只怕天上的仙人已将我忘了。你说，我这第一个，要不要就让那白夭夭来试试，这万象令之能……”

骊山山巅之上，白夭夭尚不知自己已成了妖帝的目标，只伴着仙鹤缓缓行着。

仙鹤看她心事重重的样子，便忍不住劝说：“你毕竟是蛇身，雄黄对你来说是重毒，无论你法力多高也是无法阻挡，许宣他也是牵挂于你，才及时将你送出来的，你别怪他。”

“两次将我送回骊山……”白夭夭自讽一笑，“罢了，也怪我自己没有防备，上次是雄黄酒，这次是雄黄烟。”

仙鹤握住她的手，细心叮咛：“你得小心注意调理着，若不能将毒彻底拔出，久而久之，怕会伤了根基。许宣让我带了药材来，你这段日子，便在骊山安心调养吧。我看许宣成竹在胸的样子，定是有法子对付饕餮了。”

白夭夭点头，却也是难掩失落：“我查了那么久，以为终于能替小妖们报仇，没想到这次，又让冷凝给逃了。”

仙鹤也是蹙眉，面色凝重：“该担心的应是冷凝，她彻底踏入魔道，只怕不容于三界之中，从此，也再没有回头路了。我还不知道一会儿要怎样向仙君说出实情才好。”

白夭夭轻叹一声：“枉费了仙君的一番苦心，却是这番结果。”

忽有一道传音符摇摇晃晃地飘来，仙鹤奇道：“这是谁给你递的？法力倒是如此不济。”

白夭夭捞过传音符，在指尖点燃，小灰慌张的声音便断断续续响在骊山之巅。

白夭夭同仙鹤一听，便俱是骇然。白夭夭握住仙鹤的手：“我要去凡间阻止她，姐姐先回蓬莱吧。”等不及仙鹤的答复，她便已经纵身消失。

她飞速赶至雷峰塔边的桃花林，见只有自己的陶偶孤零零地在树下立着，便知自己来晚了。正待去蟠桃林，肩头却忽然袭来一阵剧痛，白夭夭站立不住，几乎是立时便捂着肩头跌落在地。

白夭夭额上冷汗大滴坠落，她想支撑着自己站起身，却是完全不能，而试图运起周身灵力化解，反倒令疼痛更加剧烈。

不行，她要去阻止小青。

先通知齐霄……白夭夭倚靠着一株桃花树，忍住剧痛，颤抖着调用灵力凝结出一道传音符，刚刚传出，便靠着树缓缓倒下。

传音符幽幽飘高，却被一只手指修长如玉的手随意接住。

斩荒指尖一捻，传音符便已碎落成粉，他闲庭信步地走向白夭夭，却在看见她面目的一瞬间，如被雷击。

这是为何？

他为何会有如此熟悉的感觉？

斩荒忽地有了丝紧张，连步伐都开始犹豫，他走近她，蹲下身来，竟是忍不住抚上了她的面颊，再至她因痛苦而紧闭的双眸和死锁的眉心，心口竟然是一阵疼痛。

明明温养他元神的人是小青，他却连对小青都没有这样的熟悉感。

麒麟一生只动一次情，他万万不该在寻了小青二十年后，却突然对另一个女人有了异样的心情。

斩荒低喃道："白夭夭，究竟为何，我竟会对你如此不舍。"

斩荒神色逐渐温柔，他指尖的紫色灵力通过眉心传入白夭夭体内，一阵紫光闪过，瞬息之间，万象令便已被收回，白夭夭紧皱的双眉也缓缓舒展开来，仿佛跌入了一个很美的梦境。

斩荒目光痴缠，竟是久久不愿离去。

直到身后逆云恭声道："主上，都布置好了。"

斩荒这才微微点头，目光却依旧难离白夭夭，连开口的声音都是从未有过的温柔："故人有约，今日就不便久待了。白夭夭，你身上的谜团，我下次再来破解。"

2

青帝正同百草仙君在屋中下棋，青帝手执白子，施施然落子。

百草仙君则是毫不思考，随意将黑子落下，再偷看青帝神情，演技夸张地道："你这棋路稳健，棋风大开大合，实乃九重天棋王呀！"

青帝却也不笑，面色冷淡地道："下棋，哪来那么多的话？"

百草仙君讪讪闭嘴，两人又交锋几个来回，百草仙君便又已按捺不住，见青帝专心于棋局，根本无暇他顾，便将棋一掷："老兄你棋艺太高，我着实受不了。不行了，我输了。"

青帝见他如此，心中了然，竟也不生气，随他一起整理棋子。

百草仙君笑嘻嘻地凑近他："你帮我劝劝许宣？"

青帝放下手中把玩的棋子，淡然一笑："这事，我可不插手。"

百草仙君气得吹胡子道："你！我千里迢迢来这里，你就这么拒绝我？"

青帝笑意悠然："你不是来找我下棋的吗？"

"要不是你千年前……"

"打住，这一招，你上次借冰镜找冷凝时便用过了。"

百草仙君一屁股坐回椅子，气呼呼地道："至少在你这儿还起了一次作用，你是不知道，我刚才对许宣啥话都说了，连人世的遗言也说了，照拂也说了，你硬塞徒弟给我这事也说了，他怎么就一个字都听不进去呢？我的药师宫啊！都怪你这固执性子传给了你徒弟，他还青出于蓝了！"

青帝摸了摸颌下胡须："非也，紫宣当年并非如此，也许是去了一趟人间，性子才大有不同。"说着，便斜着眼睛看了仙君一眼，"这样说来，或许是你自己教出来的吧。"

百草仙君气得脸上的皱纹都深了几分："他若拿我当师父，就不会眼睁睁看着药师宫无人接任，还无动于衷！"

青帝看着百草仙君气呼呼的样子终于笑了出来："你放心，许宣一向尊师。当日他离开，也是为了药师宫两宗和睦。如今，必会想出法子。"

百草仙君有些可怜巴巴地道："你以为我是心疼自己的心血吗？我是心疼百姓！若失了药师宫，远的不说，就在临安，又不知多了多少饱受病痛折磨之人。"

青帝轻叹一声："许宣何尝不会照顾临安百姓？只是眼下他既然出了药师宫，更因饕餮与蛟龙封印一事分身乏术，才不能答应完全统率药师宫。但他定会想出万全的法子来，你放心回蓬莱，静观其变就是了。"

百草仙君面上有了一丝喜色："此话当真？"

"他这世为人，难道不是你一手教养出来的？你的品行为人，教养出的徒弟，还能有什么不妥？"青帝竟是难得地奉承了一下别人。

"言之有理！老兄，我真要感谢你送了这便宜徒弟给我！"百草仙君喜笑颜开，但转眼想到饕餮，就又气得牙根痒痒，"再说这个饕餮，害得冷凝如此，我真是恨不得再受一次天劫，下凡去将他就地正法！"

青帝看仙君没个正形的样子颇为无奈："还是别了，老兄，总该相信我们的徒弟，这也是他此世的历练，若能顺利通过，倒也能重回九重天了不是？你啊，还是安心回蓬莱吧。”

百草仙君点了点头，又瞪向青帝摇头：“赶了我两次了，我才不走，我就在你这九奚山住上一段日子，听闻白帝因昆仑镜之事，还在生你气，若他前来寻仇，我也能帮你抵挡一二。”

青帝面色无奈地笑笑：“待齐霄归还后，我自会亲自上门赔礼。”

百草仙君笑意盎然，还未说话，便有小仙使来报，说是许宣、齐霄求见。

青帝微微一愣，走出房门。

原来齐霄遍寻饕餮无果后回到三潭印月，却不见了小青与昆仑镜的踪影，担心是饕餮为夺宝物将小青掳走了。许宣料理完药师宫诸事与他会合后，仔细查看了湖边，见无打斗痕迹，便说上九奚山来找青帝借冰镜一观。

青帝见牵涉昆仑镜，也是不敢大意，立马便答应了。

这一看，三人便是吓了一跳。

3

小青与小灰溜进蟠桃林中，小青见有天罡卫从远处经过，便闪身躲至树后，背上的包裹撞到了躲闪不及的小灰，包裹里面正是小妖的陶偶，小灰还来不及痛呼，小青立马便瞪向他：“你小心点儿，若陶偶有失，我便将你千刀万剐。”

小灰揉着胸口，苦口婆心地劝道：“山君，这些只是陶偶，可不是真的小鹿他们啊！就算你冒着危险，将他们放入了蟠桃林，又有什么用处啊？”

小青小心翼翼观察天罡卫的行踪，低骂一声：“你懂什么！”

眼见天罡卫走远，小青背着包裹继续向前：“这蟠桃林与别处自是不同，这里终年仙气环绕，若是能将这些陶偶安置在这里，兴许他们能够有所感应。”

小灰摇了摇头：“山君，你这是痴人说梦啊！”

小青狠狠地瞪了他一眼，小灰一缩脖子，仍然道：“他们都是化了魔的，不知元神是否完好，既已身死，怎能复生啊？”

“你到底帮不帮我？”小青怒视着他，见小灰重重点头，又狠狠道，“那就少说废话！”

两人继续前行，只见三名天罡卫在林中巡查，朝着两人的方向行来，眼见避无可避，小青深吸一口气，举起怀中的昆仑镜便要上前，小灰立马颤抖着拉住她："山君！你三思啊！此事若是王母怪罪下来，咱们可就完了！连带着许大夫、白娘娘，还有将昆仑镜交给你的齐霄……"

小青微微愣住，显得有些犹豫，小灰见她神色松动，立马动情道："山君，咱们山上已遭如此变故，你若再有任何闪失，叫我们剩下的几个可怎么办啊！"

小青摸摸身上的陶偶，又望了望蟠桃林，眼中逐渐闪烁起倔强的光芒："你放心，这一回，我决不牵连旁人！"

两人说话之间，天罡卫便发现了此处的异样，朝两人藏身的树后走来，小青眼见他们越来越近，深吸一口气，将背后包裹交给小灰："你快把他们放进去！"

天罡卫见到小青二人便是一惊，举起武器就要攻击。小青举镜迎战，只见昆仑镜光芒一闪，天罡卫手中之剑竟被轻易击碎。

另一名天罡卫忙大声呼唤同伴，眼见又有三个巡查的天罡卫围过来，小青以一敌六，竟是有些不敌。她回头，看到小灰已将小妖们摆放在蟠桃林之中。那些陶偶活灵活现，一个个皆是眉开眼笑地立于满是蟠桃的树下。

小青看到这一幕，仿佛便回到了那一日，众小妖在蟠桃林中嬉闹，那时大家是多么欢乐又无忧无虑，如今……

这一晃神，身后便又是几个天罡卫袭来，而她竟没有发觉，小灰瞥见，忙惊慌大叫："小心！"

小青回头，天罡卫的剑正好袭来，小青举镜一扫，双方继续缠斗在一起，但渐渐天罡卫越聚越多，招招致命，小青被团团包围在中间，她已是难以顾及，便又唤出剑来，正要攻上，却忽听齐霄声音响起："住手！"

众人一时停下手来，小青回头，只见齐霄怒气腾腾，睚眦欲裂地瞪着她，许宣则稍稍落后几步站在远处，也是面带愁绪。

齐霄见她怔神，便训道："胆子比天还大，你还不过来！我交给你昆仑镜，就是让你这等妄为吗？"

小青解释道："我不过想借昆仑镜带小妖们前来蟠桃林中，没有其他想法……啊！"

"小青！"眼见一个天罡卫趁小青不备，一剑袭来，齐霄大惊失色，不由得出声疾呼。

小青稍一侧身躲避，手中的昆仑镜却被天罡卫用剑挑起，另一名天罡卫眼见便要下了杀招，齐霄情急之下一剑挥出，帮小青挡下二人。

小青眼见齐霄相护，赶紧一跃而起，将昆仑镜护入怀中，跳过几名天罡卫，回头得意地望向齐霄："你放心，昆仑镜是你交代我保管的，我定不会让它受到半点儿损害……"

她话音未落，身后一名天罡卫的剑已刺到，正巧划破她的手臂，小青痛呼一声，反过手来查看，血却这样滴落在昆仑镜内。

霎时间九重天上，布满阴霾。天色大变，一副黑云压顶之势头。

齐霄将众天罡卫格开，担忧地回头，许宣已疾步上前从小青手中夺过昆仑镜，脸色一沉："昆仑镜染上了妖气！"

只见昆仑镜不再宝华灿烂、璀璨无瑕，黑红二色夹杂缠绕着在镜面翻腾，妖异至极。

而昆仑山上的花草，也于一瞬间枯萎，山上仙气飘忽散去，天雷隆隆，地动山摇，四季如春的昆仑山，霎时破败如荒原。

一名弟子跌跌撞撞地跑进大殿，还没来得及说什么，白帝已经脸色惨白地冲了出去。

潇湘仙子目睹昆仑异象，眼见白帝身影化作一道仙光而逝，本待追去，却忽然感受到昆仑结界松动，心知她必须镇守昆仑。

而她再仔细感知，竟发现那道熟悉的气息再度出现。

近日来山中花草不时枯萎，都会残留这道气息，而若她仙气覆盖其上，必会有紫色烟雾升腾而起。

"妖帝……"潇湘仙子眼神中出现了一丝森冷怨恨，促使她循着气息，大步前去查探。

第九章 共历天罚

1

小青被两名天罡卫一左一右地压住肩膀，可怜兮兮地看着齐霄。

齐霄眼见她要被押解而去，便出声阻止：“你们要带她去往何处？”

天罡卫怒道：“这小妖擅闯蟠桃林，又让昆仑镜染上妖气。此事，恐怕不能善了。”

齐霄伸手拦住他们，天罡卫瞪向他，呵斥道：“大胆，你也要违反天规吗？”

“天规？”齐霄冷哼一声，“刚才你们明知她手中拿的是昆仑镜，仍出手相逼，才致使妖血流入昆仑镜中。若论违反天规，此事与你们几位，怕也脱不了干系！”

“狡辩！”领队的天罡卫长矛在地上重重一顿，“我等守卫蟠桃林，对宵小之辈出手，只是分内之责！”

齐霄正欲再度开口反驳，九天之上，忽然扬起雄鹰嘶鸣之声，只见一只巨大的苍鹰盘旋在小青头顶，小青因为蛇类的本能，被吓得不敢睁眼，却忽然听到白夭夭的声音响于身后：“怎么？这千年了天罡卫连手段都不换，又想动用鹰司吗？”

小青颤抖着睁眼，只见白夭夭已经走到自己身边，便又是喜悦又是可怜地唤道：“小白……我会不会连累你了？”

“你我之间还说什么连累？”白夭夭向她安抚般一笑，“我既来了，便绝不许任何人伤你。”

“大胆白蛇，王母仁慈，千年前果然罚轻你了，还敢上来挑衅！”天罡卫眼看便要攻向白夭夭，许宣侧身挡住他们，满是担忧地低声对白夭夭道：“我不是传讯于你，让你不要过来蹚这浑水吗？难道小青一个人还不够麻烦？”

“她对你们来说是麻烦，对我来说却是亲人，”白夭夭回想起自己醒来时接收到的许宣的传音符，以为自己在桃林中是被许宣所救，便又藏起自己眼眸中的情绪，低声道，“方才我受伤，谢谢你救我。但今天的事，我管定了。”

许宣一听便是既惊且痛：“什么？你受伤了？那你还来做什么？你哪儿受伤了？”

“刚才林中不是你？”

“我不知何事……但现在不是讨论这个的时候，你快回去，这里的一切都交给我。”

白夭夭面上牵出一丝冷笑：“当日我亲眼见你诛杀小妖，我不想再经历一次。我来，是要小青知道，就算犯了天大的错，也有我与她一起扛！”

许宣怒极，却一时无语，小灰则跪倒在地，慌乱地说：“白娘娘，许大夫，都是我，是我央求山君来这蟠桃林的！”又转向天罡卫，“大人们，求你们放了山君，所有的责罚我都可以承受！”

小青看看白夭夭，又看看小灰，眼中盈满感动，却转而面对天罡卫时，便是豁出去了的坚决：“无论任何责罚，我小青一人受就是，决不牵连他人！”

众人还未有所反应，白帝声音已冷冷地传来：“既然如此，就算赔上你一条妖命，都是便宜你了。”

齐霄回头，只见白帝怒气腾腾的身影从眼前掠过，大手一抓，便将小青拎在手中，暴怒道：“大胆小妖，随我回昆仑山受审！”

小青面露惊慌之色，众人见白帝震怒，皆是一惊。

潇湘仙子循着气息寻到昆仑山外，忽觉不对，便止住了脚步，还未来得及回头，便已见到戴着面具的斩荒从一旁走出，声音一如千年前那样低沉浑厚：“我在昆仑山上徘徊这些时日，就为见你一面。”

潇湘仙子怔了一瞬，面上情绪几变，最终却只恨声道：“你终究是回来了！”

斩荒眸如点漆，从面具中投出沉沉眼神，凝在潇湘仙子面上：“九重天之上，我第一个便是要见你。你我同为麒麟之身，道不同，却总该念着几分旧情。”

“旧情？”潇湘仙子面上俱是痛苦与怨恨，“你在婚礼上弃我不顾之时，就当知道，从此你于我而言，只有仇恨！”

斩荒叹息一声：“我从未想过臣服于九重天。潇湘，是你不知，你我道路从一开始便是背道而驰。”

潇湘仙子长枪顿地，面上情绪几变，全然不见平时淡然的神情，最终，她咬牙开口：“你也不必再说这些。当年我或许还会放过你，如今你是九重天的要犯，今日若不杀你，如何对得起天下苍生？”

斩荒闻言，却是低低笑了起来：“我若不与你叙叙旧，待会动起手来，未免觉得良心难安。”

潇湘仙子闻言，眉心便是一皱，却来不及防备，只见斩荒手微微一拂，地面紫气涌动，周围阵法浮现耀眼光芒。

潇湘仙子神色一凛，急忙飞身向后退去，斩荒双手动作一变，紫色结界内，两道妖光瞬时将潇湘仙子抽打在地。

斩荒唇边仍是浅如薄冰的温柔笑意：“昆仑山上仙力精纯，或许你还能有五成胜算。只怪你大意，循着气息前来，入了我这结界。今日，你必是任我鱼肉了。”

潇湘仙子奋力挣扎，却有束缚越束越紧，她目眦欲裂，怒瞪向斩荒：“你早有计划，可如今不是千年前，我已不是妖族中人！我对你，还有何用？”

斩荒笑容中透着凌厉的寒意：“雌麒麟的心头血，还请仙子借我一用。”

说着，二指间的一道紫光，便是直插入潇湘仙子心头，潇湘仙子挣扎几瞬，哪里是对手，斩荒一取血，潇湘仙子便顿时昏死过去，那血滴顺着紫光，飘浮在半空之中，斩荒划破指尖，自己的血跟着飘浮而出，逆云现身，手中一白一青两个玉瓶，各收入了一滴血。

斩荒摘下面具，望着瘫在原地的潇湘，撤去了阵法。

逆云躬身问：“主上，该如何处置潇湘？”

斩荒轻轻一笑：“留她一命吧，是我欠她一份情，若她有本事，日后只管来复仇。”

逆云点了点头。

斩荒望向残破不堪的昆仑，唇边笑意一深，更显妖冶：“眼下昆仑镜已被妖血所污，正是天赐良机。逆云，咱们也是时候出手了。”

2

白帝高高坐在大殿之上，怒视着底下白夭夭等众人，特别是看向小青时，恨不得立即将她挫骨扬灰。

有弟子来报，说王母派人传话，将惩戒小青之事全权交给白帝论责。

白帝微微点头，凶狠地望向小青，不待许宣与齐霄上前求情，便是怒喝出声：“蛇妖，你看看这昆仑山，皆是你犯下之过！你们一路进来，都看见了些什么？”

众人不敢言语，白帝便盯向齐霄：“你说！”

齐霄赶紧低头，道：“昆仑山是九重天重地，昆仑镜乃是昆仑山至宝，是昆仑山万物灵气所化。如今山上一片衰败之象，皆是因为昆仑镜上沾染了妖气。”

齐霄说完，抬头望向面色阴郁的白帝，恳切道：“只是师父位尊五帝之首，以师父的法力，定能……”

白帝站起身，一挥袍袖，怒斥道：“你错了！就算我耗尽一身法力，也无法净化昆仑镜！”

齐霄狐疑地望向白帝，许宣则是眼底一痛，说道：“昆仑镜是仙家宝物，至清至洁。如今遭受妖气侵染，若要净化，就必须以小青的元神祭奠。只不过如此一来……”

白夭夭连忙上前：“万万不可！你们这是要将小青逼上死路！以元神祭奠，与死无异。”

齐霄石化在地，满是痛楚：“竟要用元神……”

白帝大怒：“你们真当我昆仑镜是一般俗物吗？几次三番地出事，胆大包天！竟然拿来闯蟠桃林！当初我怎么也不应该借给你们！”

齐霄咬牙道：“师父息怒！”

“孽徒，给我跪下！”

齐霄当即跪在白帝面前，小青见此，也跪了下来，望着高高在上的白帝，颤声开口：“是不是要我舍了性命？”

白帝冷眼望着她，喝道：“现在倒知道怕死！”

许宣却露出不忍之色，闭眼摇头：“只怕比死更痛苦。用元神祭奠，会废了你千年的修行，打回原身。小青你修为不强，又是妖身，若元神受损，伤了根基，此生恐是再难修炼成人。”

小青顿时面色苍白，额上沁出冷汗。

白夭夭痛心难忍，“砰”一声跪在白帝面前：“我们小妖，修炼成人着实不易。念在小青心无恶念，还请白帝放过她吧！此事我亦有责，是我未能及时阻止，还请白帝一并处罚，只求别让小青以元神祭奠。”

小青凄惶地望着白帝，恐惧道：“我不能被打回原身！我宁愿死，也不要被夺去修行！”说着，她又跪行两步，抓住面色痛苦的齐霄，“你当日说，许宣杀了小妖是身不由己，那今日你就杀了我吧！我宁愿死在你剑下，也不要被打回原形！”

齐霄眼神中流露着心痛，忍不住想要开口，白帝已经冷声抢先说道：“哪轮得到你做主？此事事关我昆仑山根本，就由本帝亲自执法，惩戒你这小妖！”

“师父！”齐霄痛呼一声，“兴许还有别的法子？小青犯下大错并非有意，她修行千年实属不易，这责罚实在太重了些！”

白帝见他为小青求情且失态至此，更是怒极：“毁我昆仑镜，乱我昆仑山，留她一命已是恩赐，你还待如何？在你心中，可还将昆仑山当师门！将我当你的师父！”

许宣心内暗叹，此时也上前一步：“白帝贵为五帝之首，千年不沾血气，不应为此事破戒。”感受到白夭夭在身侧殷切的目光，许宣忍不住深吸了一口气，方继续拱手说道，“当初是我来借昆仑镜，如今，便由我来执法……”

许宣一言既出，众人皆是震惊不已，白夭夭看着他一脸冰冷的神情，心底升起深深的恐惧。

白帝沉吟许久后，竟是同意了，随后便让弟子将小青押入山洞看守，自己则拂袖而去。

“小青！”白夭夭见小青被押走，想要与齐霄一起追上去，却又驻足，看向身后的许宣，“这一回，不能放了小青吗？”

许宣沉默半晌，淡淡说：“小青将昆仑山弄得如此破败，如此大错，我亦是无能为力。”

白夭夭咬着下唇摇了摇头：“小青若是故意如此，那她必然该罚，可她血污昆仑镜却只是无心之失。从蛇修得人身，她花了足足千年。既没有灵丹妙药，也没有他人相助。你们一句话就欲要了她的道行，毁去她的元神，难道妖在你们眼中真的如同草芥？”

许宣被白夭夭的质问触动，痛心异常，可面上仍是不显分毫，只是沉默以对。

白夭夭盯着他许久，忽而凄凉一笑：“我懂了，是我不该抱着最后一丝希望，以为你或许会念着同小青的情分。是我忘了，许宣如今已蜕成了仙骨，自是一切以九重天为先，再不愿与我们此等小妖有什么瓜葛，我会靠我自己来救小青，就算是与你动手，我亦无惧。”

许宣只觉如利刃贯心，痛得他几乎难以呼吸，见白夭夭要走，便伸手将她一把抓住，带到身前，眸光无限温柔疼惜：“你别胡来，夭夭，你信我。”

“以前的我，一直信你，直到见你亲手杀了小妖，我才明白你们仙道中人，与我们终究是不同的。”

许宣心口又是一痛，望着白夭夭清冷的侧颜，略带急切地道：“信我，最后一次！”

白夭夭眼中早无往昔的依恋，只剩浓浓的痛楚，她用上法力一振，许宣竟一时脱手，她提步向门外而去，冷声道：“如今，我亦不是当初的白夭夭了。我再也不需要你护着我，就算往后我深陷万劫不复之境，也与你无关。”

许宣收回只余一片虚空的手，眼底深处徒留寂寥与痛楚。

山洞黑暗，靠几束微弱烛光勉强照亮。

小青坐在墙边，身上并无镣铐，算是齐霄求来的宽待，微弱的光线将她的轮廓勾勒得柔媚动人，可神色却是漠然的。

不知这样坐了多久，她忽然听见脚步声由远及近，小青抬头，眸中闪过一丝惊喜，高声道：“齐霄。”

齐霄走到她身边，低头望着她，眸中神色俱是痛惜。

小青却是笑着站起来，开心道：“我就知道，你一定会来看我！”

齐霄不言，从袖中掏出一颗蟠桃递给小青，见她怔愣，才柔声道：“你们蛇类都爱吃蟠桃对吧？从前，白夭夭也擅闯过蟠桃林。”

“我不是为了这个，我是为了小妖们。”小青虽接过蟠桃，却摇了摇头，她认真盯着齐霄，真诚地说道，“我知道九重天上规矩大，我不应该私自进去。只是小妖们生前最后的愿望，就是再来一次蟠桃林，我不能不为他们完成心愿！”

齐霄听她说完，面上是少有的温柔神色，他靠着墙坐下，低声道："我知道，快吃吧。"

小青坐在齐霄身边，抱着桃子，却半晌也没有咬下一口，再抬头时，一脸的凄凉："等明日过后，我这一生就算结束了。你这是给我的最后一餐吗？"

齐霄伸手，再度摸了摸小青的头。

小青抬头看向他："齐霄，你知道吗？我曾经以为你的手有特别的魔力，每次我心慌难受的时候，只要你摸摸我的头，我就全好了。"

齐霄手上一顿，眸中的温柔与痛楚浓得几乎化不开，他收回手，轻声问："我上回答应过你，要完成你一个愿望。这个约，我没忘。你想要什么？"

小青早就想好了，因此毫不犹豫地说了出来："陪我玩上一整天，不要念经，不要打坐，不要思考任何事，什么饕餮什么封印什么九重天，都抛到一边，就陪我。"

齐霄心中一痛，点头道："明日过后，我就陪着你去。"

一瞬间，百般滋味涌上小青心头，有感动，有喜悦，有幸福，有难过，她觉得眼眶酸涩，便用力眨了眨眼，眸中却一片干涸。她嘟起嘴来，佯作无事道："明日之后，就算我侥幸活着，也只会变成条蛇了。你带着一条蛇，有什么意思？"

齐霄轻笑道："挺有意思的，这样你就不会吵，也不会闹。"

"你嫌弃我？"

齐霄但笑不语。

小青想了想，也不气了："从今以后，你也嫌弃不了我什么了，反正你嫌弃了，我也听不懂。"

她低下头望着手中蟠桃，神色渐渐认真起来："齐霄，你对我……"

她声音太小，支支吾吾半晌也没有问出口，齐霄便是不解地望向她："什么？"

听见他的声音，小青更是说不出口，深吸了一口气，才断断续续地道："我就是想知道，你有没有过……就是……"

齐霄忽然猜到了她要说的话，站起身来，冷声打断："师父不知道我来看你，此处我不能久留。这蟠桃，你还吃不吃了？"

小青狠狠一口，对着蟠桃咬了下去，许多话哽在喉头，却是再也问不出口。

昆仑山难得地飘起了大雪，许宣站在雪中，已是不知有多久，连肩头都已隐隐被水洇湿。

齐霄满怀心事地走出山洞，走向不远处的许宣。

许宣望向他，问：“让她吃下了吗？”

齐霄点了点头，又勾出一丝笑来：“吃得干干净净，这种时候，居然还有胃口。”

许宣颔首：“蟠桃上仙气浓郁，或许能够掩去她身上的妖气，阵法一齐，你趁机带着她离开。”

齐霄沉默半晌，才道：“你在殿中便做好如此打算，为何偏要瞒着白夭夭？眼下误会重重，只怕她会更加怨你。”

许宣闭眸，掩住其中的寂寥与萧索，声音带着疲惫：“她若是知道了，此事才会真的无法顺利进行。”

齐霄又问：“那我带着小青离开，你要如何收拾残局？”

许宣向后靠上一棵大树，摇了摇头，淡淡道：“我也不知道要如何收拾。但总要先保下小青才是。”

雪纷纷落下，两人俱是沉默，天地间唯余暴雪侵袭的声音。

3

次日正午，见已到时辰，昆仑山弟子便是鸣钟奏鼓，有两人将用捆仙索所缚的小青带了上来，立于斩妖台正中央。

有弟子唱呼：“执行责罚！”

白帝与青帝并肩缓步踏出，许宣则手持天乩剑走向小青。

小青目露绝望，拼命摇头道：“许宣，若你还惦念着一丝情分，求你，给我个痛快！”

许宣却是冷声长叹：“九重天上有天规，这一回，你只能认罚。”

“不要……”小青凄然摇头，“我不要变回蛇去……我不要……”

许宣一手出剑刺入小青身体，另一手运起仙力，强行逼出小青灵珠，灵珠离体，小青痛不欲生，直倒在地上翻滚，眼睛却紧盯许宣，目中尽是哀求之意。

许宣面色冷淡，扬起天乩剑，幻化出剑阵来。

齐霄在斩妖台下趁势拔剑而起，以剑气护卫着被红黑妖气缠绕的昆仑镜。

白帝见状冷哼一声："总算记得自己是昆仑山中人，还知道护着昆仑山的宝贝了。"

趁着青、白二帝分神，许宣低声在小青耳边说道："再忍忍，若障眼阵法成了，齐霄会将你带出去。"

小青一愣，目露迷茫，忽然间，昆仑山上云雾翻腾，白帝举目望去，便是面色一凛："不妙！有人作法！"

齐霄上前，正要扶起小青，却慢了一步，一道剑影袭来，将他逼退，白夭夭飞身而至，将小青带至自己身边。

她紧紧搂住小青，眼睛却望向许宣，小青身上的鲜血染红了白夭夭的一袭白衣。

许宣震痛不已，怒喝道："小青遭受如此重罚，你仍没吸取教训吗？还不赶快退下！"

白夭夭迎风傲然而立："许宣，你若不让我带小青走，今日我们夫妻二人便就此恩断义绝！"

白帝震怒，指着白夭夭怒喝："大胆妖类，你们一而再、再而三地在九重天上撒野，当真以为我仙界好欺吗？许宣，你让开，我要亲手拿下这两只蛇妖！"

许宣同白夭夭对峙着，忽而眼神一冷，举起天乩剑便向白夭夭攻去，白夭夭淡然一笑，举剑相迎，霎时间昆仑山被二人交替的剑光卷起大片烟雾。齐霄握着自己的剑，微微一颤，却是不经意地往旁边闪了寸许，让出了昆仑镜。

许宣与白夭夭斗作一团，两人身形极快，一招一式几乎幻化成影，缠斗得难舍难分。只是白夭夭终究道行不够，逐渐落入下风。

小青看在眼里，强忍着伤口之痛，对着白夭夭喊道："小白，你快走！别为了小青再受责罚。"

眼见天乩剑破空而来，白夭夭唇边忽然绽开如花笑意，略略侧身，任由剑锋划破手臂，鲜血猝不及防地滴入了昆仑镜中。

许宣一震，忽地明白了她的意图。

白帝则愤怒出声："大胆！你做什么？"

白夭夭翩然落地，站在众人面前，语气坚定地道："如今昆仑镜也染上了我的妖气，若我与小青各自舍去一半功力，是否就能净化昆仑镜？"

许宣心头已痛到麻木："白夭夭，你是否明白，千年……舍去一半是什么意思？"

白夭夭面容平静从容："我自然知道。"

小青看着白夭夭，心里酸楚与感动齐齐涌上，颤声道："小白……不能为我这么做……"

白夭夭低头将她扶起来揽住，目露关怀，道："傻瓜，你在这里只有我这么一个至亲之人，我自然会护下你。若是我们各舍去一半修为，大不了重新修炼。可若是你被打回原形了，我一个人多寂寞？"

小青鼻子一酸，将头倒在白夭夭肩上，低声唤道："小白。"

白帝气得在原地大步走来走去："狂妄小妖，竟然一错再错！今日，我……"

青帝伸手拦住白帝："白夭夭说的有理，姐妹情深，她这也是一片赤诚。"

白夭夭也趁机道："白帝大人，妖与妖之间尚有情意，你贵为上仙，必能看透其中的善恶黑白。白夭夭所求还望白帝成全。"

青帝再度出言相劝："此事还是得尽快了结，否则昆仑山荒芜下去，无法恢复生机，迟早要被天帝问起。"

白帝面露犹豫，目光却扫向一旁神情痛苦的许宣，冷声说道："我可以答应，不过，此事还是由许宣来执行。"

许宣望了眼白夭夭，向白帝略一拱手，颔首遵命。

白帝有些不耐地转身："快动手。"

白夭夭目光平静地望向许宣："动手吧。"

许宣收敛起眼底的情愫，举起天乩剑，一剑穿过白夭夭，天乩剑剑光大作，剑身割过白夭夭的小腹，剑光穿透她的五脏六腑，痛得白夭夭几乎无法站立，只兀自强忍着。

许宣靠近白夭夭，沉痛地在她耳边低语道："为什么你不肯再相信我一次？"

白夭夭苍白的脸上却露出一丝笑意："这一次，我不愿你再为我而牺牲了。"

许宣瞳孔放大，不知如何回应。

白夭夭手指慢慢攀上许宣后背，强忍痛楚开口说道："我了解你，怎会真的对小青下手。抢来这个行刑人的角色，一定是为了让齐霄能有机会带着小青离开。是也不是？”

许宣恸道：“你竟……都知道了。”

“所以……”白夭夭狡黠一笑，“我必须要破坏你的计划，就算舍掉一半的修为，又如何？”

许宣望着白夭夭，情深意重再难在眼中隐藏，他将白夭夭紧紧抱在了怀中。白夭夭法力渐失，浑身发抖，而昆仑镜中则慢慢清透，重新散发出七彩的耀眼宝华。

彼时，天罡卫正来回巡逻着蟠桃林，经过那一排小妖陶偶时，却忽然看见有一只小妖眨了眨眼。

当头的天罡卫以为自己眼花，凝神细察，却见到另一只也眨了眨眼，便对身后的其余人说：“快去禀告王母，这些陶偶成妖了！不对，他们本来就是妖……唉，总之就是他们活过来了！”

随着天罡卫匆匆而去，一排陶偶在偌大的蟠桃林中，俱又是神色各异，欢喜非常。

第十章
重圆洞房

1

昆仑镜的光芒洒向天际，昆仑山渐渐恢复以往生机。积雪消融，那些枯萎的花朵树木，都变成了往日生机盎然的模样，仙气重新缥缈缭绕。

许宣持剑上前，向着青、白二帝回禀："禀白帝，小青与白夭夭二人，已各祭出一半修行。现今昆仑镜中妖气已然净化，望白帝准许她二人疗伤。"

白帝举目四望，微微点头。许宣鞠躬一谢，快步走回白夭夭身边，将她一把打横抱起，眼底的宠溺与疼惜毫不掩藏，心疼道："傻瓜，你可还好？"

一旁的小青挣扎着，却无法站起，只见到许宣抱着白夭夭离开的身影，索性躺在地上，望着蓝天凄凉一笑，可忽然眼前一暗，一双温柔的大手覆在了她的额头上，面前是齐霄满怀关心的眼神。

小青咧开嘴，对着齐霄露出一个微笑，却扯动伤口，痛得皱眉，齐霄不再犹豫，将她抱起来："我带你去休息可好？"

小青点了点头，依偎在齐霄怀中，将头靠上他肩头，此时的她，哪儿还觉得身上疼痛，只余满心的欢喜。

而白帝眼见此幕，却深深皱起了眉头。

青帝轻叹一声："你还没告诉齐霄从司命那儿探得的消息。"

白帝拂袖而去，怒道："就当我没有这个徒弟。"

青帝怎会不知他说的是气话，望着他的背影，微微摇了摇头。

小青不知自己昏睡了多久，醒来时亦不知自己身在何处，却只知齐霄一直守着她，见到床边那走向自己的人影，虽觉身上极痛，脸上却不自觉地绽开了绝美的笑意。

她热切地看着齐霄，那双妩媚的眼中包含的情意太过直白赤裸，齐霄背在身后的拳头悄无声息地攥紧，低声问：“你身上还痛不痛？”

小青摇摇头，仍旧盯着他看：“我不痛，也没有不舒服。”

齐霄沉默着点点头，别过头不再言语，小青只觉委屈极了：“你就再没有别的要同我讲了吗？”

齐霄微动，他见不得她的委屈……哪怕只是一点儿也不行。

齐霄不知向来心硬如铁的自己怎会变成这样，在他想明白之前，他已伸手轻抚过小青面颊，柔声道：“等你好了，我带你去你想去的地方，做你想做的事。”

小青开心起来，拼命点头，眼底情意更是浓得化不开：“我只想与你待在一起，一直待在一处。”

齐霄下意识地抽回手，却被小青握在了指间。他怕她扯到伤口，便由着她将自己的手紧紧包裹住。

齐霄轻声哄劝：“要想好得快些，你就得乖一点儿。”

小青乖巧地一笑，点了点头。

齐霄眼中掠过一丝挣扎，逼得他将双眸闭起，等小青再度沉沉睡去，方才转身走出门去。门外风雪飘飞的九奚山一片纯净，唯有红梅艳红，傲然点缀其间。他只觉有什么已经超出了控制，在他以往一向只存天地正道的心里，显得极为叛逆。这样的叛逆，不管是凌楚也好，还是以往任何一个时间的齐霄也好，看来都是十分可笑的。

可他偏偏无从抗拒……

他究竟该要如何做……

2

白夭夭静静躺在温泉池中，任剧痛的每一寸经脉都放松下来。

四下打量眼前这池子，不由得又想起了二人的初遇，白夭夭唇边缓缓扬起了笑意，可那笑，很快又因为两人的诸多波折而沉寂。

忽听得外面有细微的声音，白夭夭凝神细听，便知外面是青帝与许宣。

她从泉中走出，披上了衣服。

许宣听到青帝所述，几乎是不敢置信，一时之间，倒有几分呆样："王母娘娘竟如此开恩？"

青帝的微笑如清泉广济天下苍生："娘娘说，那些泥塑小妖在蟠桃林中，吸取天地灵气，或许有一日，能够再度为妖。"

许宣长长舒出一口气，感慨道："原来九重天上，也真的能容下妖族。"

青帝抚着颌下长须，淡淡一笑："这些小妖本就无辜，念他们心存善念，王母娘娘此举也不足为奇。"

许宣微微点头。

青帝慈爱地看着他："如此，你的那些自责，也终于可以略微放下些了。"

许宣沉思许久，释然一笑，又摇了摇头："没想到小青这回的莽撞行事，竟误打误撞，让那些泥塑小妖同时吸取了昆仑镜和蟠桃林的仙气……只是她俩却……"

青帝温言劝道："元神还在，不过勤加修炼便能恢复，只当磨炼心性，也是好事。"

许宣点头称是，眉间终究一扫往日郁结之色。青帝看得分明，顿觉宽慰，轻轻拍了拍他的肩膀，转身离开。许宣目送青帝走远，正待行入温泉池，侧首却见白夭夭正站在池外望向自己，眸中的千言万语，皆化作唇边的如花笑意。

许宣向她递出手去，白夭夭缓缓将她的手搭上，任由他攥紧，再牵着她前行。两人便沿着小径，行在九奚山积雪皑皑的山林间。许宣时不时会转过去望向身边的白夭夭，只觉岁月静好，也莫过如此。眼见她肩头积了薄薄一层白雪，便伸手替她轻轻拍去。

白夭夭回眸，对他展颜一笑，许宣见白夭夭脸颊冻得通红，便用手心焐了上去。白夭夭笑意更深，一双璀璨眸子都弯了起来："这样的天气，总觉得身子乏得厉害。"

许宣眼神中全然是宠纵，揶揄道："从前就是一条懒蛇，如今修成人身，仍是疲懒得紧。"

白夭夭将他的手甩下去，佯作生气道："那我就在此处打个洞睡去了，你自己回去吧！"

许宣凝视着她，忽地一把将她拉入怀中，紧紧拥住，这种失而复得的感觉太过美好，像是心口忽然空出来的大洞被她的热度与柔软填满，他抚摸着她冰凉的头发，笑道：“你不与我同眠，当真能睡得着吗？”

白夭夭脸颊一下子绯红，伸手拍了他腰一下，却落在那里，再没有离开。

两人彼此相拥，任细细飞雪飘洒身侧，时间仿若停滞。

许久后，许宣才轻声问：“娘子，随我回去可好？”

白夭夭抬起头，故意考验般打量着他，轻轻哼了一声：“我且问你，回去以后，家中谁做主？”

许宣笑了：“自然一切都由娘子拿主意。”

“那相公以后要是再孤身犯险，我可要罚你！”白夭夭嘶着嘴，声音也带着些委屈，“无论是福是祸，我都要与你一同承担。我不是小白，处处需要你保护。千年前我就有了名字，你唤我白夭夭，身为人，我能替你分忧解劳。”

许宣牵起她的手，放在掌心细细搓热，他郑重其事地望向她眼底，道：“娘子，是我错了，我不该一意孤行，犯下如此弥天大错。幸好小青的莽撞竟让小妖们有了转机。否则，我背负着那么多条性命，该如何面对三界，如何面对你……”

他言至此处，竟然眼眶一红，白夭夭心中也是痛极，点了点头，紧紧抱住他，踮起脚在他耳边道：“你做了那么多的好事。上天仁德，才终究怜惜你我。”

“再世为人，我真愿此生能不负苍生不负你。”许宣手扶在她颈后，压抑住心中翻涌的情绪，低声道，“但你也得答应我，以后可不许再莽撞行事了。”

“嗯，”白夭夭轻声应了，“从今往后，你我无论吉凶祸福，都要在一起。”

“结发为夫妻，阴阳两不离。”

“相公，带我回家可好？你还欠我一场未完的婚礼。”

白雪纷飞，温柔地包围着二人，恰似漫天飘散的糖霜。时间似乎在许府停滞，一如当日成亲之时。府邸之中挂满了正红色琉璃灯，喜字、喜烛，甚至花草上都用红绸装点，将许府染上了浓浓的喜气。

白夭夭一身大红嫁衣，坐在卧榻之上。与新婚那日一样，桌上的红烛，窗上的剪纸，桌上的喜糖，都并无二致。就连身上的嫁衣，都还是当日那件，不过被许宣用术法将丝线全部换过了。她笑他小气，都舍不得重新为她做一件。他却说这件喜服，是他好不容易从小青手上夺回的，因为是这世上最好的。

许宣见她神色温柔地端详着身上的嫁衣，便拥住她：“当日你吃的苦，今日我全为你补回来。”

白夭夭眼中只有许宣，已是极致的满足，她拉住许宣的手，低声道：“经历了这么多的风波，能在一起，已是难能可贵。这一生，你说什么也不能再舍下我了。”

见许宣笑着点头，白夭夭却依旧是不依不饶：“光点头是不行的，你从前也答应过我，口说还是无凭。”

许宣不由得一笑，眼眸清亮：“那你要如何？”

白夭夭从袖中掏出一段红线来：“月老祠内的小道士说，这红绳再灵验不过了，当日成婚，我就应该用它绑住你的。”说着便往两人手腕上系红绳，“旁人都说你身负七杀格，是天生孤寡之命，可我偏要与你厮守在一处。往后无论有什么变故，我都会在你身侧陪着你。相公，有我在，你这一生定与孤独无关。”

白夭夭手指纤细洁白，指尖圆润如玉，在红绳的映衬下，更显玲珑剔透。

许宣看着她认真系红绳的模样，只觉心中一动：“好。”

白夭夭系好许宣的，却怎么也系不好自己的，许宣便伸手，虔诚为她系上。白夭夭的泪水瞬间盈满眼眶，她破涕一笑，不让这泪水流下，粲然道：“红绳都系好了，往后，你的一切可都是我的。”

许宣抬眸，指尖温柔抚过白夭夭的眉眼：“给你，这一辈子全都给你。我只怕这辈子太短了些。”

3

齐霄并没等到自己做出决定究竟是割舍还是沉沦，青帝便来寻他了。

青帝的话，如一记重锤，直接将他心头敲开一个豁然风口，灌入寒冽雪风，冷得他竟是忍不住颤抖：“此事，可是千真万确？”

青帝微微叹息：“你师父这番之所以震怒若斯，也与此事有关。”

齐霄神色怆然，忍不住怒喝道：“我天生破军之命，一路多舛便罢了，为何还要牵连上她？”

青帝皱眉：“你怎生如此糊涂？破军一格，恒然如此，小青便是你命中注定要收的最后一只妖，齐霄，你收，还是不收？”

齐霄蓦然抬头，嘴唇翕动，山上白雪静静飘落，更衬得他眼神纯净又坚决：“不收！”

青帝长叹："七杀格，命中带煞，凡是亲近之人无一不克。破军格，最是重情重义，只是你若对她动情，便是要死在她手里，否则便唯有杀之，才能破了这命格！若你不收她，便唯有你死或者她亡。齐霄，你身兼三界之大业，始终疾恶如仇，以天下苍生为己任，莫不是竟想要为了小青而自裁吧？那破军命格流失，又当如何？"

齐霄目眦欲裂，急切地问："难道就没有万全之策？"

青帝沉吟道："不愿死别，唯有生离，至此天涯海角，再无瓜葛。"

齐霄闻言，长长地阖起双眼，神情黯然痛苦。

皑皑雪地之中，小青一袭青衫远远而来，青帝望着小青，目光悲悯，柔和地对齐霄道："天降大任，你与许宣一样，命中注定该如此。她是妖，而你，是破军。"

自两千年前，他还是个稚童，知道自己身上有破军命格，是万年难遇的天命，从那时，他便以此为骄傲。从来，他都想担负起这三界大任，只觉仗剑除恶，救济苍生，是天下最快活的事情。没有一刻，从来没有任何一刻，像现在这样，他痛恨自己身上的命格。他痛恨自己从小而来的责任感与凛然正气，他痛恨这天地不仁，以万物为刍狗。他只想，做一天真正的自己。

牵着她的手，看她娇俏又妩媚的笑颜，看她气得直跳的模样，看她扬着尖尖下颌，问他："齐霄，你说我是不是天下最美的女子……"

齐霄睁开眼，不知何时青帝已经走了，面前皑皑白雪中立着的，正是方才脑海里那俏生生的青色影子。小青眼中满满的情意，几乎逼得他后退一步。见他睁眸，她一摇一晃地向他走来，水蛇一般的腰肢摆动得厉害。

齐霄知道这是因为她折了一半的修行，所以连人形都险些维持不住，心底刺痛，却又不能言，再加上……

见他面色不好，小青嘟着嘴不满道："又摆这副脸给我瞧，难道你就不觉得我这样天真烂漫很可爱吗？"

齐霄冷冷道："当妖不好好修炼，哪里可爱？"

小青笑嘻嘻地望着齐霄："总算开口了！"见他冷冷瞥向自己，小青忙吐吐舌头，"修炼，一定修炼！只是你答应我的事情呢？什么时候兑现？"

齐霄此时实在无心与她纠缠，转身欲走，却被小青扯住袖子，委屈道："你莫不是要骗我？"

齐霄望着她晶莹的双眼，心中痛极，克制很久才平静道："你只管养好身体就是，我不会食言。”

小青却依旧不依，攥着他袖子道：“不行，你这次必须给我个准信！那日重伤才令我明白，人生一世太短，妖生也实在不长，必须要及时行乐才是！”

“及时行乐……”齐霄缓缓将这四个字在唇齿间过了一遭，唇边弯起不明意味的弧度，“罢了，待回去人间，我便兑现。”

得了齐霄这句话，小青满是期待，忍不住传令小灰去事先准备。三日后回到许府，小灰便献宝一样将他买来的裙子铺了满桌：“山君，这些都是最时兴的样子，保管你满意。”

小青皱着眉头，一件件挑过去，却没有看到喜欢的：“这件，我是蛇，又不是花妖，穿这么俗艳做什么？这件……你是给青楼姑娘买的吗？这件……劲装又是什么意思？”

小灰默默抱住头：“我想若是与齐霄动起手来……方便些……”

小青气得一巴掌拍过去：“你是要气死我吗？我与齐霄是外出游玩，打架做什么？”小灰瑟缩在一边，不敢再言语。

白夭夭从门外走了进来，手中抱着一条碧色衣裙与一只妆奁，微笑道：“姑娘家的事情，你问小灰，他哪里懂得啊，幸好他把你传信的内容告知了我，我便替你备下了，你来试试看，喜不喜欢？”

见小青闷闷不乐地坐在一边，白夭夭不由得奇怪：“你期盼了那么许久，如今终于能跟他一同出去，怎么还闷闷不乐呢？”

小青抚着心口：“我总觉得今日非比寻常，心跳得厉害，总觉得自己要好好准备一番，可也不知道该准备些什么。”

白夭夭不由得偷笑：“怕什么？你不是还有我吗？我来帮你准备。小灰，出去，我们要更衣了。”

小灰讪讪地出了门，索性坐在门口，拿出新买的话本随手翻着，越翻便越是眉头紧锁。身后的门忽然开了，小灰回头望去，只见小青仍是一件水碧色衣衫，只是样式有所不同，料子轻柔如上好的鲛纱，隐隐反射着华美珠光，上面的暗纹绣花更是美极，腰间丝绢缠绕，裹得她纤腰如素，盈盈一握。原本便是天生丽质，经白夭夭的细细装扮，便是越发妩媚多情。

小灰看得眼前一亮，呆呆傻傻地道：“山君……你今日……”

小青也有些忐忑：“怎样？”

小灰露出大大的笑容，满是赞赏：“大有不同！”

小青微微一笑，便要往门口走去，可是她每走一步，小灰便跟一步。小青不耐烦地回首瞪他："你跟着我做什么？"

小灰一脸殷切："我担心山君，若是今日齐霄做了什么叫人伤心之事，还有我可以陪着山君啊。"

小青朱唇一扬："他是要兑现承诺，带我去玩，我高兴还来不及呢。"

小灰却不认可地举起手中话本："话本上可都写着呢！如果一个男人要对女人兑现承诺，那就是要从此两清，自此桥归桥，路归路，一生再不……"

小青怒喝道："闭嘴！把那些话本全给我烧了！"

小灰见她面色阴沉至极，吓得连忙点头。

见小青又向前走了两步，小灰下意识地赶紧跟上。

小青咬牙切齿，攥着拳头道："还敢跟着我？现在就去烧！"

小灰脸色灰白，一溜烟地跑了。

许宣与齐霄在集市上并行走着，忽听见一名摊贩在叫卖饰品，齐霄驻足，被吸引过去认真挑选起来。

许宣觉得有些好笑："看来你是真的对她动了真心，今天居然要掏腰包买这些东西。"

齐霄不理会他，只从摊位上拿起一支珠钗放在阳光下仔细打量。

摊主见他虽是衣着朴素却器宇不凡，便热情招呼道："这位客官，仔细瞧瞧，全是时兴的样式！"

齐霄从腰间解下荷包，将所有的钱倒了出来："这是我的全部身家，你看能买什么东西？"

摊主打量了一下那钱，拿起一支珠钗："这是宫里的样式，上面嵌的全是顶好的东珠，个顶个圆润。"

齐霄摇了摇头，却忽地在琳琅满目中看上了另外一支碧绿翡翠簪子，那通体的晶莹剔透，似极了她。

摊主有些为难："这支簪子值些价钱，客官有眼光，只是这银两……"

齐霄看向许宣："这回我想给她最好的，替我垫些银两。"说罢便将那簪子拿在手上，径直离去。

许宣望着他的背影，一面掏银钱，一面摇头感慨道："情之所起，果然极深。"

却不见齐霄望着手中簪子，竟是神色黯然。

第十一章
情深不寿

1

临安城的街道之上，人流熙熙攘攘，热闹异常。

小青走在齐霄身侧，依旧是有些歪歪扭扭的蛇的形态，却是难掩面上欣喜，时不时偷看一眼身侧一直目视前方的齐霄，眼神直率。

那眼神太烫，齐霄终于忍不住开口，故作鄙夷地说道："你的法力果然差上白夭夭一大截，不过去了一半修为，这就显露了蛇的本性。怎么，竟是连人身都稳固不住了吗？"

小青气呼呼地道："我怎么就露出本性了，两条腿这不是好好地在地上走着吗？再说了，小白还有许宣偷偷渡了修为给她呢。"

低声嘟囔完，小青偷偷瞄向齐霄，眼珠子一转，了然一笑："我明白了。你这家伙惯是口是心非的！若是你愿意……"

齐霄忽地转头，看向面色泛红的小青，冷傲不羁地直接道："不愿意。"

小青被噎了个正着，顿时又是火冒三丈："我又没要你渡修为给我！是你先提这茬儿的！"

齐霄板起脸来，眼神正经地道："小青，大道直行，你为妖身，只能拼了命地修炼，断不能走歪门邪道！"

小青有些讪讪地停下脚步，嗫嚅道："我平日里也是很努力的。"

"往后还要更努力才是。"

小青见他竟是自己朝前走去，便嘟着嘴追上去，慢慢靠近他身边，齐霄又复往旁边斜走了几步，拉开二人距离。

小青顿生委屈：“说是兑现承诺，出来这一日，就是这样相处的吗？”

齐霄却是置若罔闻，径直道：“早日将你的修为提上去，免得日后拖白夭夭的后腿。”

小青正要生气，蓦然想起小灰刚才说的话，心顿时漏跳了一拍，不由得拉住齐霄，站定在路边，抬头直直望进他双眸：“今天之后，我们还会见面的吧？”

齐霄一愣，眼底逐渐翻涌起无限的纠结。

小青见他没有即时回答，心中更慌，紧张道：“莫不是你真要甩掉我？”

齐霄故作轻松地问：“怎么，你不想见我？”

小青拼命摇头：“怎么会？自是天天都想见的，从日出见到日落，从睁眼见到天黑！”

她总是这样不吝于表达她热烈的情感，可知她越是如此，便越会显得他的懦弱不堪。

齐霄望着她那执拗笃定的面庞，心口如插入了一千根针，痛得他喘不过气来，他佯作无事地转开目光，淡然道：“不管我在与不在，你都要过好才是。你若是日日缠着我，何时才能修炼？”说完也不等小青回答，便抬步离开。

小青却以为他只是想要她好好修炼，暗骂自己多想。

真是可笑，以前最讨厌谁凌驾于自己之上，管束着自己，可若是有他，哪怕是天天被训，也是欢喜的。

小青望着他高大的背影，眼底尽是情意，连笑都是甜的。

街头的酒楼之上，斩荒坐在临窗的位子，正好可以俯瞰整条街道，他微眯着眼，一脸懒洋洋的模样，目光却始终在小青与齐霄之间逡巡，逆云在一旁候着，见他面前茶水已凉，便为他重新续了一杯。

斩荒姿态慵懒地端起茶杯，嘲道：“他们两人，倒是你侬我侬。”

逆云立马俯下身子，问：“主上想要怎么做？”

斩荒望着街头匆匆走过的人群，眼神悠远：“我想要小青身上的贪狼和齐霄身上的破军，或许眼下便是良机可一举夺回，合二为一。”

逆云却是担忧万分：“主上是肉身觉醒，元神尚未养好，若再取心头之血，恐怕影响大计。”

斩荒不以为意地摇了摇头：“若用心头血换来破军命格，这买卖再划算不过，只是事成之后，我要闭关修养一段时间。对了……此事重要，切不可让饕餮知晓。我只怕他又生出不该有的心思。”

“属下明白。”

斩荒露出满意的笑意，轻饮一口手中茶汤，再感慨道：“世间有妖，花费数百年，甚至千年时光修炼成人，活上数千年甚至万年，历经人世百态，却参不透一件再简单不过之事。妖与人同在三界之中，天生立场就不相同，样貌、习性，就连修炼的方式都截然相悖，却偏偏想要融洽相处。”

街道上，来往之人三两成群，面上俱是欢乐与幸福，斩荒目光却陡然凌厉，冷笑道：“仙族占据九重天一日，我妖族就呈必诛之势。妖若要统治这三界，就得先将这人间，化作九幽炼狱。”

眼见小青与齐霄走入人海之中再不见身影，斩荒方收回冷厉的目光，看向为自己斟茶的逆云：“那白夭夭这几日都在做些什么？”

逆云没料到他突然问这么一句，有些丈二和尚摸不着头脑，迟疑道：“这……属下倒没有派人去盯着她，我这就去……”

斩荒摆手：“不必了，我不过是随口问问。”

逆云不解，便追问道：“主上为何对白夭夭这样关心？可是有什么计划？”

斩荒手中攥着茶杯，也是一脸困惑：“我也不知道是怎么了，这心好似不受控制一般。明明应当关心小青，可却总是想起她来，甚至对许宣，我也恨不得杀之而后快。”

2

夜幕降临，华灯初上，齐霄同小青缓步行至河边，只见河岸对面一片灯火通明，好不热闹繁华，小青遥遥望去，未承想身前的齐霄已经停下脚步，便一头撞了上去。

齐霄大掌抵在小青面上，小青一惊，急忙后退：“你做什么呀？”

齐霄冷哼一声：“走路便走路，眼睛飘到哪里去了？”

小青跺了跺脚：“你的眼睛才有问题呢，枉我精心准备，竟是丝毫不见。”说着紧张地跑到河边，对着水面整理妆容，“还好还好，没花，我还是世上最美的女子。”

齐霄听她的自大言语，目光却变得柔软，嘴角也忍不住上扬，他低头从怀中掏出那支玉簪来，递向小青：“喏，给你的。”

小青刚一回头便看到眼前玉簪，惊喜道：“这还是你第一次送我礼物！”说着便接过簪子插进自己乌云般堆砌的发间。

齐霄俊脸微红：“是许宣非要买给白夭夭，两个人一同买可以便宜些。你也知道，金山寺都是些和尚，哪有人用……”

不等他说完，小青已经直接抱了上去，将头埋在他宽广的胸前。

齐霄愣住，正待将她推开，便听她闷闷讲道：“这簪子碧绿通透，还算配得上我的样貌。你放心，今后我日日都会戴着它的。”

齐霄目光落在小青黑发间的那一点儿青翠，眉目间却染上了伤痛。

此时河面上远远漂来一串水灯，小青的注意力很快被吸引过去，便松开他，兴奋道：“我道你不带我去看城中的庆典，不看城外的烟火，原来是带我放水灯来。真是美极了，我还从未见过这样的景致！”

她的笑容在这夜色下，灯光里，才真的是美极了。

齐霄忍住满心疼痛，绷住面色：“你做人已有时日，可知这水灯是什么用处？”

小青想也不想便答道：“是男女定情！”

齐霄缓缓念道：“破无明，脱生死，诸法空相无常，世人却困顿其中。”

小青小脸皱成一团：“你在念些什么？我一个字都听不懂。”

齐霄徐声解释道：“水灯是人间的祈愿，想要顺流直达天听。今夜，金山寺弟子也会来此放水灯。”

小青了然地问：“是为了超度那些和尚吗？”

齐霄眉目间染上几分萧索，叹道：“小妖或许还有成为妖的机会，但那些弟子，却回不来了。”

小青感受到他的落寞，上前一步，凝望着他，郑重地说：“我明白了，你带我来，是希望消弭金山寺与妖之间的仇恨。”

齐霄闻言，看向她那双看似生得妖冶妩媚实则清澈至极的眼眸，脸上渐渐浮现出愧疚之色，可小青却未察觉，只得意一笑：“你放心好了，我绝不是那等不知轻重之人。小妖们如今在蟠桃林，我已心无牵挂。今晚我定会好好表现的。”

齐霄不忍地转开目光。

小青却以为他是不好意思，只在一旁笑嘻嘻地看着他。

远处成器拎着一盏莲花灯匆匆而来，唤道："齐霄师兄！"

齐霄转头，见到成器，回身望了望小青，便向一边走开两步。

成器亦是不敢靠近小青，只俯身在齐霄耳边低语了几句。

小青努力偷听，只将成器那断断续续的语声听了个大概，什么莲花灯碎了纠缠不清的……小青不由得一头雾水。

眼见成器说完后将灯递给齐霄，她便向目光扫过来的他扯开一个单纯善良的笑容。

成器看见那笑容，却是有些忌惮神色，眼见齐霄示意自己离开，便赶紧转身跑开了。

小青只当他一时接受不了自己的善意，毫不介意地蹦蹦跳跳上前，接过齐霄手中的莲花灯。

两人一同走向金山寺的法会。

小青惧怕木鱼之声，因此待永安师叔念完经，沙弥们敲完木鱼，小青才敢上前。

眼见小沙弥们开始点亮一盏盏水灯放进河中，齐霄伸手想从小青手中拿过莲花灯，小青却紧握不放。

齐霄有些讶然地回头，只见在灯光的照耀下，小青面上有着与平时不同的温柔之色。

她带着那丝小家碧玉般的乖巧，轻声问："适才成器是不是同你说了一个传说？"

齐霄正望着小青有些愣神，听到此话便瞬间找回意识，眼底闪过慌乱，呵斥道："超度法会，你在胡思乱想些什么？"

"今日是为那些金山寺的亡者超度，我知道的。"小青仍旧笑得低眉顺眼，拎起手中的莲花灯，望着面前的河水道，"河水幽幽，连接生死两界，这莲花水灯，承载着亡魂的期盼。听说，若是这水灯没能顺利地放在水面上，那么一同放灯的两人……"

小青回头望向齐霄，齐霄则看着莲花灯中的荧荧烛火，短暂的停滞后，小青突然间松开手，莲花灯径直落向地面。

"啪"的一声脆响，莲花灯碎了开来，烛火明明灭灭纠缠半晌，终是在一阵风后，熄灭了。

齐霄惊怒："你这是何意？"

夜风拂乱了小青的鬓发，她抬手，将发丝勾往耳后，斜着头望向齐霄，眼神妩媚如丝，声音也是情意无限："若是放灯的两人，没能顺利地将灯放入河中，生生世世，都得纠缠不清。"

齐霄浑身一震，不由得怒骂道："与我纠缠不清，有何好处？你可别忘了，你是妖，而我曾经以收妖为生！"

"我不怕曾经，我只怕将来！"小青热切地看着他，"我心里慌极了，也害怕今晚过后，你已兑现你的承诺，咱们之间，就此两清……可我偏偏不要跟你两清！"

河面上漂来丛丛水灯，齐霄分明看到，小青眼中竟有些亮闪闪的颜色，璀璨的光芒仿若一把利剑，直刺向他的胸前，逼得他不自觉后退两步。

小青却是步步紧逼，清越坚定地说："曾经你要收我，我不曾怕；如今，你心里瞧不上我，我也不怕；将来……将来就算你去了九重天上，或是黄泉炼狱，我亦不会怕。"她点了点自己的心脏，一字一句道，"我心里想着你，念着你，便要同你纠缠在一起！我要像小白陪着许宣那样，陪着你！"

她的情意不加任何掩饰，就这样直接地摆在了他的面前，她的整颗心，装有他的整颗心，她仿佛都剖了出来，血淋淋捧在他眼前，说着：齐霄你看啊，我真的好喜欢你，我要同你日夜相伴，我要同你天长地久。

齐霄只觉得心里有根弦断了，耳边诵经声响起，齐霄立马坐下来，闭上双眼，默念起了清心咒。

小青见他躲避，也终是痛苦满面，怒道："我不明白！你心里就是有我，你未入佛门，何来四大皆空？"

齐霄闭着眼睛，沉声道："我一心向佛，你休要再说。"

小青冷笑两声："你连你心中所想都看不明白，何来慧心？何来明台？你睁开眼，看清楚，我到底有没有在你的佛心中！"

小青的一声声逼问，直教齐霄无处躲藏，他闭着眼睛，却感觉周围诵经的沙弥似乎都在责问于他，心中便是越来越慌。

小青见他面色纠结，额上浮出冷汗，便伸手攀上他的双臂。

齐霄一惊之下将她推开。小青痛呼一声，齐霄立即睁开眼来，却只看见小青笑意盈盈的眼眸，清澈异常。

小青甜声道："你输了！齐霄，你心里终是有我的！"

齐霄大喊道："我没有！"

永安与众沙弥听见二人争执，都转身望过来，齐霄感受到众人的目光，更是慌乱异常。河灯已经放毕，永安从蒲团上起身，自齐霄身边走过，从地上捡起那破碎的莲花水灯手柄，交付到齐霄手里。

齐霄面露惊慌，永安则是摇头叹息："爱不重，不生婆娑。念不一，何处净土？"

齐霄的目光随着永安的步伐飘远，半晌回头，又见到小青一脸倔强。

永安的话还回响在齐霄耳侧，齐霄的怒气渐渐消散，他平静地对小青道："小青，你蒙着眼跟我去一个地方。到了那里，你便明白，你犯下了什么错。"

小青狐疑非常，却毫不犹豫地答应了齐霄。

3

清晨的阳光洒下，照着花瓣上的露珠，玲珑透明如情人的眼泪，恰有微风拂过，带动花瓣轻摇，那抹清透便直直坠向了尘泥。

齐霄牵着小青的手，沿着小道走到坡顶的大树下，停下脚步，沉声道："到了。"

风蓦然而起，林中叮叮之声不绝于耳，小青侧耳倾听，唇角忍不住露出笑意："这是什么？这声音好悦耳，像是音乐一般。"

齐霄望着她的神情，眸中染上恸色，声音却是冷如寒冰："你当真觉得，这声音好听？"

小青蒙着眼拼命点头，雀跃而欢欣。

齐霄深吸了一口气，才似下定了决心一般，伸出手摘下了蒙住小青双眼的布条。

小青一时被阳光照得睁不开眼，忙用手去遮挡，清脆悦耳的声音再度响起。

逐渐适应了光线的小青发现面前这棵巨大的树上竟然悬挂着一颗颗晶莹剔透的琉璃珠子，好似风铃一般。

小青忍不住靠近："原来是它们发出的声音，这些珠子好漂亮啊！"阳光下的珠子泛着五彩光芒，如梦如幻，小青陶醉其中，伸手触摸那些珠子。

“漂亮？”齐霄冷厉的声音像是要震碎她的美梦，他站在她的身后，望着她婀娜的背影，沉声道，“你还记得我曾经收过多少只妖吗？”

小青侧过脸，不解地看向他。

齐霄抬起下巴点了点面前的树：“你仔细数数，这树上有多少珠子。每一颗，都是曾被我收服的妖所炼成的灵珠，这声音还好听吗？你还会觉得它们漂亮吗？”

小青一时愣在原地。又是一阵风过，那叮叮之声却不再悦耳，小青浑身一颤，手指蓦然离开了那些琉璃珠。

齐霄直直看向面色苍白的她，严厉地问道：“这样，你还想与我生生世世纠缠不清吗？”他走近她几步，“这树上有多少颗珠子，这世间便有多少妖死在我手里！小青，你数一数，清算个明白！”

小青闭眼大叫：“我不数！我不数！”

齐霄将胸口那些痛楚强压下去，双手紧攥成拳，继续冷声道：“那我数给你听！这一颗，是西域沙漠中所收，他是七百年的狼妖……这一颗，是北海蚌精……难道你还不清楚？我手上沾染了多少条妖命！而你，竟然还想与我纠缠不清？”

“那些都过去了！”

“不会过去的。你与我之间，人与妖之间，这些事永远不会过去。”

他的话太过残忍，可该死的都是对的。

小青绝望至极，双手渐渐松开。

而齐霄任由自己心头血肉模糊，面上也是淡漠如常：“不要想着与我纠缠生生世世，以后，有多远躲多远。我是人，你是妖，生生世世无法改变。”

小青匆匆摇头道：“可是许宣也娶了小白！他根本不在乎！”

“我在乎！妖杀了元一师父！屠戮了金山寺众多师兄弟！”齐霄怒喝道，“这样的过往，我放不下！”

小青听得接连后退几步，再指着那琉璃珠，惨笑着轻声问：“若有朝一日，你我对立，你也会对我痛下杀手吗？”

齐霄狠声道：“会！”

小青脸色无止尽地惨白下去，她盯着齐霄，嘴唇颤抖，却说不出一个字来。齐霄深深望了她一眼，转身大步离开。

风仍在吹，叮叮之声依旧清脆悦耳，小青喃喃道：“不会的……你绝不会杀我，当日重伤是你护我；数度涉险，也是你救我。你答应过我，无论如何，一定会保护我的。”

齐霄似未听到她的言语，离去的脚步无比决绝。

小青抬头看向那些内丹炼化而成的五彩珠子，那样光彩夺目，却是来自一条条与她相同的妖的性命。小青的眼神渐渐变得恐惧起来。

小青胆小。她也一心想要得道成仙，因为修行不易，她时而偷懒总想走些捷径；也因为修行不易，她最是贪生怕死，惧怕现在拥有的一切都会在朝夕之间分崩离析，不再存在。

“啊！”小青抱住自己的头，发出一声惨烈至极的长嘶，震得林中飞鸟扑棱着翅膀飞上长空。

第十二章 齐霄剃度

1

小青一夜未归，连传音符都未回，白夭夭担心不已，可缘于许宣近日开始在药师宫挂诊，又受命调查潇湘仙子心头血被取一事，忙碌不息，她只能自己出去找了好几遭，后来许宣回来后，才带她去了山巅下。

两人还没来得及上山，小青就已一脸失落地缓步下来了，抬头见到白夭夭，便委屈地直接上前抱住了她。

白夭夭看她失魂落魄，不由得心痛至极，问道："怎么了？他莫不是欺负你了？快告诉我。"

小青哑声吼道："我不明白，小白，人与妖之间难道真的注定无法相爱吗？"

白夭夭将小青扶起，为她理了理散乱的鬓发："我从不信这些！小青，若真的爱上了一人，情之所至，哪里能轻易停止。我要与相公一生相守，谁也拦不住我们。"

小青闻言，浑身颤抖得越发厉害，白夭夭只能紧紧抱着她，不住地安抚。

许宣看得眸中颜色一沉，问道："小青，齐霄人呢？"

小青只把头埋起来，半晌不语。许宣抬首望向山巅，眉头悄无声息地皱了起来。白夭夭带着小青回去了，他则去了金山寺。齐霄正盘腿坐在蒲团上，边敲木鱼边念经文。可思绪偏是混乱至极，黑暗中，齐霄不断想起小青的样子，似有无数的小青围着他在质问着，每一声都直直叩向他的心口——

“你输了，你心中有我。

“有朝一日，你会杀了我吗？

“你放心，我绝不会让你失望的。

“齐霄，我心里难受，闷闷的，你说我这是怎么了？”

齐霄诵经越来越快，额头上也沁出密密麻麻的汗珠。

许宣一把推开房门，见状立马面色一沉，冷声道：“宁心静气，抱元守一，放空明台！”

齐霄受许宣的指引，呼吸终是渐渐平顺，半晌睁开双眼。

许宣微怒道：“你心中不静，强练佛法，只会走火入魔！”

齐霄面色沉静：“我心中并无杂念。”

“那你告诉我，你为何要亲手将小青逼走？”千年的知心相交，若说许宣不知道齐霄究竟是何心思，那也太可笑了，“若不是太在意，行事哪来的如此刻意！”

“我这一生的宿命本就是捉妖，遇上小青，我只当是可笑至极的一场大梦罢了。”齐霄望着门外的光线，神色淡漠，眼神中也是一片死寂黯然。

许宣冷笑了一声：“你若对小青无心，为何要送她簪子？”

齐霄皱眉不语。

许宣叹了口气，平静下来，缓声说道：“齐霄，躲避解决不了任何问题，从前我认识的你，可不会这样迷茫困顿，僵在原地。”

齐霄站起身来，神色冰冷地走出门外：“我的事，不需要你来管。”

小灰陪着一脸抑郁的小青，弱弱地唤道：“山君……我有事想说……”

小青神色呆滞，恍若未闻，半晌才问：“小灰，你上回说的话本，两清之后呢？”

小灰一时没有反应过来：“什么两清之后啊？”

“不是你说的吗？男人若是兑现了承诺，就是两清！”

小灰恍然大悟，得意道：“小的看了几十本话本了，但凡这两清的男女，都没什么好结局！不是天人永隔，就是老死不相往来。所以啊，上次就告诉山君了，你跟那齐霄之间……”

小青瞪向他，一脸愠怒：“别说了！我要把那些话本全改了！为什么写这些，良辰美景才子佳人有何不好？”

小灰低声嗫嚅道：“上哪里改呀，上次你不是叫我全烧了吗？”

小青一口气堵在胸中：“那我就去金山寺找他问个清楚明白，让你看看，话本中那些个乌烟瘴气的，没一句是真的！”

说着小青就冲出了房间。

小灰正待追出去，却看见许宣从门外进来，迟疑一下，对许宣道：“许大夫，近日临安府出事了。”

“何事？”许宣神情一肃。

“有许多小妖被人抓了去，皆是些法力低微但生性平和的，眼下大伙儿都不敢出去走动，提心吊胆的。我在想，会不会是饕餮……”

“我r娘子呢？”

“哦，方才来了位病人，白娘娘先去备药了。”小灰说完又张望了下门口，显然是担心已跑得不见踪影的小青。

许宣沉思着颔首：“我知道了，会同娘子去查的，你去陪你家山君吧，有什么事立马来跟我说。”

齐霄端坐于山巅那棵挂满琉璃珠的树下，抬头望去，竟觉那粒粒琉璃皆化为血色，他不由得心头一惊，慌忙闭上双眸。其实连他也突然记不清自己收了多少只妖了。自从与小青感情渐笃，他再不以收妖为己任，竟慢慢地将这曾经引以为傲的数字给忘了。或许从内心深处，他便是不希望自己记得的。他想到了昆仑镜一事中，白夭夭来找他帮忙，告诉他自己准备如何搭救小青时的坚决。那既是她为了救小青而做的付出，同样也是为了许宣。白夭夭语声里是不容怀疑的情深：“从前我本事小，总是让他为我操劳、受伤、受责，最后甚至灰飞烟灭。如今，他历尽千辛，终于蜕成仙骨，我绝不能让他再受苦楚。他要怜惜苍生，已然不易，怎能再为我有所损伤？”

“许宣待你，也是如此。”

白夭夭淡然一笑：“我知道，我与他之间，从没有信与不信，只有能与不能。”

…………

许宣同白夭夭为抗天命，彼此都未曾有丝毫妥协，毫不犹豫地要在一起。

那他呢？

他不敢……

他不敢用这天下苍生和小青的命去赌。

他宁愿回到最初，小青安安好好的，就在山中做那个小奸小恶又无忧无虑的山君。

就由他一个人，去扛那三界重任，去扛那无法违逆的天命。

齐霄面色颓败地睁眼，叮叮之声依旧清脆不绝。他忽有所感，回头，只见小青已不知何时来到，正静静立在他身后，形容萧索。

两人相视无言，唯有琉璃珠随风相撞的清脆声响。半晌过后，小青才轻声开口："我去过金山寺找你……"

齐霄握紧拢在袖中的手，冷漠道："我对你无情，你又何必纠缠？"

小青笑意凄然，语声亦是如此："那你告诉我，究竟如何，才能让你动情？"

齐霄遥望着她，再回首时，头顶那些内丹凝结而成的琉璃，每一颗都映着小青的模样。

齐霄心头一凛，转身大步离开。

小青追了两步，大声喊出："你不是没有对我动情！是你不敢！齐霄，你不敢爱我！"

齐霄心头剧痛，却再也没有回头。

回到金山寺，他径直去了永安师叔禅房中，跪在他的面前坚定地道："我已经决定了，还请师叔成全，为我剃度。"

永安认真回望着齐霄："佛门不是逃避现实之处，你可要想明白。"

齐霄毫不犹豫："师叔放心，我想明白了。"

永安闭目点头："何时？"

"就在今晚。"

永安睁眼，只见齐霄眼神笃定非常，他朗声再说了一遍："还请住持替我剃度，入我佛门，以定我心！"

永安缓缓问："你可知剃度之后，便不得再沾染红尘！"

齐霄郑重叩首在地："心中有佛祖足矣，齐霄愿……永不入红尘！"

2

一小妖在树林之中拼命奔跑着，不时回头张望，忽然间一根毒丝从暗处射出，从背后袭向小妖。

小妖惊叫着拼命抵抗，那丝线却带着黏性，极快速地将小妖包围，将其悬挂在空中。小妖在层层丝线包围中，神情更加恐惧。冷凝笑意森寒地自树后走出，不顾小妖露出的求饶神情，任十指丝线穿过小妖心口，再残忍地笑着念咒。转瞬之间，小妖怒吼一声抬起头来，双手长出尖锐指甲，已是彻底入魔。

小妖扯开身上的丝线，神态狰狞地向冷凝毫无理智地攻去，却远远不是冷凝的对手。

冷凝就带着几分冰凉笑意，猫捉老鼠一般同小妖过招。

突然间，一道黑影从天而降，笼罩住魔化的小妖，一手扣住他，利爪从小妖体内生生掏出灵珠来。

冷凝娇笑一声："怎么又等不及了？我还没玩够呢。"

饕餮冷笑道："如此虐杀，真叫人胆寒啊。"

冷凝面色森寒："他是妖，这难道不是他的宿命吗？"

"你也已经成妖，心里却仍旧如此恨妖？"

"我没空跟你费口舌，你带走小妖吧。"

饕餮玩味一笑："我来是想要告诉你，许宣、白夭夭就在林外，不出一刻钟，便能追到这里，冷凝，你若落入许宣他们的手里，又会是什么下场？"

冷凝冷冷回视，但从听到许宣名字的一霎，心就已经慌了。

饕餮当然知道她不可能不在乎许宣，笑意更深："你四处虐杀的威名想必已经传入了他耳中，我真是越来越期待你们对上的一刻。"

冷凝不再理他，当先往林外走去。

饕餮同冷凝回到洞中，只见当中一口大铜炉正烧得滚热，蝶蔓坐在炉火旁，面上的伤疤在炉火映照下显得越发恐怖。

饕餮将小妖灵珠抛入铜炉，一道光闪过后，铜炉开始剧烈震动。

冷凝看着对饕餮行礼的蝶蔓，微微一笑："或许，用蝶蔓炼化，更能加速修炼呢。"

饕餮怒吼一声，转身用手爪扣住冷凝咽喉，怒道："不要一再挑战我的底线！有朝一日，我容不了你，一样会杀了你！"

冷凝丝毫不见慌乱，只冷冷一笑，便令饕餮松开了手，转身而去。

许宣同白夭夭正好在附近调查小灰所述之事，便感到了饕餮的妖气。二人追踪到树林之中，却已是不见了饕餮的踪迹。

白夭夭闭眼仔细感受了片刻，道："饕餮的气息仍在，他应该没有走远。"

许宣指着远处横躺于地的小妖，长叹道："我们已是来晚了，若非小灰告知，怕我们专注于潇湘仙子之事，倒是忽略了饕餮。"

白夭夭看在眼里，目露哀痛："这些日子他四处虐杀小妖，当真太残忍了。"

许宣盯着小妖旁的几缕蛛丝，皱眉道："只怕，行凶之人不止饕餮一个。"

白夭夭也看到了那蛛丝，轻叹了一声："冷凝……若有一日我们与她对上……"见许宣神色怅惘，白夭夭不再多言，转而问道："相公，你说潇湘仙子的事会不会是饕餮做的。"

许宣也稍稍回神："不知道，但他刚刚找回肉身，若是敢把手伸到九重天上，未免也太胆大了些。只是他既找回肉身，用这么多妖的灵珠是想做什么？"

"那我们现在该怎么办？"白夭夭愁眉紧锁。

许宣思忖着道："我想，他身为龙子，所图必定还是蛟龙的封印。这事我得尽早告知师父，寻个法子主动出击才是。"

白夭夭认可地点了点头，宽慰般握住他的手："又是饕餮，又是潇湘仙子，又是药师宫……相公近日实在是辛苦了。"

许宣微微一笑，紧握她柔荑在手："有你相伴，我又怎会觉得苦？"

白夭夭看清他眼中的浓情蜜意，娇羞地低头，但忽而又想起为情所苦的小青，立马又是愁容满面："我得先回去看看小青。"

"我陪你。"

白夭夭的笑容还没有完全展开，从金山寺便传来了古朴钟声，一时两人都驻足倾听，眼见钟声结束后许宣神色大变，白夭夭不由得蹙眉问："出什么事了？"

"九声……金山寺要举办剃度大典。"许宣迟疑着没有说出心中猜想。

可白夭夭却转瞬便已明白，忙道："你去金山寺，我回去找小青。"

许宣摇了摇头："我们直接去金山寺，她若不知倒也还好了，我们直接劝住齐霄。若是她知道了，必定会来的。"

白夭夭稍一思索，便点头同意了。

二人掐了个诀，急急往金山寺赶。

到了竹林外，便已听到了木鱼阵阵，更看到了在这木鱼声中步履维艰的小青。二人赶紧落地，白夭夭也已是面色灰败，而小灰拼死抱住捂着双耳坚持前行的小青，更直接吐出一口鲜血来。

小灰反手抹去唇边的血，嘶声道：“这木鱼之声，声声穿透心脉。山君，你才刚刚经历昆仑山劫难，凭你现在的法力，如何能前进？”

小青唇边也隐见血丝，眼神中却是豁出性命的坚定：“我要见到他，就必须进去！”

白夭夭也不由得上前来劝：“小青，你如此执着，甚至不顾生死，到底为什么？”

“小白！连你也不明白我吗？”小青眼神中全是倔强，硬挺着缓步向前，每一个字从齿缝中蹦出都带着血意，“他以为这样，我就会退缩吗？我要证明给他看！齐霄！无论你如何做，这辈子我都会缠着你！”

白夭夭见她步履艰难，十分心痛：“傻小青！他是要剃度之人，剃去三千烦恼丝，从此与红尘再无沾染！”

小青闻言，却是一笑：“若他真敢剃度，只要我不死，就每日上金山寺闹！他想渡越生死，我偏要掀起红尘情缘！”

随着木鱼声越来越近，小青步伐也越发艰难，几乎伏地而行。

“山君，你别再执迷不悟了！山君！”小灰跪在地上，恨不得将小青的脚抱住，不再让她多向上一步。

小青却置若罔闻，兀自手脚并用地前行：“齐霄，你这个懦夫，明明心中有我，却不敢承认。剃了头发就能忘却俗事吗？你连亲口拒绝我都不能，如何能忘掉我……”

白夭夭心中一恸，几乎落下泪来，转而求助地看向身后的许宣：“小青你先等等，我让相公去找齐霄，看能不能安排你们见上一面。”

小青止住脚步，一并满怀祈求地看向身后的许宣。

许宣先是微不可察地摇了摇头，但耐不住白夭夭恳求的眼神，便长叹一声道：“这木鱼之声不过是警告，并不会伤及小妖性命，既然他留了一丝善心，我便去试试吧。”

夜色中，金山寺的回廊上挂起一盏盏晶莹的琉璃灯，透出暖色的光芒。

永安与齐霄二人在回廊上缓步行进，永安行走在前，依旧是满面病容，但他今日穿戴着全套衣冠，风吹起红色袈裟，却颇有世外高人的飘逸之感。

齐霄神色镇定地跟在后面，紧抿嘴唇，不发一言，他抬头望向廊下的琉璃灯，以及更远的黑色山林，目露迷茫。

许宣突然出现，拦住二人去路，向永安双手合十行了个佛礼后望向齐霄：“既要出家，红尘之事，该做个清楚了断。”

齐霄眉头一皱，轻声道：“已经了断，何来红尘？”

许宣平静地质问：“那林中的小青又为何寻来？”

齐霄眸中终是露出一丝慌乱：“今日是剃度大典，她……进不来的。”

许宣冷笑一声：“你若六根清净，应当无惧，为何要设下音障？齐霄，你在怕什么？”

齐霄眼中有着无限迷茫，却是不知如何回答。

许宣见状，慨叹道：“只要一刻钟，让她死心！”

齐霄双手渐攥成拳，有些不知所措。

木鱼声渐消，寺门前长阶上的诵经声却已经响起，一声声叩问在齐霄心口。廊上的琉璃灯随风摇曳，仿如此时齐霄摇摆不定的心。

永安靠近齐霄，和蔼地道：“去吧！一刻钟，佛能等。”

齐霄望向永安，深深点头，又对许宣道：“大殿之上，我等她。”

说着便朝着大殿快步而去，许宣望着他的背影，不由得轻叹一声。

3

小青缓缓推开大殿大门，夜色从门外洒入灯光昏黄的古朴大殿。佛像慈眉善目高坐殿中，齐霄则背对大门端坐蒲团之上。

小青望着他的背影，竟是一时不敢向前。

齐霄闭眼念着佛经，似乎开门声与开门之人，皆与他毫无关联。

小青深吸了一口气，缓步走向齐霄，半跪于他面前。

齐霄仍闭着眼，口念佛经，小青想要伸手抚摸他那坚毅的面庞，却指尖一颤，终究不敢触上，她徐徐地闭了眼眸，苦声问道：“你以为你入了佛门，就能躲开我吗？”

齐霄口中不停，小青泫然欲泣，睁眼凝视着他：“齐霄，今日前来，我只想问问你……若是你一开始便对我无情，在昆仑山时，你又何必与许宣私谋，要相救于我？”

齐霄口中一顿，终是停了下来。

小青柳眉轻蹙，笼上一层寒烟般的愁绪，声音低婉，却字字直击齐霄心头："齐霄，叫你承认你对我有情，叫你看清自己的心意，当真有这么难吗？你连红尘俗世都能割断，连对我说一句真话，都做不到吗？"

齐霄仍旧闭眸，神色平静地开口："当日，不过是许宣的决定，我相助而已。"

小青不敢置信地望着他，试图从他的神情中找到一丝动摇，齐霄却一副四大皆空的模样，漠然道："小青，你天性纯良，不谙世事。若我令你误会了，是我之过，我不怪你。"

小青缓慢摇头，咬着苍白的下唇道："也许，你曾对我动过一丝情，一丝爱……几多往事，朝夕相处，我不信你就那样铁石心肠！"

齐霄终于睁开双眼，看着面前小青眼底的炙热与痛楚，他目光几变，平静、悲悯、决然，唯独没有情爱……半晌，他冷声道："从未有过。"

小青一愣，却仍不死心，思绪几转，甘做困兽之斗："那蟠桃林中是为何？我被饕餮打伤时，你又何苦相救？"

齐霄淡然说："我怜你有慧根，愿渡你过苦海。"

小青仓皇地冷笑道："众生茫茫你为何不渡？你待我却与旁人不同，这点你认也不认？"

齐霄摇了摇头，轻叹道："小青，情有千种，你缘何笃定，我对你就是男女之情？"

他这一问令小青无言以对。小青深深地感受到了绝望。

她跪坐在佛像下，自讽笑着，低喃道："原来，你真的不曾骗我。是我，一厢情愿罢了。可你曾说过你不入空门，为何当初骗了我？"

齐霄不由自主地低声回答："对不……"

他的歉意没有说出口，便已仓促停住，平静的双眸中，藏了多少波涛汹涌的情感，他自己或许都是低估。

然而，终究只能如此了。

佛像目露悲悯，室内灯火融融，檀香、经卷、月升、乌啼，构成了静谧的空间，让人心生平静。

许宣踏入大殿，见此情形，心中也是动容，却轻声道："一刻钟到了。"

小青闻言抬首，眼中水汽蔓延，却不肯直视齐霄。

齐霄起身，对她温言道："我答应了白姑娘，要看顾于你。往后我入空门，一样会信守承诺。小青，莫辜负你的慧根，勤加修炼，心向正道。”

这一句，像是最后一记利刃，他终究把所有的一切，都撇清了。

从此佛海无涯，妖界沉浮，各自为安。

齐霄努力压抑着心中的万千情绪，理了理衣袍，口中吐了一句佛号，转身离去。

小青一直低眸静坐，在他转身后，才望向他的背影，脸颊上却有一丝眼泪滑落。

小青有些不敢相信，伸手拭去那滴眼泪，似笑非笑地颤声道：“原来这就是泪。不是甜的，也不是苦的……”

齐霄大步前行，朝着大门走去。

小青看着他消失在夜色之中，泪水如断了线的珠子，再也止不住……

第十三章
斩断红尘

1

月亮从檐角慢慢升起，又是一个夜凉如水的晚上。

长长的阶梯将金山寺高举在顶，一眼望不到头。

长阶两侧，各有一列金山寺弟子，手持琉璃灯，神色肃穆地夹道而立。

永安立在长阶尽头的寺门之前，望着脚下的俗世，拨动手中念珠：“剃度功德殊胜行，无边胜福皆回向。普愿沉溺诸众生，速往无量光佛刹。十方三世一切佛，一切菩萨摩诃萨，摩诃般若波罗密。”

他的声音苍浑有力，远远地传出去。

齐霄站在台阶下，抬头仰视庄严的寺门，此次再入金山寺，前尘俗世，便是真的了断了。

永安肃然的声音又起：“断念路，一步一了断。绝情绝爱，断了红尘妄念……”

齐霄随着永安的声音，踏上第一阶，然后是第二阶……每一步，他都行得格外坚定。

小沙弥持着琉璃灯跟在齐霄身后，在长阶上化作一道橘色长练。

白夭夭与许宣站在阶下，望着齐霄这一步步没有回头的去路，白夭夭怒道：“我只道他一时糊涂，原来真选了这条路。好一个断情绝爱，他下凡历练，倒修成了如此铁石心肠！他怎能对小青如此无情？”

许宣却是轻叹：“或许正是有情……”

白夭夭冷言道："他若有情，就应念着小青，护着小青，而不是任一介痴情女子为他情根深种，又伤心断肠！"

"若是无情，小青就算身死在金山寺外，齐霄也不会相见，"见白夭夭皱眉不解，他怜爱地望着她，又望向齐霄的背影，"娘子，人有八苦，生老病死，爱别离，怨憎悔，求不得，放不下……齐霄正是有情，才会这么做。"

白夭夭正欲细问，忽然身后传来一阵喧嚣，那是去又复返的小青狼狈跑来，挥开小沙弥的阻拦，往阶梯上冲去。

白夭夭不由得惊呼："小青！"

小青被齐霄身后的沙弥们挡住了去路，她目光紧锁着齐霄的背影，怒吼道："让开！"

弟子们却一步不让，而齐霄顺着阶梯越走越高，也是对身后喧嚣置若罔闻。

小青正要出手，许宣挡在了她的面前，质问道："你要闹到什么时候？"

小青倔强地望着他："我不是小白。就算我道行有损，你也管不住我！"

许宣轻叹一声，徐声道："齐霄与我相识数千年，很少开口请托。方才他托我，不让你入这金山寺的山门。"

"他拒我于千里之外，用不着你提醒！"

"你的一刻钟已经过了，那是他给你的最后的时间。你当明白，昨日之事昨日死，眼下，他已不再是齐霄了。"

许宣的声音带着近乎残酷的无情，白夭夭在一旁也是面露不忍，而小青再开口时，已是带着哭腔："一刻钟如何足够？我还有许多话未能讲尽。我对他的情意，能用百年千年来告诉。我不能放弃，我要见他，你们谁也拦不住我。"

小青踉踉跄跄，不管不顾地向前冲，小沙弥被她冲得东倒西歪，而她也终究是没有真的动手，唯一所愿，便是只想再接近他一点儿，接近那冷漠决绝的背影一点儿……就好了。

白夭夭上前拉住小青，痛声道："傻丫头，随我回家去吧。他不值得你爱，你就算冲上去，再见到他，又能如何？"

小青眼眶通红，心中唯余一点儿执念："我要告诉他，我心里……"

白夭夭急切地打断了她："你心里纵使有再多情意，于他也不值一提！你难道仍不明白吗？情是两人互生倾慕，不是一厢情愿！"

小青一愣，立在原地，全身忍不住颤抖。

夜里的凉风吹动她青色的衣裙，竟有形销骨立之感。

她扶住白夭夭，慌乱地道："小白，我刚刚终于有了眼泪，我才明白流泪是这般滋味！眼泪是苦的，是涩的，是酸的，是痛的。我不要齐霄剃度，他怎生如此心狠，连半点儿机会都不给我！"

白夭夭心痛难忍，将她紧紧抱在怀里，任她趴在自己肩头放声大哭。

有些弟子目睹如此，也难掩动容。

长阶尽头传来了木鱼声，齐霄已登上阶顶，随永安法师接引而去，眼见他走进山门，衣袍消失在视线尽头。

小青推开白夭夭，发了疯似的向阶梯上冲去。

许宣袖中剑芒一闪，在小青步伐之前的石级上留下深深刻痕。

小青冷笑，晶莹的泪水还挂在面颊上，她轻而坚定地说："我知道你是当真要拦我。只是……若你不能将我一剑穿心，只要我仍有一口气在，便要上前！"

小青推开挡在身前的金山寺弟子，踉跄地追上去。

许宣伸手要拦，白夭夭抓住了他的手臂，求情般摇头，许宣便收回了手。小青慌乱地向上跑去，脚下踩空，竟是跌倒于阶梯之上。不过一臂之遥，山门在她面前缓缓关上。

小青奋力从台阶上爬起，一身的尘土，却也只能眼见着山门重重闭上，连一条缝隙都不留与她。

小青用尽全身的力量捶打着大门，哀求道："齐霄，我不许你剃度！不要！你不要剃度！齐霄……"

她一遍遍地捶门，最终却只能瘫软地跪坐在山门外，垂泪低喃："我答应你，我再也不缠着你了……你说，要我离你多远，五步还是十步？你说多远，我都答应你，可你不能如此狠绝……你不能就这样抛下我……"

白夭夭缓步而来，轻拥着小青，沉声道："金山寺设下了结界，小青，你再也进不去了。"

小青目光空洞无神，恍惚地笑了出来，她高举手腕，从发间抽出一支通体透绿的簪子。

乌黑长发随之一散而下，倾泻肩头。

小青凝视着那簪子，那抹毫无瑕疵的翠色，曾经给了她那样的欢乐与希望，如今竟全然成了讽刺：“造化竟真的弄人……齐霄要断了七情六欲，可我，才刚刚明白七情六欲……既如此，我便将所有，都还给你吧……”

手腕一松，玉簪委地，清脆地碎裂在紧闭的山门之外。小青哧哧地笑出声来，泪水却夺眶而出，连绵不绝。白天天只能紧紧抱着她，一遍遍为她擦去脸上的泪水。

2

齐霄双手合十，神情肃穆地跪在佛前，双目紧闭。

成器缓步走近，停于永安身侧，手持木盘，上有剃度的刀具。

但永安却并未立即动作，而是望着齐霄，平静地问道：“诸佛在上，叩问其心，齐霄，你可曾动心？”

齐霄睁开了紧闭的双眼，眼底清亮，朗声回答：“动了！”

永安声音依旧无波无澜：“那你可知，剃度后你便是佛门中人。前尘往事，再与你无关。”

齐霄抬首仰望佛像，神色毅然：“佛前一炷香，这一生伴佛，便是弟子最好的安排。”

永安沉吟点头，齐霄则再次闭目，默念佛经。

永安上前，手持齐霄的一段头发，正欲动手，忽有一阵钟声传来，古朴苍茫，不断回响。

永安凝神细听，停住手上剃刀，犹豫着开口道：“敲钟之人，困于红尘，一定伤透了心。”

齐霄闻言，率先从木盘中夺来一把剃刀，将发丝斩断，在望着永安的神色中，带了恳求。

永安闭上双眸，叹息着摇了摇头，最终下手，一刀刀缓缓割去。

身旁的一众金山寺弟子手持木鱼，开始轻诵佛经，地上的头发越来越多……

最后一丝发落，阳光照入殿内，木鱼声渐止。

日光大盛，小青颓然坐在最末一级阶梯之上，双目无神，似再也不闻耳旁之事。

白天天轻声唤道：“小青。”

小青并未回应，脸颊上还挂着干涸的泪痕。

白夭夭心中痛极，大步就向阶梯上走去，却被许宣一把拉住，低声问她：“你要做什么？”

白夭夭一脸关切地望着小青，低声道：“她竟能以心火之力敲响那钟，就表明到最后一刻她都不愿放弃，只想将心中念想传达给齐霄！我就这么一个妹妹，我不能看着她一片痴心，错付与人！”

许宣摇了摇头：“齐霄的个性你也了解，一旦做了决定，就再无转圜余地了。”

“那难道你要我看着小青这样吗？”白夭夭望了眼仿佛整个人都被抽空一般的小青，眉间关切痛惜之色更甚，不由得怒道，“既然要断得干净，当初何必招惹，齐霄别说遁入空门了，哪怕是在黄泉路上，我也要他给小青一个交代。”

许宣十分为难，白夭夭趁机挣脱他向阶梯上走去。而就在此时，山门缓缓开启，一身灰衣的齐霄，踏步而出。

小青缓缓抬头回望，眼中映出了齐霄剃度过后的身影，只见他发丝尽数退去，周身佛息环绕，高冷决然到再也无法碰触。

她嘴唇翕动，喃喃唤道：“齐霄……”

齐霄淡然道：“从今往后，法号法海。”

小青死抿苍白的双唇，长久无言。

她同他，一个在阶梯之下，一个在阶梯之上，一半是影，一半是光……

自此之后，尘缘已断。

纵是有千言万语，也再也无法启齿了。

3

将小青送回府邸安置好，许宣同白夭夭便上了昆仑，因为青帝传讯说潇湘仙子终于醒了。

白夭夭也犹豫过去是不去，但毕竟害怕潇湘仙子之事与饕餮有关，十分担心许宣，恐惧许宣再次撇下自己独自去面对饕餮的图谋，便托了小灰看顾小青，自己随许宣去了。

因为与潇湘仙子不熟，且事先没有同青、白二帝沟通，白夭夭就先留在了房门外，许宣单独进房，只见潇湘仙子正面色惨白半靠在床上，白帝一脸骇然地指着她颤声问道："你说……是谁？"

潇湘仙子气息微弱，勉强道："是妖帝，他回来了。"

二帝与仙君闻言皆是面容一变，许宣也少有地露出了讶异神色。

半晌，青帝才开口道："我们想得没错，妖帝当真现世了。"

白帝又是愤怒又是不解："可这妖帝回来第一桩事，竟是取她的心头血？这也太匪夷所思了！"

百草仙君思忖片刻，捻须叹道："看来此事真如天帝所料，确实不妙了。这世上唯有妖帝是雄麒麟身，也唯有潇湘是雌麒麟身，麒麟血合二为一，只有一个目的——破军命格。"

潇湘仙子一听，顿时露出郁色，而许宣则不由得失态地惊呼道："那齐霄……"

青、白二帝对视一眼，都是神情沉重。

潇湘仙子捂住疼痛的心口，突然皱了眉头："为何我感觉外面有妖气……"

白帝有些不耐烦地看向许宣："刚才都没来得及问你，怎么把白夭夭带来了？"

许宣面色淡然，不卑不亢地道："我们夫妻同为一体，自然理当共同应对。"

"你竟同那蛇妖……"潇湘仙子先是震惊，随后便冷哼一声，"呵，别怪我没提醒你，妖类多狡诈，小心着了他们的道。我便是最好的例子。"

"我娘子不会。"许宣言辞有力，却也不过多辩解。

潇湘仙子还待再讥笑一番，青帝却出声打断道："行了，都别说了，还有另一件事极其重要，锁妖塔近日出现异动，你们这便随我去九奚山。"稍顿一下，看向许宣，"把白夭夭一同喊上吧。"

潇湘仙子别过了脸，不再多言。白帝本欲打算阻止，许宣已经难掩触动地往门外行去，白帝只得看向青帝，青帝却佯作不知。

白夭夭见许宣开门，笑意盈盈地回头，许宣上前，牵住她的手，紧紧握了下，道："你无须介意潇湘所言。"

白夭夭双眸弯弯，毫不在意道："嗯，我只在乎你。"

青帝轻咳一声，身后跟着面色不悦的白帝，随后二帝化作两道光消失，许宣与白夭夭相视一笑，随后跟上。

到了九奚山，几人直奔丹药房，许宣拿起锁妖塔，仔细检查着其下明灭的光影。白夭夭担忧地看着锁妖塔，感受到气氛严峻，没有言语。

白帝不解地望着青帝：“封印俱在，这又是怎么回事？”

青帝神色凝重地道：“怕是贪狼格出世，才会如此啊。”

白帝神色剧变：“贪狼！”

许宣恭声回答：“日前徒儿闻讯，饕餮在临安城外四处抓妖，开炉炼丹。恐怕锁妖塔的异象与此事有关。”

青帝沉吟道：“这饕餮再三作乱，实乃三界大患，绝不能再姑息。”

白帝也是怒言：“当然要除！只是眼下他四处躲藏，如何出手？”

青帝将锁妖塔慎重地拿起，地面的光阵瞬时熄灭。青帝将其交给许宣：“锁妖塔能感应到饕餮开炉的位置，一旦他妖术炼成之际，你们二人定要设法将他除去。”

“是！”许宣连忙小心接过，俯首领命。

白夭夭看着他手里的锁妖塔，却是有些恐惧：“相公，他不会再伤你了吧。毕竟千年前……要不你把它给我吧？”

白帝斥道：“锁妖塔乃天界圣物，怎可交到你一个小妖手里？”

许宣对她宽抚一笑：“放心吧，千年前那事已经过去了。”

白夭夭只得皱眉点头：“那你答应我，万事一定要小心。”

许宣肃然颔首。

白帝看不惯小两口的相互牵挂，重重一咳，见两人望过来，便慎重地道：“你此次前去捉拿饕餮，若是发现妖帝此人与他有所联系，定要立刻禀报！”

“妖帝？”许宣先是有些惊诧，但转瞬想到妖帝若是归来，且意在齐霄身上的破军命格，与饕餮再度合谋，的确极有可能，便也不再多问。

而白夭夭今日第二次听到妖帝名号，也是微微一愣，但碍于身份，她未继续追问。

青帝颔首叮咛：“此人危险至极，你们二人切记要小心！”

许宣点头道：“徒儿明白。大战在即，我们还得回去部署一番。师父可还有所吩咐？”

青帝正要开口，白帝却抢先发话：“暂时无事，若是有什么消息，我会以灵符传讯于你。”

许宣又复点了点头，带着白夭夭躬身退下了。

见他们离开，青帝有些不解地看向白帝："你为何阻止我说出贪狼格出世一事？"

白帝一脸慎重："天帝猜测，具贪狼格之人，唯有妖帝。可偏偏当初钦天监卜算出饕餮才是贪狼，而今又是如此，刻意将锁妖塔的异动引向饕餮而掩藏自己实际才是贪狼命格的事实。当年四海之乱，妖族本与龙族交好，也是妖帝率先向天界投诚的。妖帝千年前便助饕餮逃脱去私放蛟龙，如今妖帝与此事也定脱不了干系，龙族与妖族怕是早成同盟，当年错算贪狼之事，未尝不是妖帝的手段！"

青帝更是不解："既然如此，那妖帝如今修为更深，我俩多番找寻却一直下落不明，我们便更该将命格之事与他们言明，让他们在人间留意。我们自己则禀报天帝，好将他们一网打尽。"

白帝却摆了摆手："此事重大，我们自是要去同天帝禀报的，但那白夭夭……也是妖族中人，还是慎重些好，若是走漏了风声，后果不堪设想。"

青帝闻言一怔，却也想不出辩驳的理由，只得喟然长叹。

夜幕初降，斩荒半卧在酒楼的锦榻之中，悠然闭着双眸，随意听着台上歌女的弹唱，脸色虽是苍白，神色却是惬意。

逆云站在他身后，俯身在他耳边说道："主上，属下已经调查清楚，天帝早暗派了青、白二帝前来寻找主上下落。"

斩荒睁开双眼，冷笑一声："千年都过去了，九重天却还是这些本事。看来天帝是越来越不济了。"

逆云却是颇为焦急："五方天帝出动其二，属下只怕时间有限，无法继续等下去。不如，直接将那青蛇掳了来？"

斩荒优雅地打了个哈欠，摆了摆手："掳来多无聊，昨夜齐霄剃度，怕是已经让她伤透了心，她自己会送上门来的。"

"可青帝似乎将锁妖塔给了许宣。"逆云说到此，颇为踟蹰。

"哦？"斩荒闻言倒是微眯双眸，有了几分认真，"饕餮那边如何了？"

"蝶蔓传来消息，说饕餮似乎已经开始怀疑主上的计划。"

"饕餮生性贪婪张狂，果然难以收服，不过也对，这炼炉一事颇为复杂，他也有他自己所图。"

逆云不解道："还请主上明示。"

斩荒自嘲一笑："我本妖界之主，修炼之道正是来自妖界众生，本不该用此邪术来炼炉，眼下情势所致，才出此下策。紫宣千年前散尽元神成就封印，又暗合金、木、水、火、土五种灵力流转。为破除封印，炼作炉顶，则要尽数炼化七七四十九只入魔的妖。五行、阴阳皆有所讲究。"

"原来竟是如此麻烦，那饕餮所图又是何事，竟愿甘冒风险，一口答应？"

"饕餮这是要逼我不得不依靠于他！封印一除，蛟龙出世，妖族从此也得依附于龙族！"斩荒面色阴沉而狠戾，"只是我们二人皆有保留，他也没有料到，我在二十多年前，利用凌楚运用聚魂灯为紫宣聚魂之机，就将元神修补好了。如今，法力更胜千年之前。"

逆云闻言愤懑不已："早知如此，当时就应该取了饕餮性命！"

斩荒却摇了摇头："一个饕餮不足为惧。只是龙族积威多年，掌控四海，若是蛟龙作乱，龙族谋划得逞，于我们而言，也不过换了个九重天。妖族再无出头之日。"

逆云迟疑了："那这蛟龙封印，我们是破还是不破？"

"封印要破，蛟龙要放，时隔千年，棋局早该继续，只是这局中，执子之人，只能是我！"见逆云仍是满面担忧，斩荒别有深意地一笑，"他既然如此急不可耐，看来我当去会一会他了。"

逆云惊呼道："万万不可！主上强取心头血的伤还未愈，若是饕餮有着不轨之心，岂不危险？"

"无妨，这次饕餮的谋算可能要落空了。锁妖塔已出九重天，恐怕就是为了此事而来。我亦只能另寻他法来破此封印，饕餮，我总该教他老实一点儿……"斩荒阴狠一笑，"身负贪狼格之人是我，取尽杀破狼三格，别说小小一个龙族乔子，三界之中，也无人能做我敌手！"

话说到此，对面青楼之上忽传喧哗，斩荒目力过人，一眼看到大厅角落中正一壶又一壶灌着酒的人，不是小青又是谁？

青楼来往俱是男客，她又风姿过人，因而尽是对她的指指点点。

小青却恍若未见，只是酒不离手，小灰垂手站在一旁，手足无措，只能不停劝说："山君，别喝了，咱们还是早些回家吧！"

小青将酒远远甩出，酒壶碎了一地，险些砸了一位男客的脚，那男客十分恼怒，就要上前理论。

小青却又摇摇晃晃地站起身，一撸袖子，骂道：“看什么看！我有那么好看吗？”

小灰则是挡在她面前，瞪向那男人，一副侵犯者死的样子。

“哪里来的悍妇……”男人骂骂咧咧，被身边之人劝走了。

小青则跌坐回去，喃喃道：“我这么好看，他为什么不喜欢我……他入空门，我就偏偏要沾染这红尘！”

小灰回转头来，哀声劝道：“法海是法海，你是你，山君何苦要为难自己呢？”

“住嘴！法海是谁？我只识得齐霄！”小青还想再甩酒壶，却被几只纤长的手指握住腕子。

小青一怔，抬头望见斩荒，稍一歪头，她迷糊想起了他便是替自己挨了天雷那人。

只见他面色并不太好，似乎生着什么病一般，口气却是不容人拒绝的霸道：“回家。”

小青冷笑一声：“你又算什么东西？也来管我！”

“我叫斩荒，小青，你记住了，”斩荒不怒反笑，“我看上的女人，我不会让她如此轻贱自己。”

“可我不喜欢你！”小青狠狠甩脱斩荒的手。逆云在一旁隐有怒容，而小灰看出眼前之人不好惹，早已颤颤发抖。

斩荒嗤笑一声：“你倒还明白这个道理。”

小青醉眼蒙眬地觑向他：“什么意思？”

斩荒低笑：“我同你一样。我看上你，又没让你喜欢我。”

“你敢嘲笑我！你不就帮过我两次吗？我大不了还给你……”小青正欲同他继续理论一番，忽地脑中眩晕一片，眼前的一切都开始晃动模糊，小青甩了甩头，眼睛一闭，便倒在了斩荒怀中。

“你……你做了什么？”小灰大惊失色，正要冲上前，却被逆云一掌打晕。

斩荒望着怀中的小青，环过她的手，指尖稍一用力便划破了小青掌心，又将她的血反过来滴落于自己掌心。

不过瞬息，血竟在掌心消失。

斩荒施了法术，将那伤痕疗好，面色较先前已经红润了许多，他轻笑道：

"小青的血曾入昆仑镜中，她的血现在倒是天下第一珍贵。"

一旁看得迷茫的逆云顿时恍然大悟："原来如此，主上真是着眼于微末，眼下小青姑娘对我们来说便更是重要了。"

斩荒微微一笑，看着怀中之人，倒是流露出一丝异样的神情："她对我的恩情比海还深，我寻觅了二十余年，心中必须是要念着她的。就算与昆仑山无关，与九重天无关，也不能见她这样痛苦沉沦。"

逆云闻言，深思起来："主上，你心中真是这样想的吗？"

斩荒将小青放在椅子上，细心地为她整理鬓角发丝："眼下，容不得我想许多。"微不可闻地叹息一声，斩荒在小灰面上一拂，小灰便隐有醒转之势。

"走吧。"斩荒最后望了一眼小青，转身同逆云一起离去。

第十四章 冷凝祭鼎

1

饕餮所居的山洞之内，斩荒神色满意地盯着铜鼎，道：“你修炼魔道，果然此法由你来行，最具效果。”

饕餮在一侧观察着斩荒，血色眼眸闪过一丝算计，却故作无知地问：“你要我炼这鼎，究竟要做何用处，还未与我言明。”

斩荒亦是佯装薄怒，挑眉问道：“你欠了我那么多人情，怎么，连这点儿事也不愿做吗？”

饕餮冷哼一声：“我若不愿，又怎会亲手捉来四十九只小妖，将这鼎炼化而成呢？”

斩荒皱眉：“这鼎已是成了？”

饕餮一本正经地道：“四十九颗妖丹，可全照你的吩咐。”

斩荒困惑地向前，想要查探那鼎，疑惑地喃喃道：“可是这鼎，并不像炼成的样子啊。”

看着斩荒靠近铜鼎，站在另一侧的饕餮全身不由得紧绷，在他离得最近的一霎，饕餮忽地袭向他面门。

斩荒早有防备，挥手打出紫色结界想要阻挡，饕餮却轻而易举地将结界一爪抓破，冷哼道：“别以为我不知晓你的伤势，今日你还敢来，就不怕没命回去吗？我倒想看看，若用妖帝来做这最后一只妖炼化，会是怎样的效果。”说着便桀桀怪笑起来。

两人相距极近，逆云想上前帮忙，却被斩荒不慌不忙地制止。

只见斩荒笑意盈盈地从虚空中抽出一柄剑来，轻松笑道："伤与不伤，你试试便知了！只是若你败了，我可没有理由饶你性命！"

饕餮见他这样，迟迟不敢动手。

此时铜鼎忽然开始剧烈摇晃，一副崩塌之势，饕餮将妖力灌注其中，堪堪稳住。

斩荒见状笑意更深："锁妖塔……许宣到了。"

饕餮愤恨道："你还有心笑，现在该怎么办？"

"他是来寻你的，与我何干？"斩荒将剑一收，笑得怡然自得，"炉中仍缺最后一只小妖，无论用什么法子，若你无法炼成此炉，不必我出手，你自然饱受反噬之苦。"

说罢，他便带着那看好戏的笑意，同逆云原地遁走。

饕餮愤怒地一爪抓向墙壁，留下深深印痕。

冷凝此时也是笑意盈盈地从暗处走出，嘲讽道："眼下这铜鼎，莫不成了废铁一堆？方才那人法力胜你一筹，若是你能擒下他，如今已然大成。"

饕餮想到中了斩荒的谋划，就是愤恨不已："想不到他有伤在身，我却依旧不是对手，也难怪妖帝能做这妖族之主……不过若我来不及早找到另一只妖来稳住铜鼎，别说前功尽弃了，恐怕也会伤及自身！"

冷凝还识得斩荒，那日便是他在地火处引导她修行墙上的《毒经》的。但她没料到他竟是妖族之主，一时怀疑斩荒是故意引她走入魔道。

冷凝正冷眼望着铜鼎思忖，忽觉背后一阵阴森，她想也不想，毒丝从指尖直直穿透饕餮肩头，血珠霎时落了一地。

饕餮发出怒吼，挥舞着利爪将毒丝切断。

冷凝冷笑道："你想用我来炼鼎，那我何不将你同这鼎一起毁掉！"

饕餮目露凶光："骄兵必败，你以身殉鼎，倒正是合适！"

"那就不妨较量一下！"冷凝话音未落，便是千万道蛛丝向着饕餮缠去。饕餮怒喝一声，提爪就攻上，蛛丝霎时被切断，断口处带着火星，向冷凝烧去。

冷凝回手一避，另一道蛛丝悄无声息地缠绕上饕餮一足，黑色的毒液渐渐浸染而上。

饕餮尚且不知，只顾扯过面前大股蛛丝，向冷凝攻去，二人交手皆是招招致命、狠毒异常。

许宣同白夭夭按照锁妖塔的指引到了饕餮的山洞外，只见洞口忽有绿色的藤蔓散发着幽幽荧光探出，许宣微微一皱眉，天乩剑一闪而过，将藤蔓齐齐斩断，惊起丛中大片蝴蝶，而蝴蝶之上也有慑人荧光，包围着许宣与白夭夭两人翩翩飞舞。

许宣手中的锁妖塔发出阵阵流光，显示饕餮的炼妖之炉就在洞中。

白夭夭唤出挽留，凝神戒备，对许宣道："此处由我来抵挡，相公你快去山洞内，休要让饕餮逃了！"

许宣难掩担忧之色："你重伤初愈，修为也未恢复……"

白夭夭傲然一笑："若我千年修行，连他们都对付不了，又如何对得起你的谆谆教诲？"

许宣略一思索，叮嘱道："一切小心为上，若有危机，便马上寻我。"

白夭夭点头："你我之间早有承诺，一切危机，皆会并肩渡过。"

见她笑意从容，许宣紧握了一下她的左手，向洞中跑去。

此时饕餮已然毒发，不敌冷凝攻势，血迹斑斑地靠在墙角，怨毒道："没想到今日竟败在你的手里，当日就应取你性命！"

冷凝闲庭信步地走到饕餮面前，把玩着自己的纤纤玉指："我一直苦心栖身在你身边，便是要等你炼炉。我修行尚浅，打不过你，可你一心求成，竟用了自己的血来炼炉，此时正是你最为虚弱之际，我若不出手，也太浪费了些。"

饕餮唇边已有血丝，但神情纵是狼狈，依旧不忘讽道："若非许宣破了我的计策，就凭你，还远不是我的对手。"

冷凝放出一道蛛丝紧紧勒住饕餮脖颈，将他重重砸在那铜鼎之上，鼎中立马有红色光芒显出。

冷凝冷笑道："一方枭雄也沦落到只逞口舌之快的地步了吗？"

饕餮怒不可遏，洞外忽然传来迅疾的脚步声，冷凝立马摆出对敌的姿态，却在看清来人的刹那如被雷击，邪肆面上露出几分怯意，低声唤道："师兄……"

许宣看着冷凝的神情，却是冷然。

饕餮回头见到许宣，霎时呼吸粗重，嘲道："你们师兄妹，如今仍能联手，也令我刮目相看。"

“闭嘴！”冷凝失声大喝，收紧手上蛛丝，想要止住饕餮的胡言乱语，可突然看着自己妖异的指尖，紧张地看向许宣，一时竟是不知如何是好。

许宣却一眼都不瞧她，只对饕餮开口道：“饕餮，今日咱们该好好算个总账了！”

饕餮发出恐怖的笑声：“一个是你千年的宿敌，一个是你今生的红颜知己……”他阴狠的眸中渐渐透出疯狂残忍的杀意，“你可知我为什么知道你带了锁妖塔来，还在此处等你吗？今日你送上门来，埋骨于此，可还满意？”

饕餮划破掌心，将血滴落在铜鼎之上。

冷凝面色大变，急忙将许宣拖离，可鲜血已然滴落，铜鼎内暗红色的光芒妖异至极，更是发出万鬼齐哭、撕心裂肺的声音，令人胆寒不已。

整个山洞都开始剧烈摇晃，碎石纷纷坠落，饶是许宣再如何淡定，此时也是面色一变，冷声质问：“你想玉石俱焚？”

冷凝咬牙切齿，登时便恨不得取了饕餮性命，饕餮却浑然不惧，狂笑着道：“这铜鼎之中，我用了四十八条妖命，铸成结阵。你我三人，谁也别想活着出去！”

冷凝已是恨极：“你蛰伏千年，就甘心如此葬身于这荒郊野洞之中？”

饕餮冷哼道：“这话你不如问问你那坐拥娇妻美眷，即将位列仙班的师兄！”

说完，饕餮又恶毒地凝视着许宣：“锁妖塔在这里起不了作用，但当初紫宣既有魄力自毁元神封了锁妖塔，如今要封印这口鼎，许宣你是否还舍得你的元神？不过就算你舍得又如何？你死了后，蛟龙依旧迟早都会出来的！”

他的声音充满邪恶的蛊惑之意，洞中碎石越来越多，铜鼎红光大盛，几乎是立时便要炸开来。

冷凝神色先是一慌，紧接着却冷笑道：“你怎知我们不会用你的元神祭奠？”

饕餮举起自己的掌心，张狂道：“这鼎本是用我的血炼成，方才更是融进了我的掌心血，它便与我同根同源，相辅相生！受它反噬又如何，咱们三人今天一同死在这洞中，我也划算！”

饕餮疯狂大笑，冷凝已是方寸大乱。

许宣上前，对着铜鼎以天乩剑奋力一劈，铜鼎却毫无所动，他稍一思忖，转身对冷凝道：“一会儿你趁机逃出去，娘子在外面接应你。”

冷凝闻言，霎时眼眶便已湿润，微微摇头道："你已经给过我机会，如今，我不需要。"

许宣并指抹过天乱冰凉剑身，眼神坚决，语调却是淡然："我受人所托，不会让你有事。"

冷凝不由得动容，低声呢喃道："师兄……"

铜鼎之上已有丝丝裂痕，山洞中乱石开始不断砸下，许宣挥剑斩开几块，向着饕餮刺去。

饕餮拼尽全力抵挡，然伤势过重，只能在许宣剑下连连败退。

铜鼎中红光喷涌而出，光晕中隐隐有妖魔的虚影，一时也将许宣绊在其中，令其难以击杀饕餮。

冷凝站在原地，静静看着两人对战，面上竟是泪落成行，她望着许宣的背影，目光痴缠，忽然想起，前几天没忍住回了趟药师宫，却被人当成妖怪，眼神鄙夷，清风和宋师兄几乎是恨不得立即将她扫地出门，更何论本就性格阴鸷的断流，已是长剑出鞘。

她那瞬，险些出手杀了他们。

她熟悉的一切都变了，可何尝不是她自作孽，不可活呢?

冷凝弯出一抹自讽的笑意，轻声道："我本应行医救人，手上却沾了如此多业障。"

她一边说着，一边缓步朝着丹炉走去："这一回，不如由我来封印铜鼎，若能助师兄，此生倒也无憾。我总不能看你死在我面前。"

冷凝站在铜鼎边，最后望了一眼许宣，声音微不可闻："我对你的情意，你当信了吧？"

许宣似有所感，回头正见到她唇边的苦涩笑意和眸中的决绝之意。

他疾步旋身，却来不及阻止，冷凝已然纵身跃入铜鼎之内，刹那间，红色的血腥魔气，竟幻化成了耀眼光彩。

2

洞外，白夭夭与藤妖、蝶蔓尚缠斗在一处，难分胜负，忽然听见洞内巨响，白夭夭一时分心，藤妖与蝶蔓趁机挣脱白夭夭的攻击，向后撤去，洞内烟雾弥漫，从洞口向外散出。白夭夭也没去追击二妖，而是忍不住向洞口望去。

便于此时，逆云戴着面具，携着一众手下从远处赶来，将藤妖与蝶蔓掩在身后，而烟雾之中，饕餮踉跄着脚步从洞内走出，白夭夭心中一急，挥袖就要攻上去。

逆云等人却齐齐围上，隔断了白夭夭的攻击，从她手中抢过饕餮。

白夭夭横剑在面前，冷眼看着对方，但因牵挂洞内情形，又见对手众多，便退后两步，满怀戒备地守于洞口。

逆云下令道："速速离去。"

众人携着饕餮离开，白夭夭并未追上，然烟雾之中，逆云却是抢先向白夭夭攻去，只见洞口忽有白色剑光一闪，许宣手中的天乩将逆云的手臂轻轻挑开。烟雾渐散，只见许宣一手抱着冷凝，另一手持剑，依旧是长身玉立、仙姿出众。

白夭夭急忙迎上前去，逆云则趁机跑开。

白夭夭虽有注意，却顾不得了，担忧地问许宣："你可有碍？"

许宣摇了摇头，见白夭夭的目光落向怀中的冷凝，便徐声解释道："饕餮要引爆铜鼎，冷凝以身相祭，我虽将她救出来，但她……我方才诊过脉，灵珠已碎，心脉俱裂……怕是……"

白夭夭此时看清许宣身上的众多伤痕，担忧不已："我们先离开这儿再说。"

许宣点头。

可冷凝此时却悠悠回转了意识，握住了许宣的手，道："师兄……"

许宣忙抱着她坐在地上，任由她靠在自己怀里，本是再打算为她切脉，却被她反手扣住手指，摇了摇头："我知道我活不了了……"

许宣不知如何开口，说实话，直至此时，他也不知该如何面对冷凝。

看他这般反应，冷凝怎会不明白他的为难，只轻声道："师兄……我知道我做了很多错事……一步错，步步错，我没办法回头……我的心……放不下你……"冷凝抚住胸口，重重咳了几声，血沫子便顺着她的唇大量涌出，她反手抹去，笑道，"师兄，我这样是不是很丑？不知道什么时候，你看我的眼神再没有温柔……都是这样冷漠……我心里难受……"

许宣眉间终于出现了一丝怜惜，温声道："你别再多说话了，我们回药师宫。"

"别……我没脸回去了……"冷凝仓皇地摇头，"师兄，你便将我埋在这儿吧。替我去爹灵前上炷香，说我实在是不孝，一再辜负了他。还有，对不起那些我曾残杀的人或者妖……但我能护下师兄，这一生便是无悔了。”

冷凝面如金纸，已是进气少、出气多，呼吸越发急促，再转而渐渐安静下去。她握着许宣的食指，依偎在许宣怀中，呢喃道：“能死在你怀里也好，这样，你总不能将我忘了。”

冷凝闭上眼，眼前隐约出现了白衣飘飘的少年许宣，他用一个花球来哄伤心的自己，那花球一抛一抛的，好看极了。

许宣闭上眼，脸上现出怆然之色。

白夭夭不知如何出声宽慰，便只是安静立在一边。

空中飘起绵绵细雨，像是要洗清冷凝生前所造之孽，可其中纠缠恩怨，又怎么能就此清算……

片刻后，许宣抱着已然死去的冷凝起身，对白夭夭轻声道：“还是回药师宫吧，总要给仙君一个交代。”

白夭夭幻出一把油纸伞，替许宣和冷凝遮住细雨，许宣有些难掩惊讶，看向她：“娘子，你竟不生气吗？”

“生气，气你不要命地去救她。但我也知道，这才是我的夫君。”白夭夭淡然一笑，又看向气息全无的冷凝，“至于她……从前我再怎么想同她计较，她毕竟已用性命填了因果，我总不能去阴曹地府再找她纠缠一番吧？何况她是为了护你性命，说明她心中依旧有善念，我只有感谢与感慨，再无其他了。”

3

斩荒背着手，悠然走向饕餮，蹲下身，刻意打量着他的一身伤痕，讥讽道：“怎么，终究还是输在许宣手上了？定好的计策也能功败垂成。想杀了我，最后还是得靠我救你，你就这么点儿本事？”

饕餮无力地抓住斩荒，将他拉至与自己平视，恶狠狠地道：“龙神仍被封印，七杀也还在许宣身上。你我不过彼此彼此，别想着让我在你面前低头。”

斩荒轻轻松松地一把推开饕餮，任其狼狈地倒在地上，再居高临下地望着他冷笑道：“还以为你是东海龙王之子吗？千年前高高在上，如今龙族可还容得下你？眼下，你唯一能依附的，只有我。”

饕餮勉强站起身，笑得张狂：“依附于你？当真可笑！多年前你便是白帝手下败将，还敢口出狂言？斩荒，你如今只能东躲西藏，龙族是不会受你驱使的！”

斩荒轻笑出声，优雅地坐回椅子上，拿起手边的茶盏，轻饮一口后，方才缓缓开口：“龙族是不是助力，眼下只怕不是你说了算的。不然，我们一试，也好看看你父亲是否还像以前那般爱你。”

“你想做什么？”饕餮面上有些变色。

“你随后就知道了，”斩荒放下茶盏，半眯双眸，“只是不论我做什么，我们的目标总是一致的。你若还想与我结盟，就当拿出点儿本事来，别再存那些小心思，我告诉你，你永远斗不过我！”

第十五章

永难碰触

1

将冷凝安顿回药师宫后，全药师宫弟子俱是面现难过之色，纵然生前如何惧怕于她，多年相处之情，终是有无限的感慨与追思。

宋师兄哀叹连连，断流抿紧嘴唇，一脸的隐忍，而清风则直接哭了出来：“早知大小姐会如此，上次她回来，我们便不该嫌弃她是妖。”

许宣嗟叹一声，将丧事交给宋师兄去安排，自己则走了出来。

白夭夭等在院中，回首望向许宣：“仙君不知会如何难过。”

“下次见到他，再同他道歉吧。”许宣也是神色低落，揽过她，又叹道，“此次饕餮想必是由妖帝所助才能逃脱。”

白夭夭再度听到“妖帝”名号，终于得空问道：“一直无暇问你，自千年前妖帝叛出九重天，之后再未听过妖帝威名。千年前在九奚山，我曾与你论及此事，彼时我们都担心他卷土重来，挑起三界之祸，可如今眼见这千年妖族各立山头，不知他又该如何统御妖族？而他身为妖族之主，为何竟又和饕餮联手，以小妖炼炉？”

许宣亦是迷惑，缓缓摇了摇头：“妖帝手段一向凌厉，此番联手，必有深谋，怕是只能找到饕餮与他方能知晓。小青这几日如何？你叫她休要乱跑。”

白夭夭不由得为难道：“她日日上青楼借酒浇愁，我劝不住她又无暇管她，只得让小灰在一旁看着。”

许宣不由得无奈道：“胡闹。”

白夭夭听他这一说，更是担忧："小灰法力不济，我还是去趟青楼趁早将她带回来吧。"

许宣有些头痛地扶额："你又要去青楼？"

小青坐在隔间内，已是醉意朦胧。

斩荒进来，扫了一眼满地的酒瓶，低沉地问："好喝吗？"

小青摇头晃脑，自讽一笑："辣的。"

斩荒不由得失笑，小青醉眼惺忪地望着眼前的人："你怎么又来了？哦！你也是常客。"

她喝醉的样子实在憨态可掬，斩荒忍不住笑出声来，轻敲她脑袋："还不是为你？"

小青顿生怔愣，迷蒙地看向眼前意气风发的青年男子，一身锦衣，气质华贵至极，举手投足之间俱是风流优雅。她不由得低笑两声："又来了，别再说你喜欢我了。"

斩荒还待出声，小灰已经警惕地挡在了他面前，对小青道："山君，白娘娘叫咱们早些回去呢。"

小青连连摆手："不回去不回去！叫小白来一同喝酒！"她一把推开小灰，将酒壶塞在斩荒手中，"今天你来得那么晚，罚！你的那个……大高个……没来！你也要受罚！"

斩荒悠然坐下，啜饮一口，又对着小青慢慢一笑，眉眼含情："我的随从你看不顺眼，我就不带了。"

说罢他冷冷地瞟向小灰："我也不大喜欢你的跟班，小青姑娘，做人应当礼尚往来。"

小灰在他的眼神下，不由得一哆嗦，小青则大力摆手："那是你家的事，与我何干？什么做人的道理，休要再提！"她撑着桌子摇摇晃晃地站起来，"我天天来这青楼，就是要看尽男欢女爱，然后告诉齐霄，不，法海！我就算少了他，一样能过得……过得……很好。"说到最后，竟是自讽一笑，声音渐低。

"男欢女爱，你懂得还不够。"斩荒也站起身来，渐渐靠近小青，"那日你们俩在这里昏了过去，要不是我及时出手相助……"

他眼神蛊惑，手掌欲抚上小青面庞，小灰大急，正要上前，却忽有一只手牢牢擒住斩荒，斩荒抬头，正撞上许宣万年不变的一派平静。

许宣一面冷眼望着斩荒，一面不疾不徐地道："小青，随我回去。"

斩荒本是眼神渐冷，但忽见许宣身后白夭夭翩然而至，瞳孔骤缩，眼神凝向白夭夭，痴缠眷恋，竟是无法离开。

"这位公子不知如何称呼？"白夭夭走到许宣身边，也抬眸望向他。

"斩荒，"斩荒得她注意，柔和一笑，将自己的手从许宣手中挣脱出来，"白姑娘，我可是认得你。"

白夭夭有些迷惘地看向他，他便继续道："小青常跟我提起你，而且白姑娘莫不是已忘了在下曾在桃林相救于你？"

"原来救我的人是你。"白夭夭蹙眉，许宣却于瞬时眯了眼眸，对斩荒再次打量了一遭。

斩荒却假作未知，只是神态自如地优雅立着，由得白夭夭同许宣多番考量，却不再多解释。

白夭夭率先回过神来，走到小青身旁坐下，为自己斟上一杯酒，向斩荒微一示意："这酒，既谢公子上次救命之恩，也替小青向公子道歉，她酒醉后若有得罪公子之处，还请公子多多包涵。"说罢，她将酒一饮而尽，随后又斟满一杯，对小青道，"小青，你想留下，我便陪你。这一杯，我敬你。"

白夭夭说完，不顾众人怔愣神情，便又是仰头饮尽，随后她将酒杯递给了小青："小青，换你了。"

小青接过酒杯，眼神中略有歉意，却倔强道："小白，你离开吧！我还要寻欢作乐，休要管我！"

白夭夭摇了摇头，扶住小青手臂："我不管你，我陪你！你喝多少，我都陪你！"

"也给我来一杯。"许宣向着白夭夭一笑，走到桌边。

白夭夭怎会不懂他这一杯酒中的宠纵，向他眨了眨眼，一副调皮模样。

斩荒将这一切看在眼里，神情生寒，上前便抓起小青的手，冷声道："你不必听他们的，我带你去别处寻些乐子。"

许宣手腕用劲，打掉了斩荒的手："公子虽对我娘子有救命之恩，但她方才既已谢过你，又替小青向你道过歉，公子若是知礼，还请自行离去。"

小青斜睨了许宣一眼，却妖娆而主动地拉起了斩荒的手来："你不是说想看灯火吗？正巧，我也想看。"

“我与你真是心有灵犀，凡事都想到一处去了。”斩荒一面笑言，一面偷眼看向白夭夭，见她神色慌乱，心头便涌上一丝邪恶的快感，刻意对白夭夭道，“白姑娘，我对小青是真心的，自是无须你的道歉；我也是为了她才顺手救下你的，因此，刚刚你那杯酒，恕我不能接受。”

白夭夭被噎得哑口无言，小灰则已急得跳脚，眼见小青挽着斩荒就要出门，便求助般看向许宣，希望他能阻住 小青。

“小青，我与你们同去！”白夭夭疾声唤道。

小青回首，对她嫣然一笑：“小白，你有许宣，而我有斩荒。”

白夭夭望向许宣，许宣将她的手握在掌心，看着小青冷然道：“怎么？你是要借我的口，告诉法海吗？”

小青停住脚步，梗着脖子道：“不，我就想知道游戏人间的滋味。”

“你这么做，小白会十分担心。”

“有斩荒陪着我，她不用担心。”

许宣将手中的酒杯用力放在桌上，小青与小灰齐齐一抖。

许宣望着小青，已是面现薄怒：“我明白地告诉你，你的事法海根本不会知道，就算知道了，也一点儿都不会在意。”

小青脸色一下子白了，嘴唇死抿，正欲反唇相讥，斩荒却将她的手从自己手臂上取下，握在手里，笑意魅惑地道：“快乐，悲伤，都是属于你一个人的。与法海又有何干？”

小青一愣，斩荒便牵着她，头也不回地往外走。

白夭夭欲追上前去，却被许宣拦住，她焦急地望着他道：“这斩荒来历不明，小青若落入他手中，定要吃亏的！”

许宣有些无力地叹道：“娘子，情之一字，旁人哪有什么办法，还得要小青自己想明白才是！”

街道上人流穿梭，十分热闹，小青却从斩荒手中抽出了自己的手，方才那张扬的模样，一下子沉静下来。

斩荒倒是不慌，只一路陪在小青身旁，随她逛遍这条街上的小摊，突然街头传来成器的声音：“法海这可是头一回……”

小青听到“法海”这两个字，连忙转身，正好捕捉到成器的身影转入一条巷内，她急急追上两步，心中又有些犹豫。

斩荒稍一挑眉："愣着干吗？人都没影了。"说罢便拉起她的手，快步追向成器。

两人一路狂奔，穿过重重人群，终是在街道尽头，看到了那个身着袈裟的瘦削身影。

那身影一撞入眼帘，小青当即站在原地，无法走近。

法海正在分派米粮，丝毫不知小青的到来，只见他神色平静地将一袋子米递到一位老伯手中后，低声对身边的成器道："今日剩得不多，你将这些派发之后，早些回去。"

成器点头，法海转身去取最后一些米粮，然后便看到了咫尺天涯外的碧绿倩影。

对视瞬间，小青只觉得无数的坚强此刻尽数化为乌有。

法海漠然道："施主。"

小青牵起法海的衣袖，死死地攥在手中，泪眼蒙眬道："你救助这么多人，为何不度我？"

"这些米粮，是救济贫苦之人的。"

"那我去了金山寺几次，你又为何避而不见？你有空做这些，躲我倒是躲得彻底！"

"佛法无边，施主心中有佛，又何必……"

小青终是怒意攻心，打断道："我不是来和你论道的！"

法海佯作不解："若非问道，施主又何必去金山寺？"

"见你！"小青手上用力，将法海的灰色僧袍捏出一团细密皱褶，双眸通红地盯着他。法海却丝毫不为所动，只唤来成器，将手中米粮递给他，便径直转身离开，小青手中的衣袍，也随着他的离去而自指间滑落。

委屈的泪水涌入眼中，小青一跺脚，手上就施出一个法术来，排队领取米粮的人群忽然大乱，一位老者手中的米粮撒了一地，大叫道："有虫啊！这米粮有虫啊！"

成器连忙过去查看情况，法海侧回一半脸，深深望了一眼小青，手中捏起一个法诀，轻松破除了法术，那些在地面蠕动的米虫瞬时便没了影踪。

成器释然一笑："哪有虫子啊！老人家，你看错了吧……"

人群重归平静，法海大步隐没于人群之中。

小青想要追上，斩荒却一把抓住她的手臂，从背后将她拥入怀中，在她耳眸低声道："你与其苦苦追在他身后，倒不如，与我一同肆意于人间。"

小青回头，望向神色魅惑的斩荒，这样的灯光，更衬得眼前的富贵公子面如冠玉，举世无双。小青竟是看得一阵迷醉。

远远地，法海似有所感，在人群中停下脚步，转过身来，正看见二人深情对视、紧密相拥的一幕，不自觉地攥紧了拳头。

人群熙攘，面上皆是欢乐，唯有这三人格格不入……法海神色几变，最终却松开了拳头，转身离开。

因而也没有见到小青强自回眸望着他消失的方向，呢喃道："可我依旧只想要他。斩荒，你说他这一生都要守清规戒律，与我再无可能了吗？"

斩荒闻言，眸间忽然现出一丝算计："你想让他破戒？"

小青如被蛊惑一般，毫不犹豫地点了点头。

2

夜色沉沉，许宣同白夭夭对坐桌前读书，白夭夭率先看完，侧头认真望向许宣。

许宣轻咳一声，低问："书看完了？"

白夭夭笑着点头。

许宣略感无奈："我渡了数百年修为给你，才让你在昆仑山熬过那劫，如今又不思进取了？"

白夭夭一脸委屈地伸出双手，她用下巴示意许宣看那上面的伤痕，嘟哝道："你看，我这可都是修炼时留下的。"

许宣将白夭夭的手紧紧握在手中，一脸疼惜地道："你确实进步了许多。"

白夭夭调皮笑言："哪里哪里，相公不若讲于我听？"

许宣揽过她，正待与她好好说道说道，忽有传音符飘然而至，许宣接于指尖焚烧完后，神色便是几变。

白夭夭立马关切地问道："怎么了？"

许宣低叹一声："没料到妖帝竟是将饕餮送去了东海。"

"啊？"白夭夭讶然起身，"他为何……"

"千年前，龙王为饕餮所犯下的逆天大错，亲上九重天求情，不惜许下承诺，永世不出东海。妖帝可能是想利用这血脉亲情，要挟龙王助他一臂之力。”

“那龙王……”

“龙王拒绝了，还言明将亲送饕餮上九重天受审，”许宣思忖道，“只是，他在替子向天帝请罪的同时，也恳请天帝允他先替饕餮治疗他炼炉之伤。天帝特许了龙王恩典，允饕餮在龙宫疗伤几日。”

白夭夭听得紧张万分：“难道天帝不担心饕餮趁机逃脱吗？”

许宣微微一笑：“师父也是有此忧虑，虽然龙王一贯谨慎，行事小心，但他还是嘱我近日去趟东海，一路护送。”

白夭夭担忧地牵起许宣双手：“饕餮诡计多端，不如你带我一同前去吧。”

许宣薄唇一弯，竟是欣然点头，白夭夭不由得瞪大了双眼：“你这么轻易……就答应了？”

许宣刮了下她的鼻梁：“上次你说要去昆仑山，我不也应了吗？娘子牵挂于我，我自是明白。”

白夭夭羞涩一笑，伸手紧紧抱住他，将脸藏在他怀里。

蓦然间，白夭夭肩头吃痛，浑身战栗，许宣连忙放开她。

白夭夭捂住肩，痛得冷汗从额间细密冒出，脸上满是痛苦之色。

许宣将她肩上衣服拉开，只见白皙细腻的肌肤上，竟现出一枚紫色火焰形状的印记，瞬时面色便是一凛。

白夭夭痛苦地说道：“这就像上次在桃林一样……灼痛得厉害。”

许宣肃然道：“这是妖族的印记，妖帝现世了。”

白夭夭匆匆挪到镜子前，对镜仔细查看，咬住嘴唇道：“原来妖帝竟是以这样的手段来控制天下小妖，成为他的爪牙。”

“他隐世上千年，此番行为，想必是想通过我，来对天界下战书！”许宣面色凝重，思忖片刻，他又道，“你说上次在桃花林也是如此，我想，这妖帝或许就在我们周围，才会对局势如此了若指掌。”

白夭夭疼痛渐息，神情却是难以开怀：“果然只疼了一阵便过了。想来正如相公所言，他意在挑衅。咱们是不是先传讯于青帝？”

许宣颔首，疼惜地替她理了理被汗濡湿的碎发：“这便去九奚山与他商议此事，另外，我们还是速去东海一趟。妖帝既下战书，想必是有十足把握要搅乱三界风云，眼下我只恐此事，迟则生变。”

白夭夭点头，两人向门外匆匆而去。

与此同时，一道紫光隐没在斩荒府邸。他收回万象令，眉间叹惋：“万象令发作起来痛彻筋骨，若不是一直被九重天追在后面太过被动，我实在不愿这样屡次三番对她……”然大业未成，他谋划了几千年，怎会因为白夭夭而心慈手软，他不断告诉自己只是一时被她乱了心神，自己对她能狠下心来，但望着无边夜色的眸中，却透露出了一丝断然不该有的茫然。

3

法海正在房中闭眼念经，忽有所感，抬头便见到小青手托茶盏，从门外披着一身日光进来。

法海略微抬头，小青目光有些闪躲，最终却是执意将茶端到法海面前，定下神来注视着他。

两人目光几番交错，法海率先开口道：“你可知我为何不阻止你前来？”

他今日的确难得地坦然相见，小青认为他定是有事想质问自己，便试探道：“因我日日堵在金山寺门口，吓走了香客？”

法海摇头，并未有不悦之色。

小青胆子放大了些：“难道是我在斋饭里加肉被成器发现，他告诉你了？”

法海一瞪眼睛，仍旧摇头。

小青更是紧张，咬着嘴唇道：“那就是永安……”

法海一拍桌子：“你竟敢闹到永安师叔那儿！”

小青干笑两声：“这是个误会，我以为房中的人是你，就略施法术，吓了他一下。”

法海面色转暗，却沉声道：“也不是为这事。”

小青苦思冥想，忽地面上一喜：“莫非是你想见我了？”

法海无奈地道：“我就想知道，你什么时候死心？”

小青一听，眸中瞬间便是十足委屈，却倔强地说道：“只要我还活着，就不会死心！”

法海望着她一时无言，小青也是丝毫不让，最后只将手中茶盏往他手中一塞。见法海并不动作，她便不满地嘀咕道：“你是出家人，却还管东管西，小气得不得了，难道连一杯茶也要拒绝吗？”

法海神色淡然地看了小青半晌，终是低眸掀开茶盏，饮下了茶，但刚入喉头，他脸色便是瞬间一变，放下茶盏，厉声喝道：“你在茶里加了什么？”

小青一愣，愕然回答：“麒麟血无色无味，你是如何得知的？”

法海见她一脸无措的样子，满腔怒火竟是无从发起，只能强压着火气问：“你当真知道麒麟血是何作用吗？”

小青面色无辜，低声说道：“我只是想让你破戒。”

“小青！你太糊涂了！”法海压抑地怒言，赶紧皱眉调息。

“你可是不舒服了？”见他如此紧张，小青察觉事态不对，上前关切地抚上他的手。

法海面色一变，下意识甩开。

小青诧然看向法海悬空的手，却发现适才被自己触碰过的地方，留下犹如灼烧的红色伤痕，不免惊疑道：“为何会这样？”

法海不发一言，掌心唤出一道传音符来，念力凝聚，再缓缓放出，却不防刚一飘出窗外，便被一道紫光击得粉碎。

斩荒应声踏门而入，带着笑意望向两人。

法海目光戒备地看向他，小青则怒道：“斩荒，你骗我！”

斩荒轻飘飘一笑：“你要让他破戒，我亦成全了你，何来欺骗？不过戒虽破了，你们两人这一生却都会因此而无法触碰彼此，这最多算隐瞒罢了。”

小青焦急道：“你明知这并非我所求！”

斩荒笑而不语。

小青疾步上前，却被法海出声拦住。

只听他冷静地对斩荒说道：“既敢做，就应敢当。你使计令我服下麒麟血，应还另有缘故，何不言明自己身份？”

斩荒轻佻一笑：“我早就对小青说了，我是斩荒，也是麒麟。”

法海浑身巨震：“你是妖帝！”

“你是妖帝？”小青全身僵住，连指尖都在颤抖。

斩荒微微一笑，法海则低声解释道：“麒麟一脉本就因血缘珍贵而单薄，如今敢这样行事的雄麒麟，普天之下怕是只有妖帝一人了。”

小青在怔愣之后，更是冲着斩荒勃然大怒：“难怪你明明有上古血脉，却还整日掩藏气息，原来是根本不敢以真实身份示人！”

斩荒眉目间现出一丝不怒自威的气势，凝向小青：“你亦是我妖族，小青，你觉得这样对我说话合适吗？”说罢拂袖离去。

小青同法海对视一眼，齐齐追上，直追到竹林之中，斩荒方才停下。

法海冷声问：“你所图究竟为何？”

斩荒不疾不徐地说道：“麒麟一族一向心胸狭隘，我看上的人，自然不容许她心里还惦念着别人。”

法海一怔，小青却又是火气上冲，怒道：“这是我一人之事，但你竟骗我让他喝下你的血！”

“我的血？”斩荒傲然挑眉，不屑地看向法海，“他有什么资格，沾上我的血？”

法海剑眉紧皱，冷声道：“雄为麒，雌为麟。你我既成相克之体，想来是你一早服下了他的，我那杯中的血应当是潇湘仙子的。”说罢，他便法杖敲地，神色凌厉地质问斩荒，“妖帝如今现世，只为儿女情长？”

“今日便只为儿女情长了。”斩荒刻意温柔地望向抚着心口犯恶心的小青，低声笑道，“如今你二人若有触碰，法海定会受尽火蚀之痛，直至身死。于我而言，这便足矣。”

小青握紧拳头，惊惧道：“妖帝竟是如此阴狠下作之人？”

斩荒笑言：“小青，我这是在助你早日忘却法海啊。”

小青仓皇地摇头：“我的心里爱装着谁便装着谁，纵使你是妖帝，也轮不到你做主！”

斩荒始终面带不慌不忙的笑意，此时却忽地纵身一跃，将小青揽在怀中，低声道：“于你我还是可以做主的，今日便随我去吧。”

法海本能地伸手想要拉住小青，却在碰到她手腕之时，因火灼之痛而本能一闪，只能由得斩荒抱着小青后退几步落在地上。

“放下她！”法海法杖指向斩荒，便要攻来。

斩荒放出紫色妖力一挡，只见火光四射，法杖竟被弹了开来。

小青在斩荒怀里挣扎，斩荒一手将她抱得牢牢的。在她准备张口去咬的时候，另一手在其面上一拂，小青顿时晕了过去。

法海执杖再次攻来，扬起大片尘土。

斩荒单手与他相斗，刚好战成个平手。法海咬牙道：“放开小青！让我向妖帝好好讨教！”

斩荒蓦地后撤几步，地底忽然开始微微震动，他低笑道：“今日我不打算杀你，是为还你二十年前用聚魂灯助我重聚元神之恩。下次再见，我怕是不会再如此好说话了。”

地面震动逐渐加剧，四周修竹纷纷枯死倒下，法海面色一变，惊道：“钩沉之术？”

法海被逼得凝起术法护住自己，眼睁睁看着斩荒带着小青从眼前沉走，咬牙放出一道传音符，再丢开法杖，趺坐地上，开始吐纳调息因钩沉之术而带来的心脉震伤。

第十六章 饕餮脱逃

1

龙宫之中，四处夜明珠高悬，更衬得水光绚丽，奢靡豪华，唯独关押饕餮的暗室，虽依旧水光环绕，却简朴到让人压抑的程度。

饕餮与龙王相对而坐，身上的伤已是好了大半，脸上的神情也少了些狠厉，多了分孺慕，特别是目光落到面前龙王老态毕现的面上时，更是神情复杂。待龙王调息完毕，他艰难开口："数千年的修为，就为了给我疗伤。你为何要护下我？"

龙王伸手拂过饕餮身上的伤，虚弱道："西海水君受请托，以玄水为你疗伤。待你休养好了，便能修补仙根，修为更胜以往。"

"你既然要让我上诛仙台，又何必惺惺作态演出个慈父的样子！"他越是如此怜爱，饕餮便越是气愤。

龙王闻言，气血一滞，露出痛苦的神情，饕餮看得动容，却无法伸手相扶。

龙王缓过气来，摇头叹道："若非如此，还未替你疗完旧疾，只怕你就被九重天抓去了。"

饕餮满面桀骜之色，哼了一声："左右不过那些刑罚，你以为我会惧怕他们？"

"那是你的事。我是你父亲，你是我的责任。"龙王望向饕餮，神色也渐渐缓和过来，"渡你一半修为，是因为我护不住你。你且速离龙宫，不要再回来了。”

饕餮怔了一瞬：“你要纵我逃离？”

龙王颔首：“日后，即使你我兵戎相见，我也算尽了做父亲的责任。”

饕餮不由得低声唤道：“父王……”一如他年少之时，随在龙王身边，无忧无虑又意气风发时所唤的那样。

龙王听得这一低唤，瞬时老泪纵横，他深深望了饕餮一眼，沧桑道：“海面之上，青帝那徒儿已布下结界，你去吧，万事小心。”

饕餮站在原地无法挪步，他望着强忍沉痛之色的龙王，心头情绪翻涌，利爪嵌入掌心，忍不住激动道：“我恨你千年，不是只为了承你之恩！千年前四海之战，我眼睁睁地看着你被削去大片龙鳞，势要上九重天报仇雪恨，可你，竟然向他们低头！”

龙王缓缓摇头：“恨便恨吧，你作乱被罚，被逐出九重天，千年几乎杳无音讯……为父何尝不念着你？可我，不只是你的父亲，亦是龙族的王，一族生死全在我一人手中。”

饕餮眼眶通红，却不是嗜血之意：“那为何要救我？”

“你犯下的错，九重天不会轻饶。你有你的坚持，龙族不能成全你，为父可以成全你。”龙王用爪划破前胸，鲜血迅即喷出，溅在了饕餮身上，饕餮瞬时睁大了瞳孔，满是震惊与心痛。

龙王勉强稳住身形，缓缓道：“战场再见，便无父子。”

饕餮竟是跪在地上，仰首望着龙王，凄凉道：“儿子，拜别父王。”言毕，便是起身，转身离开。

龙王看着他倔强不驯的背影，苍老的身形，终是忍不住微微一晃，他伸手撑着墙壁，几息之后方大叫道：“来人！饕餮逃了，快追！”

龙族护卫陆续拥入暗室，龙王抚住胸口嗟叹一声，遥指向与饕餮离开相反的方向，众人领命匆匆追去。

东海水面一如往日般宁静而暗藏风波。

许宣掌心翻飞，往水面放出第三道灵符。

眼见那灵符直落水中不见踪影，白夭夭蹙眉上前，担忧道：“龙王应该早就收到你的信息，为何迟迟不来相见？”

许宣眉心微皱，望着海面徐声回道：“冰镜显示饕餮仍在东海之内，你我也在这四周布下层层结界，饕餮绝无可能逃出。”

“但我们毕竟身处海面，不知龙宫情形，实在被动呀。”白夭夭有些紧张地张望四周，神色戒备。

许宣抬首，见她这般如临大敌的模样，便握住她的手，温声道：“再等一刻钟，无论龙王是否前来，我们都必须进入龙宫。”

白夭夭感受到他掌心的温度，微微放宽了心神，点了点头。

而就在此时，结界却忽然有了异动……

海面波涛汹涌，白色浪头骤起，连天色都变得暗淡起来，许宣凝神一听，四处结界正在微微鸣动，脸色霎时一变：“不妙，饕餮要逃出龙宫。”

白夭夭闻言失色，凝神往海面看去，只见海水中忽然翻腾出浓郁的血色，海浪向两边卷去，凌空劈开一条步道来。

许宣皱眉，定睛一看，却看见是脸色苍白的龙王在龙族子弟的搀扶下步履蹒跚地走了出来，胸前几道爪印极深，鲜血淋漓。

龙王虚弱又焦急地对二人道：“我早已收到你那三道灵符，只是我却被那逆子打伤，难以相见！你们设下的结界，可有将他捉住？”

许宣凝视海面，用心感受着结界的变化，微微摇了摇头：“眼下还未有所动静，想来他并未逃出去。”

白夭夭看着龙王胸口的爪痕，讶然道：“他竟对自己的生身父亲下此毒手……”

龙王长吁一声：“是我大意了……”

许宣上前查看龙王伤势，只见那五道伤痕均是深可见骨，皮肉外翻，血流不止，忙点了龙王几处穴位来止血，可细察那伤口，许宣神色忽地就变了，手上也有了些微迟疑。

龙王有所注意，忙遮掩道：“你们定要将那逆子扣下来，否则难向天帝交代。”

许宣垂眸，掩去一切情绪，拱手徐声道：“龙王且好好休养，我们先行去查找饕餮踪迹，日后若有需要，还要请龙王协助。”

“这是自然……”龙王点头，又是悔愧长叹，“本王事后定会上九重天请罪，替你们撇清责任。”

他话音刚落，四野的结界忽然发出嗡鸣，细微的碎裂之声接连不断地响在耳际，许宣同白夭夭对视一眼，俱是面色一紧。许宣再朝着龙王匆匆拱手，疾声道："结界有异动，我们告辞！"

眼见二人急急消失，龙王虚弱的面上却露出了平静的神色。

2

两人来到碎裂声响起的源头，白夭夭正欲施法，许宣却低声道："龙王身上少了数千年的修为，显然是为饕餮疗伤所致，且他也并非饕餮所伤。"见白夭夭讶然停下动作，许宣便解释道，"若是饕餮出手，爪痕当是从上至下，可龙王身上，却是由下腹至右肩。我只怕饕餮逃走，是龙王有意设计。"

白夭夭神色越发凝重："那我们……岂不是腹背受敌？"

"龙王不会公然与九重天作对。可此地是东海，还是万事小心为上。"许宣也是眉头紧皱，抬手捏出法诀来，一道光束从他指尖急急打向海面，白夭夭赶紧回神，助他一臂之力。可巨大的碎裂之声还是骤然响在耳畔，海水翻腾而起，大片的结界如同岩石一样层层剥落，接连不断地发出骇人的声响。

"饕餮闯出来了！"许宣正色说完，提步就要沿着结界破损的路径追去，身后却传来白夭夭的痛呼，赶紧回头，只见白夭夭脸色苍白如纸，肩头却渗出血红如花。

白夭夭身形摇晃，捂住肩头，痛苦道："又是妖帝……这妖力好生霸道。"

许宣赶紧上前来扶，眼角却见到了一晃而过的饕餮的身影。

白夭夭立即挥开他的手："你快去追！别叫他再逃了！"

许宣却没有丝毫犹豫，将手覆在白夭夭鲜血淋漓的肩头，缓缓注入仙力。

白夭夭既痛且急，声音嘶哑地仓皇拒绝道："不要管我，伤及不了性命。"

"若我追上饕餮，这妖力只会更重，便会害你性命。"许宣扶住白夭夭摇摇欲坠的身躯，安抚道，"既知是妖帝现世助他逃脱，你我便已无力解决，还是先上九重天吧。"语调虽平静，但看白夭夭疼得冷汗密布，许宣悄然在身侧将手紧握成拳。

而斩荒此时亦不好过，一方面他心底有万千声音让他不能去伤害白夭夭，而另一方面他的理智与野心又不断地告诫他，或许对白夭夭残忍些，便能让他彻底清醒，对她不再依恋。

逆云观其神色不佳，也不知如何相劝，只得闭口不言。

饕餮从远处走来，斩荒看他一副高深莫测的模样，便收起心绪，走到他身边，笑言道："士别三日，变化滔天啊。"说罢便是忽然出手，伸进饕餮袍内，牢牢扣住了他的手腕。

饕餮挣了两下，斩荒稍稍眯眸，诡谲一笑，松了手："到底血浓于水，龙王还是疼惜你这个儿子的。玄水疗伤，西海水君竟卖了他这么大的面子，连你的仙根都能补。"

饕餮手轻轻一颤，眉目间亦皆是感慨："我也未曾料想到，龙族竟还能容我。"

斩荒毫不意外，又折下旁边一根树枝，随意地问道："那妖族之事，龙王意下如何？"

饕餮沉默半晌，方低声道："龙族蛰伏万年，所图只是安宁。道不同，我亦无法劝说。"

斩荒凝视着树叶上的一个虫眼，依旧不疾不徐地笑道："意料之中罢了，只要龙族能保证袖手旁观，这计划也算成功了一半。"

饕餮有些讶然地抬头："你竟又有了计划？"

斩荒丢开那树枝，闲庭信步地踱向院中："蛇打七寸的道理，你不会不明白。九重天之门乃昆仑，欲夺天界，必先取之。"

"谈何容易！"饕餮讶然，急声反驳道，"我在昆仑千年，深知昆仑结界之精妙，护山大阵乃九重连环阵法组成，阵眼正是昆仑宝镜。"

斩荒却是笑得颇为自信："那你可知小青与白夭夭的血，曾经流入过昆仑镜？"

饕餮眼神震荡："既是如此……"

斩荒伸手在虚空中一压，以示不急："只要白夭夭身为妖族，一辈子都逃不出我的掌控，你且等着看吧，后面还有的是你扬眉吐气的时候。"

饕餮闻言，亦是露出了野心勃勃的阴森笑容，可随后却也又有些狐疑，试探着问道："你安排我入龙族，以龙族之力助我除却沉疴，而后又助我逃脱。我却没有得到龙族相助。你如今既然对昆仑之计成竹在胸，又何须再与我联手？"

斩荒望着他高深莫测地一弯唇角："你我同盟，说这些岂不是见外，何况，我亦有事需要你相助。"

3

许宣护着白夭夭回到九奚山，将事情同青帝讲明，青帝皱着眉头，长叹出声："此令名为万象令。妖族起源于上古，传承在于血脉。妖帝之力，便是能够以万象令操纵所有的族人，或是令他们生不如死，因此才能一呼百诺，令天下之妖皆臣服于他，这也是天帝忌惮妖帝的原因。"

许宣又是心急又是心痛，望着面色苍白的白夭夭道："那眼下娘子岂不是必须为他所用？"

青帝面色凝重地望向白夭夭："若要逃脱控制，就得将肩上的印记除去，只是这除去之法……"

白夭夭了然地点头，虚弱又坚定地道："定是十分不易，否则妖帝岂不受人掣肘……但无论如何，我都不愿为他所用。"

许宣握住她的手，也是神色紧张地看向青帝。

青帝轻叹一声，方道："如今只有一个法子，莲花净火，蚀骨锻髓。若能熬过七七四十九道，便能从此脱离妖族。"

白夭夭不知这莲火的厉害，许宣则是神色极痛，疼惜道："莲火本属木性，是至柔之火，可若进了身体，便会沿着脉络，一路扩展到精髓。躯体内筋脉尽数受到灼烧。"

白夭夭淡然一笑："无论多痛苦，我只跟相公在一处。你能蜕去凡骨，重塑仙身。我是你教出来的徒弟，又为何不能受这四十九道莲火？"

青帝摇了摇头："不仅如此，这莲火是妖帝的本命元力，必得妖帝本人来施。"

此言一出，二者皆是愕然。

可还未能有所反应，忽有传音符从窗外翩然飞入，飘向许宣。

许宣一读传音符，便是神色焦急，直直站了起来："法海传讯，妖帝现世了！"

"我同你去。"白夭夭随他起身。

青帝正色提醒二人："对待妖帝一事，务必注意拿捏分寸，有何情况及时告知为师，为师如今受天帝所托处理此事，会助你们一臂之力。"

二人谢过之后，匆匆出了门。

饕餮脱逃

小青自床上幽幽醒转，只觉床前坐了个高大身影，因不适应光线，她皱了皱眉，再缓缓睁开双眼，渐渐看清眼前之人是斩荒。

昏迷前的事情一点点涌入脑海，小青挣扎着坐起身，刚一掌攻向斩荒，便被他轻而易举地制住手腕，倾身压过来，小青奋力挣扎，蹬他踢他，他却是毫无反应。

斩荒将她的双手往上拉高，摁在她的头顶，就这样隔着极危险的距离俯视着她，渐渐眯起双眸，深沉似海的瞳仁中藏着晦暗不明的情绪。

小青渐渐失力，索性再不挣扎，只是丝毫无惧地与他对视着。

良久，斩荒笑了："怎么？知道了我是妖帝，却不知要讨好我吗？"

小青不屑地瞥他一眼，冷声道："我最恨欺瞒我的人，你隐去身份，一开始接近我就是另有目的！"

"你说得没错……"斩荒唇角扬起的弧度慵懒又邪魅，"但又怎样呢？你依旧无能为力。"

小青气结，喘了会儿气才道："你……你怎能如此厚颜无耻……即使你是妖帝，也不会事事皆如你意的！小白他们定会来救我的！"

"哦？"斩荒笑声悦耳，"你放心，她会来的，很快……而至于你……"

小青见他狭长双眼微微眯起，越发觉得危险，颤声问："我又如何？"

斩荒手指轻轻抚过小青的面颊，惹得她呼吸越发急促后，才柔声道："小青，我不会害你，相反，待我拿下九重天，我会让你同我一起站在最高处，俯视众生。"

"拿下九重天？你怕是在痴人说梦。"他轻薄的行为惹得小青再度挣扎，"斩荒，你再碰我试试看！"

斩荒双眸一眯，径直低头攫取她的嫣红双唇，小青猛地睁大双眸，使出全身力气挣扎，却被斩荒控得死死的。

得逞之前，斩荒却蓦地松开了她，震惊异常地道："不是这气息，不对，你到底是谁？"

小青怒气腾腾地推开他，缩在墙角："斩荒，你再这样我就同你拼命！"

斩荒神色迷茫地喃喃道："不可能，一定没有错。"

他视线锁住小青，小青运起妖力，打向斩荒，随后锦被一掀，翻身跃下床。斩荒一把拉住她的腰，将她丢回床榻。

小青一个翻滚，立于床角，全神戒备着凝向斩荒，喝道："斩荒，你无论是不是妖帝，我这辈子都不可能喜欢你，你如果再对我这样，我宁可死！”

斩荒眸中渐渐生出寒意，他手腕一翻，便伸出一条纤细银链，系在了小青纤腰之上，另一头甩向床脚，链子竟是迅速扣紧，像是熔化一般相连，任小青如何拉拽，都是严丝合缝。

斩荒俯视她一会儿，便是转身拂袖而去。

门外逆云迎上前来，斩荒回视房中，带着森寒怒意，压低声音问道：“逆云，你随我征战多年，见过的妖不计其数，眼下我有一事困惑，你说，妖的气息可会改变？”

逆云皱眉道：“自然不会。妖族修炼依靠肉身本体，本体不去，气息怎会改变？”

斩荒沉吟半晌，面现困惑：“难道真是我弄错了……或是昆仑镜改变了她的本体？”

逆云有些不解：“主上乃是妖族之主，怎会分辨不出妖的气息？”见斩荒沉吟不语，逆云立即恭声道，“若是主上有所疑虑，大可命属下前去查探。”

斩荒双拳渐渐握紧：“你去替我查白夭夭。这千年来，她的一举一动，我全部都要知道！”

逆云虽是疑惑，却极快地拱手领命而去。

眼见逆云消失，斩荒的双眸却渐渐失神。

“若真的是你，我又该当如何？”

他已寻觅了二十年，再也不愿等待片刻。

或许，是时候该命妖族聚集了。

斩荒面色一沉，竟是无比寒凉肃杀。

白夭夭同许宣到了金山寺，见法海仍在调息养神，知二人进门后，他匆匆睁开眼，额头悬着汗珠，恨声道：“是一直纠缠小青之人，他说他叫斩荒。”

“竟是他？！”白夭夭震惊非常，想到此前的桃林相救，瞬间了然。

许宣面色凝重，抓起法海手腕，替他把脉：“你的心脉竟受了如此重创。”

“妖帝实力不容小觑。”法海有些头疼地皱眉，“他还哄骗小青，让我喝下了潇湘的心头血。”

“什么？”这次连许宣都无法保持冷静，“他意在你身上的破军，你可得万万小心，不然，你先回昆仑避一避。”

“昆仑山自是要去，但我何曾需要躲避？”法海神色凛然，只在眼底浮现了一丝焦躁难安的担忧，“何况，他抓走了小青。”

白夭夭听罢，身形微微一晃，在最初听到斩荒竟是妖帝时，她便担忧小青的安全，不承想，如今竟已是无可挽救。

许宣忙不迭地搀住白夭夭，低唤道：“娘子……”

白夭夭神情慌乱，不住地摇头：“我要去救她。”

“我们自是要去救她。”许宣郑重地说道，“但我们更要弄明白他为何要抓走小青。妖帝行事高深莫测，但也必有所图，只有想明白他所图为何，我们才知如何应对。”

白夭夭望着他深邃而令人安心的眼神，缓缓点了点头。

法海眉头紧锁，目光微垂，沉声道：“在你们来之前，我想了许久，他抓小青可能是为了昆仑镜。”

许宣闻言一震：“正是如此！小青的血曾流入昆仑镜，正好可以用来破昆仑镜设下的结界！”

法海颔首：“昆仑山是九重天的入口，他真是打得一手好算盘。”

许宣薄唇紧抿，脸色如玉：“不仅是昆仑山，那三潭印月的结界，是被昆仑镜所修补的。如此一来，蛟龙封印危矣！”

“我这便上昆仑。”

法海挣扎着站起身来，却被许宣强行摁住，“你这身体，至少十二时辰内不能任意走动，我去通知师父和白帝。”

法海自然知道，否则他早就上昆仑了……他拉住许宣，低声道：“你不要跟他们说麒麟血的事　　否则师父恐破军命格被夺，肯定会将我扣在昆仑……”他就无法去救小青了。

许宣望着他，郑重地点了点头。

而就在此时，白夭夭忽然捂住肩头一声痛呼。

第十七章
红莲烈火

1

“又是万象令？”许宣忙用仙力护住白夭夭，白夭夭却依旧痛得额上冷汗直流。

这一次发作的疼痛，较之前几次更甚，而且仿佛冥冥之中自有驱使之意，白夭夭不由得抱住头，痛苦道：“北荒！他要我们去北荒！”她痛得几乎站立不住，斜斜倒在了许宣身上，“既是如此，我正好去找他问个清楚，救回小青。”

许宣立马道：“我陪你去！”

“我也同去！”法海也连忙起身。

许宣却止住他：“不可，你的身子还不能滥用法力，何况北荒是妖族之地，非妖身不得入。我去是因为要守护娘子，你……”

“顾不得了，若他真的号召众妖前去，那天下即将大乱，我哪里还能安坐？”法海施法凝作传音符飞向昆仑山，看向许宣的眼神不容置喙。

许宣看着满面痛苦之色的白夭夭，不再迟疑，点了点头，捏了个诀，携着白夭夭和法海一同消失。

到了北荒边缘，只见整个北荒上空都笼罩着一层紫色的符文，许宣试探着将手指接近，那符文就发出令人震慑的轰鸣，隐隐有细小的电光。

许宣皱眉。

白夭夭却是面色稍缓，又不乏担忧地轻声道：“这符文于我们妖而言，竟有神清气爽之感。北荒自上古就是妖族之地，果然名不虚传。”

许宣愁眉紧锁，越发担心：“想必这千年，妖帝就藏身在此处，只是不知是何秘法，这里竟泄不出一丝妖气来。”

白夭夭稍一思忖：“妖帝身上的许多秘密，待我们进去，自能窥探一二。”

眼见她抬步就要进去，许宣却将她拦住，沉声道：“我之前应了你，是不愿你受万象令折磨，但如今真要进去，还是得更警惕一些。”

“可是一想到小青，我就坐立难安！”白夭夭蹙眉，呼吸也更沉重了。

而就在此时，小灰抱着头从远处过来。

一见他们，小灰满是痛苦的脸上便出现了一丝喜悦：“白娘娘，许大夫……”他故意对一旁的法海视而不见。

“你也收到了指令？”白夭夭看向小灰。

“嗯……而且，我也担心山君，锦雀说她被妖帝带走了。”小灰望向那紫色的符文结界，面色凝重，再冷冷瞥一眼法海，嘴巴抿得死紧，显然是不满到了极点。

法海也是面色苍白，不敢辩驳。

忽有传音符飞至，法海接住后，神色越发沉重：“妖帝召妖族尽数集结，九重天上传令，命我等严阵以待。天帝欲将战场设在昆仑山，师父让我们将事情料理清楚后便回昆仑摆阵领兵。”

他话音未落，小灰便突然抱着耳朵蹲下身来，神情痛苦异常：“妖帝，又有指令！”

许宣急忙看向白夭夭，也见她面色苍白，一副勉强支撑之态，握住许宣手臂断断续续道：“若是我们不遵妖帝之召，便是与妖族公然为敌，就算不为了小青，我也必须见到他，以除去万象令。”

小灰也帮她向许宣恳求道：“许相公，就让我们去吧！我定会拼死护着白娘娘。”

许宣依旧是皱眉摇头：“可若出了事，我并无办法进去接应，如此情况，你们要我如何放心？”

“我至少得前去一探，万象令未除，枯守在此，有何益处？妖族大乱在前，我怎能殒命于此？”

忽然，万象令再次传来，白夭夭同小灰再现痛色。

许宣试图用仙力护住二人，可金色的仙力同紫色的妖光几番抗衡，最终却是败下阵来。

法海终是忍不住开口道："这已是第二道，若是再不前往，恐有危险。"

白夭夭紧紧握住许宣的手："无论如何，我都得去一趟，我要救小青。"

许宣神色担忧至极，最终却是无奈地看着白夭夭一点点松开手，带着小灰往结界中去了。

凝视着她逐渐消失的背影，许宣双拳逐渐紧握，而旁边的法海也是面色不佳，心情忐忑。

北荒之地不同于九重天，四处荒凉，除却黄土便是怪石，一派萧瑟肃杀。

白夭夭同小灰缓步而入，只见辽阔荒原之上，众多小妖已然聚集一起，面面相觑，探讨着妖帝的命令。

斩荒踏上远处的石台，自上而下俯视着众小妖，直至他们噤声后，才朗声道："我隐世千余年，听闻你们各据山头，实力壮大许多。今日，我号令你们前来，便是为了与天界开战！众妖听令，尔等定取昆仑山，直入九重天！"

小妖们一下炸开了锅，在下面议论纷纷，叽叽喳喳地道妖帝此举是在以卵击石。

斩荒手心凝聚起紫色的妖力，万象令一出，实力不济的小妖们纷纷跌跪在地，法力稍强的也是满头冷汗。

不知是谁，首先看到了白夭夭，便惊呼一声："是骊山老母座下的白娘娘！"

众妖纷纷让路，白夭夭一路行至高台之下，仰首望向斩荒，目光平静又淡漠："堂堂妖帝，也不过只知以万象令要挟众妖听命罢了。"

斩荒与她对视，眼神中是极力掩藏的热烈："白夭夭，你既前来，该是愿意听命于我了？"

白夭夭冷声说道："我修炼千年，不曾听命于任何一方。如今我来，只是想问上一问，历经千年，三界终于和平共处，你又为何偏偏要挑起战事？"

斩荒手一扬，白夭夭肩膀便疼痛不已，忍不住闷哼一声。

小灰担忧地疾呼道："白娘娘！"

斩荒掩住眸中情深："你在我军阵前，出此扰乱军心之言，怕是与仙人混在一处，早忘记你的身份了。"

白夭夭忍着巨大的痛楚，倔强地说道：“正因我是妖，才不能看着你以众妖为棋子，布下此局！”

斩荒亦是勃然大怒：“你这是执意要帮九重天？要与许宣站在一处？”

白夭夭咬牙道：“不论我夫君在何处，我定追随！”

“那你可知当年九重天之所以能够收服四海，靠的便是我十万妖军助力！天帝因此许我上仙之位，可待到战事已平，他却翻脸无情，竟让白帝出手伤我元神！如今，我就是要带着妖族，拿下九重天！同是上古血脉，妖族凭何低他一等？”

白夭夭在万象令的驱使下渐渐站立不住：“可一旦开战，又是多少仙、妖殒命，你可曾想过，这千年来，你亦从未顾及妖族死活，而今，又凭什么让他们为你的野心送命？”

“我元神被伤生不如死，蛰伏于黑暗之中，日日不见光明，饱受何等苦楚，又有谁人知晓？”斩荒一甩袍袖，展手望天，“天帝背信弃义在先，兔死狗烹在后。他过了这许多年的好日子，是该尝尝我受的苦。天地分三界，仙要灭妖，人要除妖！只要九重天高悬于头顶一日，妖族便不得生存！如今，我便是要让妖族做这世界之主！”

随着他的话，妖族众人振臂高呼道：“夺下九重天！做世界之主！”

斩荒满意地看着众人，又凝向白夭夭：“白夭夭，如今你还是不愿意为妖族效力吗？”

白夭夭梗着脖子道：“若你为妖帝，我不愿为鹰犬！”

斩荒面上依旧一片威严，可双手却在不经意地握紧：“妖族之身，妖族之力，这些你全然不要了吗？”

“若身为妖，便要伤人，我不愿为妖！”

“好！你身犯叛族大罪，今日是留你不得了！”

“且慢！”

小青不知何时来到斩荒身侧，斩荒竟是松了口气，而小青则是神色冰凉地看着白夭夭道：“白夭夭，你身为妖，就从没想过妖族的处境吗？”

白夭夭瞧见小青，自是万分惊喜，可看她面上神情，却太过陌生，不由得有些诧异，喃喃唤道：“小青……我是来救你的……”

“救我？你尚没有本事违逆妖帝，又如何救我？”小青语意生冷又讽刺，“我修炼千年为人，如今却不知为何要成人。人心叵测，视我们为异类。你口口声声为了人，为了仙，却真的想过，我们妖要如何自处吗？法海收过那么多妖，还不屑同我此等小妖在一起，可知我此生从未害过任何人。人界、仙界对我们的偏见永不会消除，所谓的四海清平不过是对他们来说的清平，对我们却是无一日不在地狱。这里的同伴们，试问你们谁没有经历过人世间的打压与排挤，谁没有面对过唾骂，又有谁未曾从收妖人手下死里逃生？”

说到此，小青气势一变，目光扫过芸芸众妖，见众妖较之刚才的受万象令驱使所生的听命与服从，此刻尽数变为了真切的激动与响应。

斩荒目露赞赏地看着小青，小青则将眼神落回白夭夭面上：“我生而为妖，便要助力妖族成为三界主宰！若你执意要与许宣在一起，你我姊妹之情，今日便尽数作罢！”

白夭夭欲要上前去拉小青，却被逆云挡住，只能迷惘地呢喃道：“你是否隐瞒了什么？这不是我熟悉的小青。”

小青看她亦如看陌生人一般，一字一句道：“白夭夭，你若执意离开，我不会让你死。你要背叛妖族，我也如你所愿！待到他日阵前相见，我要你亲眼看着我们如何夺下九重天！”

妖族众人齐齐欢呼，小青转身望着妖帝，眸中有着警告之意，唇角却是完美笑意：“妖帝，不如就让她尝尝七七四十九道莲火的灼心滋味，可好？”

斩荒眼中光影几变，看了小青半晌，方笑着对白夭夭道：“四十九道莲火，每一道都灼心焚骨，要是你有命能撑过去，便还你自由身。”

妖族众人一时沸腾，齐声道：“妖帝归来，驱逐叛徒！”

斩荒对逆云使了个眼色，逆云会意，向外走去。

白夭夭对这些充耳不闻，亦是无暇他顾，只是直直地望着小青，可小青却刻意背对着白夭夭，不愿去看白夭夭的脸。

2

斩荒手一拂，便有祭坛缓缓升起，虚浮在大地之上，缓缓燃起了红色莲火，张着红艳火舌，竟有种妖艳之美。

斩荒手中紫色妖力一捆，紧缚着白夭夭，将她送往莲火之中，刚一进入，便是一道莲火忽然炸开，穿心而过。

白夭夭脸上浮现痛色，她身旁则绽开一朵红艳的莲花，白夭夭赤足踩在红莲之上，浑身颤抖。

斩荒目光玩味地道：“你与许宣，一个想尽办法蜕去凡骨；另一个，受尽灼心之痛，只为脱离妖族。”话音未落，第二道莲火已然来到，又一朵莲花娇艳绽放，而白夭夭的赤足之上，早已鲜血淋漓。

小青忍不住想冲到白夭夭身旁，却被斩荒紧紧抓住，不由得一边挣扎一边喃喃唤道：“小白……”

白夭夭下唇已被咬出鲜血，她远远望着小青，心中涌起一丝不舍。红莲业火燃烧旺盛，白夭夭的视线渐渐模糊，自她口中，一颗莹白的灵珠缓缓离体，在半空中悬浮。

斩荒望着那灵珠，目光骤然痴缠，声音喑哑，道：“是你……”

莲火竟然不自觉地悠悠转灭，斩荒的身上有黑紫色妖气流窜。

白夭夭有些惊诧，忍着剧痛开口道：“堂堂妖帝，莫不是要出言反悔？”

斩荒难掩心痛之色，说道：“白夭夭，你就那般想要脱离妖族？”

白夭夭抬头，一身凛然正气：“为正道，为苍生，决不后悔！”

斩荒声音中竟是难掩颤抖：“你可知妖火之下，若是挺不过去，骨肉顷刻化作飞灰，三界之中半点儿痕迹都不留，从此万劫不复！”

白夭夭愣住，而忽然便有一股冰凉之气传来，一手覆上了白夭夭的眉心，她抬眸，便对上许宣怜惜的眼神，连声音也是无与伦比的温柔：“你全身一派灼热气息，这莲火只怕你难以承受。”

白夭夭勉强挤出一丝笑意：“相公，我能闯过的。”

携许宣和法海进来的逆云见状飞身上前：“主上！莲火反噬，必受重创！”

斩荒只觉指尖颤抖，艰难道：“我不能……”

逆云压低声音相劝：“妖族面前，请三思！”

斩荒目光一震，缓缓扫视过已开始窃窃私语的众妖，一时仍是犹豫。

逆云只得再劝：“若你身受反噬，许宣、法海二人身在北荒，妖族如何能敌？大业未成，难道多年心血就此功亏一篑吗？”

斩荒匆匆闭上双眸，长舒出一口气，终是重新燃起莲火，而当双眼睁开时，视线却再不肯离开白夭夭面庞片刻。

许宣感受到莲火灼热，对白夭夭道：“凝神定气！放心，我会与你一同出去的。”

而此时，法海也对上小青欲言又止的表情，冷声问："小青，你站在妖帝身边是何意思？"

小青的手在袖中攥紧："我是妖，站在妖帝身边是无上荣光。"

法海视线蓦然冰凉："我以为你是被他抓来，因此前来相救，直到妖帝遣人来接我们进入，我亦不信他所说的你已归顺妖帝，而如今……你是确定要与我们为敌？"

"我们又何曾为友？"小青匆匆打断法海的话，"无数妖丧命你手下，我们早就是敌，你如今在我妖族圣地还如此张狂，真是不自量力！"

法海浓眉紧蹙，再不说话，与梗着脖子的小青对视一阵后，便别过视线望着一旁共渡莲火的许宣、白夭夭，而小青，却只觉身边的红莲火焰灼的不是白夭夭，而是将自己狠狠吞噬其中。

可她有何办法？法海同许宣，怎么能抗过妖族众人？

斩荒同她说了，若他们敢在此处挑衅，便是给了他最好的借口攻上九重天……

他故意让许宣同法海进来看小白受这红莲业火，不也是为了激他们发怒吗？斩荒答应过她的……

若她能激得妖族团结一心，若她能够留下……

他便放白夭夭离开。

她曾不信斩荒能逼迫白夭夭前来，直至看到白夭夭痛得生不如死，她才知道，若白夭夭不能如斩荒所说通过这四十九道红莲业火，便永远都会被妖族所控。小白有许宣，小白不能得罪九重天，那便让自己来吧。

毕竟，她同法海，或许终究是不可能了。

3

许宣抱着白夭夭，步步踏过朵朵莲火，渐渐体力不支。

小青也不再注视法海，而是紧张地看着二人，斩荒冷言提醒道："许宣，莲火能噬天地，同样会蚀尽你通身仙骨。"

许宣咬牙，傲然道："我俩生死不过同命，能闯过，我便带她离开。闯不过，我与她一同亡命于此，倒也妥当。"

他望着怀中的白夭夭，唇边勾起自如笑意，白夭夭则虚弱地道："相公……这一次，我能独行。你出去吧，剩下的我自己来。”

许宣的汗水滴在了白夭夭苍白的面容上：“这一生，我都不能让你独自面对难关。”

红红烈焰之中，许宣抱着白夭夭步步坚定前行，虽是共受蚀骨之痛，两人却是甘之如饴，脸庞却始终带着浅浅笑意。

小青看得泪光闪动，斩荒看着两人眸中只剩彼此的模样，却是掩不住地心痛与纠结。四十九道莲火尽数化为四十九朵红莲，白夭夭的灵珠越发晶莹剔透，缓缓归位。斩荒心中虽是波涛涌动，唇边却仍是笑意，连语声都十足平静：“我有言在先，定不会食言。白夭夭，从今天起，你与妖族再无关系。只是，我且问你一句，就算你脱离妖族，人、仙，当真会接受你吗？”

白夭夭还未答，许宣已然紧握她的手，望着她道：“有我在，你安心。”

白夭夭回望许宣，目光亦是充满信任与安定。

斩荒仿如自嘲般冷笑一声，极力压抑住自己嫉妒的神色：“你们二人感天动地，倒是我多虑了！”

法海趁机上前去拉小青的手，相触之处却如被火灼，本能般瞬间放开，小青愕然望向他，他似也意识到自己失态，转而厉声问：“我再问你最后一次，你当真要留在妖族吗？”

小青心口如受刀刺，而观望四周黑压压的妖众，更感受到斩荒警告的视线，她深吸一口气，道：“法海，我对你痴缠已尽，从今往后，不过天涯陌路。斩荒在何处，我便在何处。”

斩荒满意地一笑，看向勃然大怒的法海，轻笑道：“带走一个不算，还要从我手中抢人？当真以为我不会杀了你吗？”

小青不再停留，率先转身，朝着崖下去了。

小灰踟蹰一瞬，匆忙跟上，却又不舍地回望许宣等人，可终究还是跟着小青走了。

白夭夭望着小青背影，拼尽全力朗声开口：“小青！只要我活着，你活着，你我永远都是姊妹。”

小青脚步微错，感受到身后斩荒跟来，她重新提步而去。

白夭夭看着她决绝的背影，眼角泪水不禁滑落，却不知是哪里出了错。

妖族之众逐渐散去，临走前均朝着白夭夭投来鄙夷的视线，法海气得一跺法杖，心脉未愈的震伤此时痛得他指尖颤抖，仿佛在嘲笑他的自作多情，他忍不住怒道："原来她竟是自愿投向妖帝的……"

许宣抱紧白夭夭，也看向小青消失之处，稍稍蹙眉道："也许并非如此。她不这样，或许妖族即时便会举兵，我们更难以安然离开。"

"难道？"白夭夭噙着泪水看向他，想起方才若不是小青及时出现提及莲火，怕是自己危矣。这样想来，她似是看到了一丝希望，却对小青的处境越发担忧。

许宣却摇了摇头："我们须即时离开，大乱就在眼前，容不得我们多想了。"

白夭夭匆匆闭了双眸，终是听许宣所言，三人一同返回人间。

而刚一到临安府，才知道人间已是大乱。

第十八章 人间难容

1

群妖出动，烧杀抢掠，一夜之间，人心惶惶。

而亦不知为何，许姣容竟是得知了白夭夭的蛇妖身份，拦在许府外，撒泼打滚，不准许宣抱着白夭夭进门。

许宣一气之下，只得抱着白夭夭去了药师宫。

而药师宫中亦是不容，百姓纷纷打砸东西，以示对白夭夭的愤怒，更是直言当初患者失踪案便是同白夭夭有关。

许宣意欲同他们理论一番，却被白夭夭劝住，法海带二人回了金山寺。

这才从成器口中知道不止临安府，相邻几城也俱有人员伤亡。

法海怒道："斩荒竟然声东击西，出手如此迅速。"

"这该是他之前培养的亲信所为……毕竟北荒的那场动员，亦不像作假，"许宣亦是愁眉不展，"我更担心，其中有饕餮作祟，毕竟在北荒未见他的踪影。"

法海正欲出声，忽有传音符飞过，法海接住之后一读，略显怔然，对许宣道："九重天诏令，命你我前去。"

白夭夭目光微不可见地一沉，法海也忍不住望向她，叹道："看来他们果然对你有所忌惮，你明明已脱离妖族。"

白夭夭却是强作淡然，摇了摇头道："我身份特殊，也情有可原。"

许宣握住她的手："这一回，若是九重天不能接纳你，那我便也不入九重天！”

白夭夭目光一惊，随后感动之色渐渐弥漫。

虽是人间难容，九重天提防，只要有许宣在她身侧，她白夭夭又有何惧？

法海见状，便道：“那我先去一趟，顺带问问他们，人间如此大乱，他们究竟欲作何应对！”

荒原之上，目之所及，一片荒芜。

蝶蔓传回消息，说是饕餮事情办得不错，人间如他所愿乱了起来，天族一旦干涉便是给了开战的理由，天族置之不理，便是人心背离。但斩荒听了，也并不觉十分喜悦，眼前不断浮现的是白夭夭痛苦的神情，和她望向许宣时那专注又迷恋的眼神。

逆云派去调查的手下传回了消息，说白夭夭的确曾习过温养元神的生僻法术。而她的命格之中，也因温养许宣元神而留下了七杀命格。

她的灵珠出体，他立即便感受到了那种熟悉的气息，仿佛他的每一道命脉，都附着在那灵珠之上，与她的交织在一起，难以分离。

他也问过小青，原来他的错觉，不过是因为小青曾吞下过白夭夭的灵珠造成……

“可笑……”斩荒一面自嘲，一面向一处嶙峋怪石走去。石头背后，竟然有着一处水源，他手一拂，水光粼粼中竟出现了一个纤细的白色身影，翩然立在眼前，不是白夭夭，又是何人。

斩荒望着水中的人影，满目柔情地开口：“这水是花了许多妖力才引来的，整个北荒，只有这么一处。你看，那水边有什么？”

顺着他纤长食指望去，一丛摇曳的紫色鲜花，静静盛放，斩荒微笑着上前，摘下一朵来，别在白夭夭的耳边，手指划过她面颊，呢喃道：“我花了二十年来找你，没有一日不在想着你。可这二十年中，你竟也没有一日记起过我。不过无妨，我想送给你的东西，这一辈子都不用你归还。”

白夭夭的幻影立在水光之中，依旧面含浅浅笑意，再无多余回应。

斩荒却仿若未觉，继续情深似海地温柔道：“夭夭，北荒的一切都是我为你备下的，无论将来在这三界之中，我们会有多少敌人。我要你记着，站在我身旁，我会护下你。”

花朵四散，化为灰烬，白夭夭的幻影也一瞬间变成水珠，落回水中。

斩荒阖上狭长的双眸，此时的他，见不得平时的半分野心与算计，情之一字落入空荡心口，平添多少落寞与怅惘。

麒麟一生只动情一回，五百年的朝夕相处，让他对白夭夭再难割舍，可不夺回命格，大业难成。

妖族已无退路，他也再无退路。

“我还以为二十年倏忽而过，小青变了许多，所以我无法爱上她，却原来我一直念念不忘之人是你。白夭夭，可惜我却错过了许久，直到现在，才明白。而我，竟然还要伤你，为图命格。”

斩荒缓缓睁眼，面前是死寂空旷的荒原，他沉沉双眸之中，隐现悲意。

2

昆仑山大殿之上，白帝与青帝相对而立，青帝叹道：“白夭夭已离妖族，你却还是容不下她。”

“不是我容不下，而是妖族多狡诈，大战在即，若她有何异心，我们又当如何收场？所以不得不谨慎行事。”白帝目光决然，显然是不容动摇。

青帝观他神色，只得再劝：“若你还想许宣相助，就得容下白夭夭。”

白帝冷哼一声：“许宣一身仙骨，又身怀七杀格，难道还能入了妖族不成？”

青帝叹道：“只要他想，带着白夭夭置身事外，又有何不可？”

白帝一时无言，半晌才愤愤道：“好个置身事外！当初若不是那条青蛇用血污了我昆仑至宝，就算再给妖帝千年，我又有何惧？”

法海此时急急求见，见他孤身前来，白帝心中了然，看了一眼青帝，脸上现出不满之色。

而法海则是一脸急切：“妖族大举在人间四处为乱，为何你们迟迟不动手？难道要眼睁睁地看着这些妖伤人性命？”

见他出言不逊，更是不知礼数，白帝呵斥道：“住口！这是你与师父说话的态度吗？”

法海闭口不言，脸上神色依旧是不满至极。

青帝目光和蔼地对法海道：“眼下九重天实在被动，你师父也是无可奈何。天界若是插手，将作乱的妖伤了，妖帝转瞬便会除妖灭口。他就是想借着这些事情，肆无忌惮地为难九重天。”

法海摇了摇头：“这些凡间之人，日日焚香诚心供奉你们，如今妖族已经危及他们的性命，难道天界就真的不管管吗？”

“何为三界？”白帝傲然说道，“仙、人、妖各据一方，等闲不得相互插手。别说眼下之事了，当年饕餮屠戮人间，我们亦不能轻易干预，否则就是有违天道！”

法海越听越是不悦，转身便欲夺门而出。

白帝有些急了，问道：“你要去哪里？我们还未商讨布阵一事！”

“你们是仙，我不是，”法海停住脚步，却未回头，只冷然说道，“至少在我能力范围内，不能眼见这些无辜之人受到伤害！”说罢，再不停留，大步离去。

白帝一脸不悦，更觉在青帝前被徒弟伤了面子，更是不满。而青帝哪里顾得了这些，径直陷入了沉思。

人间又继续乱了几日，小青终也从返回北荒的小妖中得知此事，着急地冲进斩荒房间：“你说要对九重天宣战，又为何要为难人间？那些凡人何其无辜？”

斩荒放下正于手中闲闲把玩的字画，抬首看向小青，神色竟是不怒自威：“我不束着你，可不是让你如此横冲直撞的。”

“你虽是不束着我，却束着小灰，以他来威胁我。”

“那又如何？”斩荒略微挑眉，“你道凡人无辜，他们对我们妖类何曾正视过？他们既然如此尊崇九重天上的神仙，借机让他们认清那些仙人有多么冷漠，岂非好事？”

小青眸光渐冷：“也对，你是妖帝，连妖族都可以当作棋子，又怎会管凡人死活……”

“不尽然，我自是不管凡人死活，却会管妖族死活，近日有人向我妖族宣战，我不妨便带你去看看。”话音刚落，斩荒一把抓起小青手臂，带她飞身而出，直赴金山寺外的竹林。

只见原本青翠欲滴的竹叶之上，竟是血珠洒落，一众伤痕累累的小妖同法海对峙着。

法海持杖而立，风过林动，他越发是出尘夺目，朗声对小妖们说：“我已入佛门，不愿杀生。还望尔等好自为之！”

“废话少说，死在你手上的同族还少吗？今日定要你留下命来。”一小妖杀气腾腾地攻向法海，法海一挥杖，击落他手中长剑，小妖神色慌张，法海逼得他连退几步后，却是收了法杖，厉声道：“你们回去告诉妖帝，若要开战，让他亲自前来！休要将无辜妖族当作他野心之下的工具！”

“你们仙族惯会说些漂亮话，妖帝志在千秋，岂是你能懂的？”

法海正待辩驳，他身后却有小妖悄悄拾起地上长剑，缓缓靠近法海，小青双眸骤然放大，正要疾声呼喝，却被斩荒遮住了嘴。

然而法海却是听见动静，抬眸望来，身后那柄长剑便趁机穿透了他的腹部。

法海剧痛，回身将那小妖一杖推开。另一只手捉起剑刃就将长剑抽了出来，眼见斩荒带着小青缓缓落地，他摇摇欲坠地对斩荒道：“你放开她……”

小青想要冲过去，却被斩荒死死抱住。而众小妖此时形成包围，一哄而上，法海勉力支撑，仍是被刀剑数度击伤，终是不支，单膝跪地。

小青运起全身法力，强行挣脱斩荒，跑了过来，直挡在法海面前：“有我在此，你们谁敢伤他？”

斩荒冷笑一声，向着不知所措望向他的众小妖挥了挥手，小妖们见他示意，便一哄而散。

小青神色戒备地凝向斩荒，法海忽地吐出一口血来，已然闭眼晕了过去。

小青立马转身跪在法海面前，轻托起他的头，另一只手抚上他腹部最重的那道剑伤，却见法海面上神情痛苦，伤口犹如火烧，鲜血汹涌而出，她所抚部位也现出了灼痕。

小青慌乱得不知如何是好，急急收手，痛惜道：“……对不起，你可还好？撑得住吗？法海！法海！”眼见法海毫无动静，小青又转向斩荒怒吼：“你快替他止住血，快呀！”

斩荒神色冷漠：“我从不救人，只救妖，我带你前来，也不是让你救他的。”

小青自然明白，他带她来，就是为了分散法海的注意力，就是为了在她面前重伤法海。小青怒道：“你这个浑蛋，你为何要将我身边之人一个个逼上绝路？”

斩荒不满的神色渐起，寒声道：“你随我回去。”

随后便有手下小妖去拉扯小青，小青被逼无奈，只得在匆匆挣脱之余，放出一道传音符。

斩荒见状不仅没有反对，反而笑得淡然："你已经传了讯，自然会有人救他。"说罢，一把抓过小青，施诀离开。

回到府邸，斩荒命手下之人将一直在奋力挣扎的小青拖回房中好生看管。

逆云迎上来，还未出口相问，斩荒便点了点头，方才因小青挣扎而略显疲惫的神色，也出现了一丝阴谋得逞的愉悦。

逆云的兴奋之色便更是明显："我这便去给饕餮传递消息，要知这剑上之毒，可只在我们埋伏那处方有草药可解。"

斩荒微微一笑，深沉似海的眸中竟有了少年要见心仪之人般的雀跃之意："又要见面了，白夭夭。"

3

法海躺在床上，双眸紧闭，额间满是汗珠，眼皮微微颤动着，明显是不适到了极点。

许宣为他施针，胸口银针已密密插满一排，当他落入最后一针时，法海眉头倏然紧皱，往床下吐出一口黑血，许宣用帕子将他唇角擦拭干净，怒道："这毒十分凶猛，看来小妖围攻，是要置你于死地。"

法海虚弱一笑："我这不还活着吗？妖帝还没拿走我身上的破军，便不会让我死。"

"你还知道你身上负有破军，还将自己置身险地！不过说来也怪，他怎会没趁机夺你破军？"

"或许是因为小青。"法海想到小青奋不顾身挡在自己身前的模样，眸中一时有些失焦。

"小青应当还没这个本事阻拦于他。"许宣眉心微蹙，"不过也亏得她的传音符，否则你性命难保，任谁都难以回天。眼下我已用银针阻止毒入心脉，等娘子将药取回，我便立刻拔出剧毒。"

此时，清风从门外匆匆而入，对许宣道："许大夫，不好了，又有数十人被妖物所伤，伤势严重！"

许宣一震，顾不得再思索斩荒所图，跟着清风来到药师宫大殿之上，只见伤者躺得横七竖八，有稚龄童子牵着母亲的手哇哇大哭，许宣观那母亲神情虚弱，便待上前救治，可众人见他到来，不仅不生热情，反倒是横眉冷对："许大夫，不知你可处置了你家那蛇妖？"

有男子冲上前来，揪住他的衣领："许宣，我兄长死于妖物手中，你难道心中无愧？"

许宣一时竟有些无所适从，半晌才平静道："人也好，妖也好，她总是我娘子。若诸位再生疑虑，恕许宣无法为各位医治。"

男子挥拳就要打过来，清风忙上前阻拦，怒道："再闹就都给我出去！"

男子退后两步，愤愤道："她是蛇变的！蛇的心是冷的，是狠的！"

许宣也不由得有些发怒："这些话是谁说的？"

许姣容从门外迈入殿内，朗声道："我说的！"

许宣皱眉望着她，质问道："姐姐，娘子一心待你，你怎能在她背后出言中伤？"

许姣容冷哼一声："她是妖！"

"妖又如何？娘子可曾伤你一分？"

"笑话！殿中之人哪个不是被妖所伤？"

许宣提高了声量，厉声问道："在座何人是被我娘子所伤？"他目光缓缓扫过沉默的众人，问道，"林嫂子，你家小虎生病之时，可是我娘子为他诊治？杨大叔，你的腿疾发作，可是我娘子救你回家？"

众人一一垂下头去，许宣走到许姣容面前："姐姐，自她进门，可有哪一件事曾违背你的心意？娘子真心相待，你却……"

许姣容打断道："我是你姐姐！许宣，我一手将你带大，你却为了一只蛇妖对我如此恶言相向？"

许宣还未辩驳，宋师兄已从门口踉跄而入，只见他身上满是伤痕。

许宣脸色霎时一变，上前扶住他，心中那丝不安似乎得到证实，颤声问道："怎会如此？"

宋师兄手中捏着皱巴巴的草药，抓住许宣手臂，虚弱道："白姑娘被饕餮掳走了！采药一事，原是饕餮他们的陷阱。"

一时满堂俱是骇然之色。

许宣强自镇定问："他们去往何处了？"

宋师兄喘着气道："饕餮说是……荒原之地。"

许宣神色一凛，将宋师兄手中的药草递给清风：“按照我之前所开药方煎服于法海，阻止宫中弟子为百姓诊治，我去去便来。”

饕餮将白夭夭绑至北荒，交给了斩荒，如试探般看了看斩荒的神色，见他目光淡然地从一身血痕的白夭夭身上扫过，如常吩咐手下将她带入牢中看管，方似满意一般转身大笑而去。

斩荒知他心中对自己和白夭夭的关系起了疑，对着饕餮背影勾出一丝森冷笑意，起身，向牢中而去。

只见地牢暗沉的火光之下，白夭夭被粗重的锁链紧缚，脖颈低垂，显是疲惫至极。

斩荒心中刺痛，上前握住白夭夭的手。

白夭夭愕然抬头，见到斩荒生得完美却偏生阴鸷的面容，不禁想要后退，可背后死抵在墙面，哪儿有分毫空间，她只能抬头望着斩荒，冷声道：“你又将我抓来，究竟想要如何？”

斩荒不顾她眸中嫌恶，柔声问道：“我想亲口问问你，五百年前，你找到一块元神碎片，放在体内日日温养，可有此事？”

白夭夭有些诧异：“你如何得知？”

斩荒不答又问：“那你日日说的那些情话，可是讲给许宣听的？”

“那些……”

白夭夭竟是略觉羞涩，低垂螓首，斩荒望在眼中，心里痛极，冷哼一声，再问道：“你可知道，那元神碎片上还附着另一个元神？”

白夭夭闻言，蓦地抬头，一脸茫然神色，斩荒盯着她看了半晌，略觉凄凉地松开了她的手，边替她松开锁链，边叹道：“你果然连一丝丝的记忆都不曾有，可我呢？却是牢牢将你铭记在心上五百年！”

白夭夭无比震惊，一时不知如何反应，直到斩荒抚上她脖间为锁链所伤的伤痕，才匆匆避开他手指微凉的温度。

斩荒眼中闪过痛楚，强自笑道：“可是我不怨你，只我一人记住你便好。因为从今往后，你只会是我一人的。”

“原来你曾附在许宣的元神之上！”白夭夭想起五百年前西湖上那片白色与紫色交缠的光点，渐渐恍然。

斩荒望着她，从她秀丽的眉眼看到她小巧的樱唇：“若我早些寻到你，哪里还会让他染指你半分？我找了你这些年，你看，终于还是叫我寻到你了。”

白夭夭忽然想起小青，不由得颤声问："那小青呢？如今你要如何待她？"

斩荒低低笑道："我知你如今心中并未有我，我亦舍不得伤害于你。我控制不了你，却能控制得了她，小青下场如何，端看你想我怎么做。"

"你不许伤害她！"白夭夭面露紧张神色。

"你乖乖待在我身边，我自不会伤害你妹妹。夭夭，当日你亲身温养，我才得以重塑元神，将来成就千古大业，也定会与你同享，这便是我对你的情意！你喜欢九重天，我便亲手取下，奉于你看，如此，你可开心？"说罢，斩荒抱起白夭夭，见她欲要挣扎，他施展法术令她沉沉睡去。

望着她安静的睡颜，斩荒只觉怀中的重量，让空荡万年的心前所未有地满足。紧了紧双手，斩荒大步踏出牢房。

刚一出来，便见到天边的天乩剑光闪耀，许宣的声音传入荒原："我此生投作人身，妖帝一再挑战底线，如今掳走我娘子，此为罪一。人本就对妖存有偏见，妖帝身为统帅，不顾族中安危，此为罪二。妖帝命手下作乱，将人间闹得难安，此为罪三。如今，我以人身进入妖界，便是向妖帝问罪而来。天乩剑出，这便是战书！"

天乩剑光森寒，冷冷划破天际。

斩荒唇边却勾出了笑意，他对逆云道："时候到了。"

逆云颔首，望向结界边际。

只见那处，妖族军队厉兵秣马，早是严阵以待。

第十九章
昆仑大战

1

昆仑山大殿之中，设着一方仙气氤氲的沙盘，青、白二帝正在一旁筹谋。

“报！”有身披白色盔甲的天兵跑入，单膝跪地后肃然道，“有妖兵聚集在九奚山下，粗粗一点，怕有上万之数！”

“竟是九奚山！”青帝神色一肃。

“他抓去那两只蛇妖，竟不是为了以她们之血开昆仑结界？”白帝也是大惊失色。

青帝无暇再议，对白帝匆匆道：“天兵我尽数交与你，事态紧急，我即刻便回九奚山去。”

白帝怒道：“胡闹！若三万天兵全留在昆仑，你那边该当如何？”

青帝慨然道：“我之本事，你难道还不信了？”

白帝出手再拦青帝：“你我相识数万载，我几时真陷你入危局中了？”

此时潇湘仙子疾步从殿外跑入，叫道：“师父！手下人得知，许宣只身入了北荒，还与妖族下了战书！”

“胡闹！难怪妖帝会直取九奚山！”白帝愤然斥道。

青帝摇头长叹：“以许宣之智，不会如此鲁莽，定是因为白夭夭才关心则乱，如此，我更得回九奚山了。”

“我与你同去，”白帝不待青帝反对，径直上前两步对潇湘仙子道，“潇湘，我将使用昆仑镜的口诀交付于你，昆仑重任就在你身上了。”

潇湘仙子抱拳领命："师父放心！徒儿定将昆仑守住，完好无损地交还与你！"

青帝皱眉："潇湘虽不凡，可若真对上妖帝，恐怕难以取胜。"

"你的意思，妖帝是在声东击西，依旧会攻向昆仑？"白帝望向青帝，心头爬上一丝忧虑，但略一思忖后，又对潇湘仙子道，"这三万天兵，为师也全权交给你！"

说罢，他对青帝叹道："昆仑有潇湘带兵驻守，也算做了眼下最为周全的准备，况且昆仑山与我早为一体，只要有所异动，我赶回来仍来得及。"

青帝摇了摇头："你这样行事，还是太过冒险。"

"若我不与你同去，那一万妖兵之后还有埋伏，九奚山危矣。生死同路，我定与老哥哥你在一处！"白帝何尝不想留守昆仑山，但眼下昆仑毫无动静，九奚山却是兵临山脚，让他如何能坐得住？九重天无论哪扇大门一开，只怕斩荒长驱直入，再难相敌！

青帝与他对视几瞬，终是叹道："也罢，覆巢之下，焉有完卵？咱们再去请些兵马便是！"

白帝望向远处，目光中也带了森然战意。

二帝刚离开昆仑没有多久，昆仑山脚便亦是妖兵集结，攻向山门。虽有结界相护，也难抗妖族绵延不断的攻击。潇湘仙子得到禀报，已知斩荒领了五万妖兵前来，眸中瞬时溢出杀气，带着天兵迎出山门，同妖兵战在一处。

妖兵们士气昂扬，天兵们亦是背水一战、不屈不挠，一时竟是难分胜负。

而潇湘仙子更是杀红了双眸，直至戴着面具的斩荒飞身而至，一掌攻来，潇湘仙子长枪横扫，招招俱是杀意。

斩荒不疾不徐，见招拆招，瞅准空隙，欺身而上，一掌拍向潇湘仙子肋侧，潇湘仙子吃痛，跌退几步，又再度将银枪舞得密不透风。

斩荒微微一笑："潇湘，你我虽无夫妻之缘，但不得不承认，你是个好对手。"

"住口！"潇湘仙子怒喝，却是已经分神，被斩荒拍中枪头，枪身被迫下压，潇湘仙子亦是立身不稳，往前冲去，背后又挨了斩荒一掌，吐出一口鲜血来。

不待她回身，斩荒又是毫不留情地几掌击去，潇湘仙子直摔在几步开外，靠着手中长枪拄地，才勉强支撑着站起。

斩荒身后妖族大军齐齐呼“好”，天兵却是面面相觑，军心涣散。

斩荒淡然一笑，闲庭信步走向潇湘。潇湘仙子将手中银枪深插入地面，身上银甲虽是破败不堪，脸上神色却是冷静又坚定，她背后便是昆仑山门，她就算是死，也要将斩荒挡在门外。

斩荒只身走到潇湘仙子面前，伸手摘下脸上的面具，潇湘仙子望着他，神情越发宁静：“如今总算愿意以真面目相见了？”

斩荒似没听见她的嘲讽，只轻声道：“你我是故人，我不愿对你下手。”

“故人？”潇湘仙子冷笑两声，“我恨不得将你碎尸万段。”

斩荒轻笑：“你想固守山门，等到青帝白帝回来，可你实在太高看你的本事。”

潇湘仙子恨声道：“堂堂妖帝，也是一方霸主，如今竟趁人之危，欺我昆仑无长辈？”

“别说是昆仑白帝，就算是五方天帝齐聚，我也未必放在眼里，”斩荒不屑一笑，又双眸微眯，扫向眼前稍显狼狈的潇湘仙子，“潇湘，数千年了，难道你还不明白？我无须做九重天的走狗，一样能叫这乾坤位移！”

潇湘仙子单手抚住胸口，调匀呼吸：“当年你伤我至深，是师父为我疗伤，传我仙法，唯一遗憾的是，师父未曾教我如何应对你这样罔顾君臣、乘人之危的小人行径！”

斩荒一眯凤眼，威压外放，逼得潇湘仙子又呕出血来。

斩荒怒道：“你身为麒麟之身，却甘心做九重天的一条看门狗！简直丢尽了我族血脉！”

潇湘仙子虽是口吐鲜血，面上依旧冷若冰霜，傲然道：“逼我至绝境的人是你，收留我的却是九重天！斩荒，你若是还有半分廉耻，就不会在此大放厥词！”

斩荒也不再留情面，右手之下，紫色光影流动：“好，任你再如何冥顽不灵，今日我偏要叫你知道，谁才是你应该俯首称臣之人！”

潇湘仙子将手中长枪挥动，天兵杀声震天，她站直身躯，一字一句道：“你且放心，就算战至只剩一兵一卒，我也绝不会让妖族染指昆仑山！”她身后的残兵闻言，纷纷从地上爬起。背对着昆仑山大门，一副不死不休的悲壮模样。

斩荒却是忽地笑了，玩味道：“你心中仍盘算着，想守到白帝回来？”

潇湘仙子被他戳破心事，眉心一动。

“败局已定，何苦再做困兽之斗？”天兵听到这话，有些紧张，斩荒却是一派惬意，“青白二帝，如今也是自顾不暇，你便好好看着，我如何长驱直入，将你昆仑毁至寸草难生。”

斩荒手下渐渐凝聚成阵法，随着阵法流转，潇湘仙子等人渐渐立身不稳，斩荒唇角笑意更甚，手轻轻一挥，身后妖兵立即拥上，借阵法之势与天兵斗在一处。

昔日景色如春的昆仑山，如今已成修罗战场，血染满山，尸横遍野。

而斩荒高喊一声：“以血开阵！”

白夭夭被逆云推搡着带上来，与此同时，饕餮在昆仑山另一侧抓住了小青的手。

斩荒用匕首，饕餮用利爪，二人皆是不顾白夭夭同小青的反抗，划破二人掌心，血珠激射而出，落入地上的六角阵法之中。阵法蓦然金光激射，一瞬四散寂灭，同时间，昆仑山上剧烈震动。

昆仑山石窟之中的昆仑镜，冰晶雪莲上面渐渐裂开一丝裂痕，从中渗出鲜红血色，随着裂痕向外沁染，冰晶雪莲瞬间碎裂。

昆仑山一时间万籁俱寂，目之所及，万事万物皆在一瞬间炸裂开来，大片碎裂的花瓣树叶纷飞，土壤也翻开巨大沟壑。

山门前的潇湘仙子胸口一震，涌出大量血花，山门垮塌的碎屑兜头向她砸来，潇湘仙子一时疲于应付，银枪断裂，碎片雪花般击向她胸口，潇湘仙子受委地不起。

乌黑长发从头盔中散出，她望着四周仓皇呢喃道：“昆仑镜破了……妖族，夺下了昆仑。”

而山巅之处，斩荒将昆仑一瞬的变化尽收眼底，面色却平静非常。

白夭夭痛苦地道：“你筹谋许久，如今终使数万冤魂葬送，净土一朝血洗，可算满意了？”

斩荒侧眸，正对上白夭夭那一双怨恨愤怒的眸子，顿觉心中抽痛，平息片刻后，方轻声开口道：“白夭夭，就算过了莲火焚身，你终是妖族中人。我不用你理解，只是你记住，自今日起，我族便要扬威昂首，不再仰人鼻息了！”

“胜如何，负如何？”白夭夭冷眼以待，“待到他日，你一样会被斩杀，再被逐出天界！”

斩荒凝视着白夭夭，低低地笑了起来，其中多少有些自嘲与悲凉：“你放心，若你这般恨我，我便承诺你，哪怕世上真有能杀我者，也只会是你。”

白夭夭望向前方，几乎是毫不犹疑地道：“好！你犯下如此罪孽，无论何时何地，我都不会放过你。”

她望着残破的昆仑，满面心痛之色，而斩荒望着她柔和又决绝的侧颜，何尝不是满目心痛？

2

许宣匆匆赶到昆仑，此时，山中已然易主。

可恨藤妖将他绊住，他们更是特意在北荒留下了白夭夭的信物，让他误以为妖帝他们尚在北荒……而如今……

许宣眼见伤痕累累的青、白二帝站在昆仑之外，面对眼前结界无可奈何。他匆匆一剑劈去，天乩剑光凌厉，却也不过令结界微微晃动，瞬间反噬之光便直接向他反扑而来。

许宣横剑挡在胸前，仍旧退了几步。

他欲再度攻去，却被青帝摁住了手：“以目前之势，咱们是闯不进去的。”

许宣面色惨白，手指紧握剑柄。

白帝颓唐道：“计划了这么久，竟真被他们夺下了。你我虽然击退了小妖来到此地，却终究还是迟了一步。”

许宣冷声道：“这不正是九重天一再退让的结果吗？”

青帝立马投以一记告诫的目光，许宣恍若未觉，紧盯着结界之内，低声道：“如今，娘子也在他们手中。那日她受尽苦楚脱离妖族，却料不到仍是不敌妖帝的计划。”

白帝摇头叹息：“这第一战，天兵折损了三万之众！昆仑山竟成了他们的埋骨之处！我有何颜面面见天帝？”

隔着结界，面前的昆仑山一派萧索颓败，白帝又是心痛又是懊恼，谁承想妖帝为拿下昆仑山，竟会牺牲一万小妖性命。他们终究是低估了他。

青、白二帝去向天帝请罪，天帝却未怪罪，反倒是再拨了十万天兵给二帝，让他们夺回昆仑，守住九重天。

许宣回到药师宫，法海靠坐床头，听他说了战况，本就不好的脸色越发灰败。

许宣垂眸，沉声道："我知昆仑难攻，只是不得不攻。天帝派兵十万，定要夺回昆仑。我只恐妖帝早有防备，若是再趁机调虎离山，九重天危矣。"

法海颔首："十万大军不可尽入昆仑。"

"我意亦如此，不若先遣兵三万，分作三股，逐一攻进。"

"昆仑山上有几处要塞，尚可一一攻打。"

许宣虽是点头，却亦眉心微皱："但……如今军中鲜有领兵之人，三股兵力若是难以协作，恐怕被人逐一击破。"

法海闻言，撑着床榻就要起身，许宣忙摁住他："你这是做什么？"

"仙界无人比我更为熟悉昆仑地势，这一战，当由我领兵。"法海抚住胸口，面上神色坚决。

"胡闹！你重伤未愈，如何上阵？"

"你心中牵挂白夭夭，已是方寸大乱，更何况我长在昆仑，难道不是更为合适？此事不能耽误。"

许宣正欲开口再劝，一人踏入了房门，许宣回头望去，顿觉讶然："仙君？"

百草仙君稍稍颔首，手上持着一方玉匣，徐声道："你二人不必相争，这一战，九重天必须要胜，夺回昆仑山，你们一个都不能少。"

说罢，他将玉匣交到许宣手中："这是万年仙草，可医好法海的伤势。"

许宣皱眉，望了一眼法海，迟疑道："私用万年仙草，是大罪。"

百草仙君笑得泰然自若："事态紧急，一切权宜，你且放心。"

许宣凝望百草仙君半晌，终是收下了那盒万年仙草。

安顿好法海，许宣与百草仙君走到房外，垂眸思量半晌才道："师父，对不起，我没有照顾好小师妹。这事……我本该早些到蓬莱向你请罪，可是……"

百草仙君拍上他肩膀，阻掉他的话："罢了，她也是求仁得仁，何况，若不救你，倒不知如何了却她所犯下的罪孽。"

仙君说完后，望向院中熟悉的景致，苦笑道："她襁褓里丧母，垂髫之年便随着我四处行医，豆蔻学断脉，及笄便问诊。读书识字，医术药理，哪一样不是我亲手教导……我本望她继承衣钵，却看着她渐入歧路。如今才明白，只要她每日快快乐乐的，心系何人，身为何事，又有何干？曾身为人父，竟亏欠她良多。”

许宣不知如何安慰，可仙君反倒先向他一笑：“都是前尘往事了，如今，既然她也重归于宁静，都罢了，都罢了……”

摇首叹息着，百草仙君大步离去。

许宣看着他的背影，一时心头百感交集。

3

昆仑山大殿之上，此时庆功意兴正浓，只见殿中跪了满满一殿的小妖，斩荒站在高处，睥睨着一切，唇边是野心勃勃又满意自矜的笑意。

站在下属第一排的逆云，上前躬身道：“恭喜主上，等了千年，终于得偿所愿！”再看他，竟是喜悦得泪光闪动。

众小妖在他的带领下，齐齐拜下，铠甲相撞之声显得颇为肃杀：“恭喜主上！”

斩荒面带笑意地走下台阶，当先握住饕餮的手，将他带上高处：“此战大捷，饕餮功不可没。辛苦诸位，日后荡平九重天，自有诸卿之位！”

小妖们群情沸腾，一片欢呼之声。

“多亏有你，如今昆仑任君来去，可好？”

斩荒笑望饕餮，饕餮面露倨傲之意，颔首道：“天界九重，唯独这昆仑山我住着习惯，当年，我也在此住了许久……”说到此，饕餮眼底恨意一闪而过，斩荒假作未觉，笑看着殿上诸人。

如此欢宴，一开便是三日。

三日后，宴席散去，斩荒倚在宽大的主位，看着下面空荡荡的大殿，和殿外荒芜的昆仑之景，一时不知在想什么。

逆云进来，稍一躬身，禀告道：“白姑娘……”

斩荒眉毛懒洋洋地微抬了下：“怎么，她仍是不吃饭？”

逆云点头：“属下百般相劝，她仍是不理不睬。”

“我知道了，”斩荒显得有些烦躁，闭眼沉思片刻，方又徐声问道，“许宣呢？在做什么？”

逆云迟疑着道：“他自九奚山归来，就一直待在药师宫。宫外瘴气密布，手下们无法进入，似乎并未有要劫走白姑娘的动作。”

斩荒摇了摇头：“许宣此人不可小觑，时间紧迫，白夭夭这叛逆之心如此难除，看来得用些手段了。”

他话音未落，藤妖突然急匆匆地跑来。

斩荒本就不悦的脸色更加不满：“怎么了？天要塌了？”

藤妖一噎，越发紧张，结结巴巴地道：“适才地宫之外结界有异，属下去往地宫一看，却发现小青与小灰竟然逃了。”

斩荒惊得从椅子上坐起身来，怒道：“怎会逃了？那处是我亲自设下的结界！”

藤妖小心翼翼地道：“属下不知。”

斩荒冷哼一声，带着藤妖与逆云向着昆仑山地宫匆匆而去，走到外沿，他一挥手，撤去了结界，地宫不过方寸之地，如今已是空空如也。

“这蛇，我倒是小看她了。”斩荒迈入地宫，细细查看，只见墙边小窗上挂着一丝青色的衣袖，他上前，将那布料狠狠攥在手里，恨声道，“没想到，她那点儿微薄法力，还能化作原身破了我的结界！”

“属下看管不力，这就去拦截！只是……”藤妖道罪之后，又迟疑道，“天下众妖，没有不听主上号令的，若是主上以万象令……”

斩荒一记寒光斜来，藤妖连忙住口。

斩荒冷声道：“你跟了饕餮几日，如今也敢质疑我的命令了？”

藤妖立马跪下：“属下不敢。”

斩荒四下打量着山洞，面色生寒，若不是小青饮过麒麟血，万象令对她失了效，他还用得着藤妖提醒？

小青一逃，若再以妖血开启阵法，他的千年筹谋，便将功亏一篑。斩荒双拳攥紧，冷声吩咐道：“传我命令，就算封闭昆仑山，也要抓住那二妖！若是留不住活口，就不惜一切代价杀了他们！”

藤妖畏惧地点头，斩荒率先拂袖离去，藤妖起身，紧紧跟随而去。

而二人离去后不久，洞穴之中，便露出两双眼睛。

一道光影闪过，小青同小灰化作人形，小灰见四下无人，一脸喜色：“山君这招障眼法果然高明，连妖帝也被我们耍得团团转！”

小青冷哼一声：“谁让他平时小瞧我，屡次三番地算计我，这下却被我骗过去了。小灰，眼下此处没有守备，正是离开的好机会！”

小灰点头，两人小心翼翼步出，快步离去，小青想起方才藤妖说的话，忽地止住脚步，也觉奇怪："这藤妖说得对啊，斩荒怎么没对我用那缺德的法子？"

小灰也不知为何，斩荒方才为何不当着藤妖的面使出万象令？若是如此，他们必然即刻痛得现身。思忖半晌，他笃定道："依我看，他定是还对山君有情！那万象令发作起来，疼到元神中去，妖帝自然不肯伤了山君！"

小灰说得煞有介事，小青却觉一阵恶寒："行了！许是他活了一大把年纪，脑袋不好使了。咱们赶紧离开，万一叫他想起来，可要吃苦头了！"

小灰点了点头，两人匆匆离开。

斩荒则怒气腾腾地去到白夭夭房中，白夭夭身缚精美银链，坐在床上闭眸调息。

"你不必白费力气，我给你的灵珠下了封印，如今你与凡人无异。"斩荒走到她近旁，低声劝道。

白夭夭睁开双眸，却是眼神空洞，不往斩荒这处偏向分毫。

斩荒心中柔情满怀，又看她脸色苍白，更是只想讨她欢喜。这样想着，他幻出一朵紫色鲜花，递至白夭夭面前："这是我在北荒所种之花，如今昆仑尽入我手，此地一贯聚集天地灵气，我要在这山上种满这花，你说可好？"

见白夭夭视而不见，他继续笑道："你想给它取什么名字？什么都好，只要你喜欢。待到你我成婚，我想用此花来装点婚礼。"

白夭夭终是忍不住打断道："我早已成婚，此话岂不荒谬？"

斩荒笑道："我已让逆云去择良辰吉日，到时候五湖四海之宾皆会前来观礼，我一片丹心尽数与你，你难道不喜欢吗？"

"住口！"白夭夭只觉得恶心，冷冷地看向他，"我夫君曾是药师宫宫主许宣，也是九重天仙人许宣，我今生绝不二嫁！你若再苦苦相逼，羞辱于我，休怪我不客气！"

斩荒伸手强横地将她搂入怀中："我不需要你同意，我想得到的东西，总能拿在手中。"

白夭夭扭头躲开，斩荒捏住她的下巴，痛道："这五百年入骨的相思，我穷尽三界只为寻找到你，我这样的痴心一片，你当真半点儿都不放在眼里吗？"

白夭夭字字如淬冰雪寒霜："当年救你非我所愿，如若再来一遭，我必将你元神毁尽，免使三界遭此磨难！”

斩荒额上青筋暴出，一手捏住白夭夭的脖子，只要稍稍用力，她便会命殒当场，可他挣扎良久，却只是憋得自己心间抽搐：“夭夭，你对世人皆好心，偏偏对我如此残忍！”

“我对你残忍吗？”白夭夭冷冷瞥他一眼，语声逐渐冷厉，“是你让昆仑仙境化为废墟，是你将我姐妹二人囚禁于此，是你杀戮天兵毫不留情，也是你挑起仙妖争端致使人间成炼狱。如今你将我逼到如此境地，我处处听之任之，你却仍要伤我至亲至爱之人。斩荒，这是仇怨，我心中对你，唯有仇怨！”

斩荒缓缓松开手，心头的疼痛让他几乎难以呼吸。他曾睥睨天下，也曾委身泥潭；他曾雄姿英发，也曾被天族戏耍，可这万年来，何曾如此心痛过……

他站起身来，摇摇晃晃，轻声道：“仇也好，怨也罢，只要你心中记着我，我便能一点儿一点儿全部吞下你的心！你活着，我就将你囚在身边，寸步不离，终有一日你定会爱上我。若你死了，我也会在三界中为你重聚魂魄，来生再见，你也必须是我的！你的好姐妹逃了，我会用万象令把她和那只兔子一起捉回来，在你面前杀掉。”眼见白夭夭匆匆抬眸看来，他竟是笑了，十分开心的样子，“除非，你开开心心嫁与我……”

白夭夭阖上双眸，一脸不屑鄙夷的模样，再不理斩荒，心内却在暗自祈祷小青能顺利逃脱。

第二十章
破军被取

1

昆仑山附近，已经有了天兵驻扎，高耸的旗幡上印有九重天的云纹，来往天兵俱是严阵以待的肃杀之色，烘托出紧张的备战气氛。

主帐之中，设有一方依昆仑山势而造的沙盘，许宣与法海聚在沙盘边研讨对策。

千年前，二人平定四海之乱时，也曾领兵数万奔赴战场。不料如今再度联手，却是这般情景。

许宣见法海神色不振，便半开玩笑道："眼下情势虽然危急，只是沙场之上，惯没有不战而屈人之兵。怎么入了空门，你却英雄气短了起来？"

法海闻言一笑，舒展了眉头。

仙鹤此时匆匆撩帐而来，焦急道："我派去盯着昆仑山动静的人传来消息，说山上有些动乱，不知发生何事？"

许宣脸上浮现一丝忧色，法海却不禁嘲讽道："眼下妖帝难道不正宴请功臣吗？有什么可乱的？"

仙鹤迟疑地看向许宣，犹豫道："我收到消息，妖帝要娶白夭夭为后，许是与此事有关？"

法海面色一滞，有些尴尬地看着许宣道："他之前不是一心扑在小青身上，怎么又看上了白夭夭？"

许宣亦是不解，皱眉道："斩荒为人心机深沉，又手段阴狠，娘子在他手上，不知要吃多少苦头！无论如何，我定要上去一探，否则难以放心！”

说罢，他指向沙盘上某处，思忖道：“你说此处是昆仑山暗道，我便由此潜入，一来查看山中形势，二来破坏被妖帝灌入妖气的昆仑镜，以此打开结界。”

法海没有应承，却反问道：“你认为龙族可信吗？”见许宣露出疑惑的神色，便继续道：“方才没同你说，这处有经年不灭的天火，若你想经此进入昆仑，便得设法通过天火，而普天之下……唯有龙鳞能护你安然经过。”

许宣闻言顿生迟疑：“眼下我们实在被动，娘子与小青都在他们手中。昆仑山被占，而龙族又举棋不定。”

法海拍了拍他的肩：“你心中既有所挂念，便速速前去吧。军中之事尽数交与我，保你回来，仍是这番模样。”

许宣郑重点头：“龙族此刻正守在九奚山上，我这便亲自去请龙王助我。”

“我与你同去！”仙鹤立马道。

许宣却是摇了摇头：“此举必须秘密而行，若遇危险，我全身而退并非难事，你无须挂念，便继续帮法海收集军情吧。”

仙鹤知道拗不过他，便不再多言，任由许宣去了。

小青带着小灰在山间一路狂奔，忽地听见远处有人声，便拉着小灰隐在一处山石背后，低声吩咐道：“我得想办法去救出小白，你在此藏好，我之后再来寻你。”

小灰拉住她：“怎可让山君孤身犯险？再者，白娘娘对小灰有大恩大德，小灰也得助力才是。”

“那你随在我身后，见机行事！”小青点头，正要往外冲去，小灰却忽然捂着后背摔倒在地，痛得满地打滚。

小青脸唰地白了：“小灰……你这是？是那万象令吗？”

小灰断断续续地道：“山君，你带着我，根本……不可能逃出去。我这便去为你引开追兵……”

“不行！”小青跺足，“我们不救小白了，但我必须带你离开！”

小灰摇头：“我法力低微，又……被妖帝控制……只能是个累赘。山君，你快走！”

小青正要发怒，小灰却已离开，追击的蝶蔓看到他身影闪过，立马追上，小青贝齿缓缓刮过下唇，终是狠下心来掉头离开。

斩荒寸步不离地守着白夭夭，白夭夭阖眸入定，对他视而不见，直到逆云进门禀报："主上，小灰已经被抓住了。"

白夭夭睁开双眼，面色惊慌，斩荒满意地看着她："我说吧，只要使出万象令，很快你就能见到故人。"

他稍一挥手，逆云会意，不一会儿，便将一身是伤的小灰押解进房，逼他跪下，小灰忍住害怕，抬头望向斩荒，眼神倔强。

斩荒轻笑一声："怎么，小青竟然就这么舍下你逃了？你若是从此忠心归顺，好好陪着白姑娘叫她开心，我倒是能饶你一命。"

小灰啐了一口："你真以为靠着万象令就能控制所有妖吗？今后，将会有更多的小妖，宁愿受莲火灼心之痛，也不愿受你掌控！"

斩荒朗声大笑："好啊，待到我成婚之后，或可叫你尝尝莲火的滋味。不过……"他手指点在下巴上，皱眉露出犹豫之色，"方才我已经同你白娘娘说了，抓到你便会在她面前杀了你。来啊，逆云……"

"且慢！"白夭夭出声阻止斩荒，缓缓站起身来。

斩荒懒洋洋一笑："你瞧，我说过，我总有办法让你同我讲话的。"

白夭夭拖着银链，将小灰护在身后，直视着斩荒："你所做的，无非是逼我嫁给你，只是你口口声声说喜欢我，未免太不知我。我修炼千年，数度逆天行事，你当知道，这世上只要我不想的，哪怕拼死也不会叫你如愿。"

斩荒皱眉，微微一动，白夭夭却拼出全力已经将灵珠从身上抽离出来，霎时便是口吐鲜血，可她神色倔强一如往昔："今日我便自爆灵珠，与昆仑结界一同尘封，你逼迫我也好，劝说我也罢，总归要叫你明白，我今生永不会嫁给你！"

小灰立马高声附和道："白娘娘，小灰愿意同你一起！"

斩荒大惊失色，急道："休要冲动！今生你死了，来生我也能找到你！"

白夭夭莞尔一笑："我夫君是许宣，我们许下三生鸳盟，纵有来世，我也只会再同他做夫妻。我们二人之间，容不得你插手！"说话间，她纤纤手指便欲捏爆那灵珠。

斩荒急忙出声道："好！我不逼你！你宁愿身死也不愿嫁我，当真对许宣是痴情一片！”

逆云站在一侧，手按在剑鞘之上，斩荒却对他摇了摇头，往外走去：“我不杀小灰了，只要你不出昆仑，旁的事……我大可依你。”

眼见逆云随他而去，白夭夭身形摇晃，小灰立马扶住她：“白娘娘……”

“无事……”灵珠归位，白夭夭稍稍回神，靠坐床头，抓住小灰的手，“小灰，你帮我去昆仑山的藏书阁寻一本书……”

2

小青逃至昆仑山边界，忽有利爪带着风势从小青背后袭来，小青肩头吃痛，利爪已划破衣衫，在她雪白肌肤上留下一道可怖的血痕。

小青慌忙旋身，后撤两步，警惕地看向眼前的饕餮。

饕餮舔着利爪上的血液，残忍道：“我一路循着你的气味而来，总算没让你跑了。既然妖帝下了诛杀令，那我便不客气了。”

利爪再出，小青双剑挥出，勉强抵挡，斥道：“亏你是龙族后裔，竟然如此卑鄙，投身在妖帝门下，做人走狗！”

饕餮眼神一厉：“将死之人，话何必那么多？”说罢双爪齐下，在小青手臂上抓出深深的伤痕，小青向后一跃，稳稳落在远处，目光中毫无畏惧，持剑严阵以待。

而双臂上的血滴落在地，霎时间，地上阵法快速流动起来，金光隐现。

法海看见这一闪而逝的金光，眸中颜色一沉：“昆仑的护山结界……”

身边的仙鹤忙问：“怎么了？”

法海低声道：“当日应也是如此。这种状况，不是白夭夭便是小青，已将血流入阵法之中了。”

仙鹤神情一变，慎重道：“既如此，我们速回营帐。若是大阵开启，可趁势攻入！”

法海摇头：“情况不明，岂可轻易开战？我前去一探，你速以传音符告知师父。”不待仙鹤有所反应，法海已然向着金光闪过的地方奔去，赶到之时，正见着饕餮一爪直取小青脖颈。

法海忙是一杖挥出，格开饕餮，挡在小青身前。

小青惊呼过后，抬眸见到法海，喜不自胜：“你是怎么进来的？”

“结界因着你的血开了一瞬，约莫一炷香的时间，你速速离去。”法海全神戒备，目不转睛地凝视着饕餮。

小青望着他高大的背影，脑中闪过他曾经这样相护的无数过往，摇头道：“你为救我而来，我怎么可能一人出去？”

法海斥道：“别废话，在外面等着我。”

小青则挥动双剑：“不，这次要走就一同走！我才不会扔下你！”

“你们废话说完没有？”饕餮睚眦欲裂地杀向两人，法海同小青配合默契，一前一后与饕餮缠斗在一处，法海法杖频频挥动，小青双剑灵巧，常借机攻向饕餮防备的纰漏之处。

饕餮眼见不敌，冷笑一声，突然将指爪插入地表，地面浮动起黑色阵法，妖气从地下翻涌而出，冲入饕餮周身血脉。

法海横起法杖抵在身前，却被饕餮一掌震开。

小青低头，亦看见身上伤口急速愈合，不免疑惑道：“这是……怎么回事？怎么感觉体内法力大增……完了，定是斩荒将昆仑地脉与妖族结为一体，一脉相承，同生共死。”

法海震惊不已，而结界入口却开始逐渐消失，饕餮大笑着挥爪上前：“以你二人之血，祭妖军出兵，正是合适！”

法海对小青道：“山门外百里，便有天兵数万，我拼尽全力，定会送你出去。”

斩荒受饕餮开阵所惊，疾步前来，一见法海和小青，眼中瞬时闪过狠厉光芒，软剑一抽，甩向小青：“小青，你是妖，今日却要护住法海吗？”

小青刚补进法力，勉力与斩荒战在一处，厉声道：“你若让饕餮放法海走，我便不会再动手！”

斩荒冷笑道：“当日在北荒，我已答应了你放白夭夭离开妖族。你凭什么认为，我会为你破第二次例？你要离开妖族，只有一条路，死！”

小青看着再不虚情假意的斩荒，忽地笑了，那笑容明媚如春，毫无惧色：“从人间到这里，小青修炼了一千年。几番风风雨雨都经历过，我从不受人威胁！斩荒，我偏偏最不怕的就是死！”

斩荒眸光阴狠，剑指远处法海：“意气用事你最擅长，可你难道不怕他死吗？”

小青回头，眼见法海受妖阵压制，面色灰败，终是露出慌乱之色。

法海对上她担忧的视线，缓缓道："此阵虽有所限制，但我还不至于束手就擒。"

斩荒自矜一笑，倒没有搭理他，反是对饕餮道："去秘道，那里有你最恨之人。"

饕餮眸中血色精光闪过，舔着利爪狂笑而去。

法海目露惊讶之色，不知他们如何发现了许宣，想要绊住饕餮，可终究不及。他法杖拄地，思忖片刻后，缓步走到小青身边，目光扫过小青，眼中是压抑的情感，而待看向斩荒，其中便全然是战意盎然："法海平生也不受他人胁迫，更不会躲在一只女妖精身后。妖帝，金山寺法海，愿再讨教！"

斩荒笑得越发猖狂："法海，你方才说得没错，这个阵的确威力不足，你是白帝的得意门生，更是身怀破军之人，以如此阵法招待你，还不够格。但我今日，偏要夺取你的破军命格，让那白帝好生看看，当初他是如何对待我的！"

说到此处，他却忽然伸手抓过小青，身形快速，法海却被阵法压制，慢了他一步，眼睁睁看着他抓住小青肩头，将她控在掌中，在小青的惨叫声中，斩荒轻笑道："小青，在夺他命格之前，我却想让你活个明白，你可知道破军命格，注定要杀死心上之人，否则，便要死在对方手上？"

小青眼神一震，望着法海的眼中有着明白与痛心，眼见他回避自己的视线，便轻声试探着问道："法海，他说的可是真的？"

法海缓声道："我并不信这番天命。"

斩荒笑了："哦？若你不信，那你为何遁入空门呢？也与小青无关吗？法海，你以为入了佛门便能克制你的命格吗？"

法海闻言竟是一震，不自觉垂下了双眸。

小青只觉心跳一声疾过一声，原来如此，原来如此……

可他为何不同她说？

"当日，你剃度……"

法海急急打断小青的话，朗声道："自然与小青无关。我……心中有佛。入佛门，是我心所求，如此而已。"

"胡说！你曾许诺于我不入佛门，却违背了誓言，原来竟是如此？"

"毁诺，失信，皆是我之错。"

斩荒冷哼一声："法海，何须找借口？你怎就不敢对小青明言，她是你命中要收的最后一只妖，收了她，你下凡历劫，终能圆满。”

小青闻言，奋力挣脱斩荒，奔至法海身前，手上碧色剑光映亮她的面庞，她向着法海苦声呢喃：“我宁愿你收了我，也不愿你入空门。收了我，千年后，我自然还是要找你的。”

法海仰首，下颌弧度坚毅：“破军跟了我如此久，我不信破军能摆布于我，小青，可知剃度那一日，我在佛前所求是什么？”

小青却压根不想知道：“知道又能如何？如今我才明白真相，可我还能做什么？”

法海却径直道：“我不要你识七情六欲，也不要你落泪心伤，我要你这一世，依旧没心没肺张扬地活下去。”

小青张扬地笑着，一双眼望进法海眼眸深处：“法海，我万事无惧，可这一生偏栽于你手，别的天命，我不信，可我不能让你受一丝伤害，你的天命，我来成全。生与死，且一搏，我赌你生！”说罢，她持剑攻向法海，逼着他出手，法海大怒，无惧两人相触之痛，先是一杖挥掉她左手之剑，再将她控向怀里，夺过她右手短剑，屈指弹向剑身，短剑应声断裂，那剩下的半截利刃仿佛在讽刺小青所为，令她带泪而笑。

法海沉声道：“你如何这般傻，你逼我，我便会收了你吗？你我联手，杀出昆仑，竟想在此处让我收你，岂不可笑？”

小青偏头望向斩荒：“若是法海收了我，你还能顺利得他破军吗？”

斩荒看着二人相争，好整以暇道：“无论杀不杀你，破军我势在必得，只不过，或能留他一条生路。”

“这便够了！”猝不及防，小青撞向断剑，用尽全力抱住法海，法海受后背灼伤之痛，一时之间竟然慌乱到无所适从，眼睁睁看着断剑自她腹部穿过。

小青松开手，低声在他耳边道：“这便是我回报你的方式，我要的不过是你能在我身边，无论我是生是死！让我选，我宁死别，而非生离。”

法海望着小青，满目痛苦地怒吼道：“任性妄为！怎就不知收敛些？我不是许宣，我惧天命，惧死别，为天，我能慷慨赴死，为你，只愿此生不负，你为何不明白？”

他想伸手去抱小青，小青却快速退了两步，从剑身抽离，血溅上了法海的脸庞，她想为他擦拭，可手颤抖着，最终却还是放下了：“法海，我明白的，你不负我，我定然相报。我以血启动阵法，你离开，别让斩荒取了你的破军。”

斩荒冷眼看着这一切，此时终是上前道：“小青，这一切还要谢谢你，若非法海喝下麒麟血，我又如何能以此阵，夺得他的命格呢？今日，你想以血开阵让他离开，我又如何会轻纵？”

白夭夭被逆云押解而至，见到小青疯狂流泪的模样，便奋力欲要挣脱身上的锁链：“斩荒，你竟一再伤害小青与法海。”

小青勉强挤出一丝笑意：“小白，我没事，救出法海！”

斩荒刻意避开白夭夭的视线，冷言道：“当初利用你们姐妹二人的血，方才破了昆仑结界，如今，还得再借一回，才算得上有始有终。法海，你的破军，我要定了！”

法海眼中逐渐燃起火焰，虽是法力衰减，仍是拼着一命，朝着斩荒而去，法杖带风，凌厉而至，斩荒一退，毫不费力地避开这一杖，剑光闪烁，小青与白夭夭还未来得及反应，鲜血已顺着手臂上的剑痕滴落在地。

地上阵法又复变化，黑紫色光芒开始流转，法海身上霎时爆出血珠，额间现出血痕，胸口更是有什么东西挣扎着呼之欲出，逼得他呼吸困难。

他身形微晃，还欲持杖攻向斩荒，斩荒却是一派悠闲，轻松避过，任由心口白光落定，方才道：“何必强撑？法海，我无意取你性命。只是破军命格镌刻于元神之上，强行离体，痛苦不堪，只怕你是生不如死吧。”

法海命格被夺，元神碎裂，已是强弩之末，却依着法杖立得笔直，恨声道：“你想夺取命格，大可堂堂正正与我比试一场！堂堂妖帝，再三行此低劣手段，还配领导数十万妖族吗？”

斩荒不屑地轻笑：“我对付你天族之人，何须光明正大？”

白夭夭一直试图挣脱锁链，手腕上已鲜血淋漓，逆云见状冷声道：“白姑娘，你还不用着急。不多时，你那相公也会来到此处。”

白夭夭大惊失色：“什么？相公也上了昆仑！”

斩荒终是微微侧头看向白夭夭：“没错，今日，我就要集齐这三种命格。”

白夭夭只觉惊惶：“原来你口口声声说要夺得昆仑山，不过是表面的手段，真正目的却是为此！”

斩荒轻笑：“三界之中，果然你最懂我。”

法海拼着虚弱的身躯来到小青身旁，低声道：“一会儿……我会以身破阵，若成了，你与小白还有机会逃出去。”

小青拼命摇头，法海忙示意她不要被看出破绽，他微微一笑：“小青，你性子纯良，我不会收这么一只善良的蛇妖。”

小青闻言一震，泪水再次夺眶而出，法海却趁她怔愣，双手结出佛印，手间攥着脖子上的佛珠，嘴唇微动，念出咒语，想用最后的法力，护下白夭夭与小青。

小青怒道：“法海，我今日绝不会让你以身祭阵，死在我面前的！否则我何必身受这一剑？”

斩荒随着法海咒语，动作越来越慢……初得破军，还未完全炼化，对他的法力竟是毫无助益，反生束缚。

白夭夭见状，心中更急，手腕终是完全被磨破，鲜血滴滴坠入脚下阵法，地上阵法中的黑色气息一瞬消散，金光缓缓飘出，她满意一笑，对上斩荒惊诧的视线，冷声道：“斩荒，你机关算尽，莫不是忘了我身上还有一半的贪狼命格！”

趁着斩荒错愕，白夭夭急声道：“小青，你们赶紧离开。你放心，此阵既然用了我的血，我尚能挡上一阵！”话音未落，白夭夭已挥舞银链缠上斩荒，虽是灵珠被封印，她借着阵法之力及斩荒的处处避让，尚能阻住斩荒。

逆云欲要上前相助，阵法中却平白生出一道白色屏障，让他无法靠近半步。

而此时小灰跌跌撞撞地跑来，拉住小青就往外拖：“山君！快走！白娘娘说这结界只能开一刻钟！”

小青转身看向白夭夭，高声喊道：“小白！快走啊！”

白夭夭稍一分心，便被斩荒击在肩头，眼见他欲攻向小青等人，忙是又奋不顾身地阻在前面，道：“别管我，晚了，一个都逃不掉！”

小灰咬牙道：“山君，别犹豫了，我们先去搬救兵，一定来得及！”

法海亦道：“走！”

在小灰的拖拽之下，小青随着二人离开，只是一路上，三人都是忍不住不时回头望向白夭夭。

3

许宣潜入秘道之中，只见地下石窟秘道错综复杂，他小心翼翼地前行，忽地，面前生出无数藤蔓，有蓝莹莹的蝴蝶翩然飞来，携带出磷粉无数，他匆匆避过，衣角却不慎沾染，他忙用天乩剑削断，只见那衣角已然化为灰烬，散落在地。

蝶蔓坐在摇晃的藤蔓上缓缓从洞口降下，共藤妖一起迎出，许宣将长剑背负身后，轻蔑道："就凭你们二人，难道也想拦住我？"

蝶蔓大笑，挥手羽翅抖动："你放心，你的故人即刻便到，但若在此之前，能让你这天之骄子败在我手上，岂非有趣？"

许宣稍一皱眉，暗自运气，却发现气脉凝滞不畅，思忖道："斩荒已然妖化昆仑。"

"对啊！"蝶蔓大笑道，"此地已然妖化，你的仙力正受克制，今日插翅难逃。"

藤妖声音嘶哑："许宣，眼下你觉得我们二人，是否能做你的敌手？"

许宣天乩横在面前，剑光犀利："蚍蜉撼树，不过尔尔。"

蝶蔓怒道："事到如今还要嘴硬！"

借着妖阵开启，二妖功力大涨，蝶蔓身上生出虚幻蝶翼，妖化的身躯向着许宣毫不留情地攻去。与此同时，藤妖的万千藤蔓封住了背后洞口，对许宣形成了包围之势。

许宣面上终是露出一丝惊慌，将天乩剑往地面一插，地面瞬时开裂，有金光从裂缝漏出，霎时晃了蝶蔓与藤妖的双眸，地火汹涌而出，伴着金光一同将三人紧密包围，蝶蔓怒斥道："许宣，你不要命了吗？"

"总得比你们晚死。"许宣趁她遮眸，足尖轻点，往上跃去，眼见岩浆汹涌从洞内漫出，藤妖的数条藤蔓均被焚毁，许宣的发丝上也是燃起了火星。

而就在此时，龙王步伐沉稳地从岩浆中走来，同许宣道："我助你灭了地火！"

二人联手，蝶蔓与藤妖立刻落了下风，此时饕餮怒吼一声，冲入洞中，出手迅猛，连击许宣身上几处要害。

许宣急忙避过，而地脉中的妖气向着饕餮奔涌而至，龙王伸手，金色龙息带着罡气激射而去，逼退饕餮。

一阵烟尘散去，蝶蔓与藤妖已逃出洞去，而父子二人相对而立，饕餮低声唤道："父亲……"

龙王声音苍老，却是不容轻忽："战场之上，没有父子。"

饕餮一愣，质问道：“难道龙族真的要走到这一步？您真的甘心成为天帝的鹰犬？”

龙王背过手去，冷声道：“沙场再见，你我之间，情意尽断。你当明白，龙族之事，容不得旁人插手。”

“我是旁人？”饕餮眼中带着疯狂，怒吼着质问道，“四海之战，你折损龙鳞，此事变成了龙族之耻！我自小立志为你报仇，如今你竟然相助天族！父亲！你究竟将龙族骄傲视为何物？又将我视为何物？”

蓦然间，龙王一跃而起，金光漫天，令人难以视物，他怒吼道：“我以龙血灭了地火，方能彻底灭了妖气。”

饕餮双眸圆睁，惨呼道：“不！”

第二十一章 天帝现身

1

昆仑金光大盛，潇湘仙子长枪杵地，振臂高喝：“昆仑山门已开，众将士听令。”

众天兵齐声高喊道：“在！”

潇湘仙子从腰际解开一酒葫芦，将酒洒在地上，幽幽道：“日前昆仑山门一战，痛失战士三万余人。昆仑山拱手予人，我有愧！而今再战，定要一雪前耻，哪怕战至一柄枪，一个人，也要收复失地，将妖族赶出山门，斩杀殆尽！”

众天兵振臂高呼：“赶出山门，斩杀殆尽！”

潇湘仙子长枪一挥，高声道：“众天兵听令，攻！”

青帝匆匆赶到，按住潇湘仙子的手：“不可！此时攻打不是时机！许宣尚未传回信息，山中情势不明，此时不易强攻！”

潇湘仙子冷声道：“不需什么信息，失去的东西，我自己会亲手拿回来。”

青帝嘴唇轻颤，却见潇湘仙子身后众兵士摩拳擦掌，一派杀机。

“青帝，我意已决，望你成全！”说罢，潇湘仙子从青帝身侧擦身而去，不再回头。

斩荒将奄奄一息的白夭夭抱回房间，小心翼翼地放于床上，眼见她面容消瘦，更是心疼不已，伸手欲为她整理鬓发，却被避开。斩荒看着自己空落的手，绝望道：“你对法海有义，对小青有情，就连小灰也受你顾念。那我呢？白夭夭，你以长剑指着我的时候，心中可曾犹豫？我为你做了这么多，你当真这样绝情，丝毫没有动容？”

白夭夭沉默良久才开口道：“我说过，此生与你，不会有半分纠葛。”

逆云从门外进入，斩荒手一拂，令白夭夭沉沉睡去。

逆云看一眼床上的白夭夭，终是不满道：“主上，她本就一心求死，你为何不趁机夺回命格？”

斩荒满目柔光地看着白夭夭：“此时夺回命格，她性命不保，我要她好起来……”说罢，他自怀中掏出一把匕首，向着手掌割去，逆云见状大惊，匆匆上前拉住他。

“主上，不可啊，麒麟之血珍贵，眼下更是不能损失！”逆云眼见斩荒神色渐冷，依旧抵住压力不肯放手，“白姑娘伤重，你需损耗千年修为，才能换她痊愈！”

斩荒沉声道：“我知道。”

逆云死死拉住他的手，再劝道：“主上也应知道，你体内想要同时容纳三种命格，必要损耗元神，届时饕餮、天族皆会蠢蠢欲动！这一刀下去，将会使得数年筹划付之一炬！”

斩荒淡然一笑：“没错，我都知道。那又如何？”

逆云冷峻的面容上升起怒气：“白姑娘的安危，当真比这一切都重要吗？”

斩荒抬眸看向他，徐声问：“逆云，你跟在我身边已有万年，可知我真正所求是什么？”

逆云一愣，他本以为斩荒会发怒，却不料迎来这样一问。

斩荒轻叹道：“万年前荡平北荒，所求是快意，千年前叛出天界，所求不过是公平。我做事向来喜怒随心，她是我万年来唯一动心之人，眼下别说是天兵在外，就算她当即要了我的命，又有何妨？”

逆云低眸，声音沉沉地道：“我追随你万年，不是看着你送死的。”

斩荒随性一笑：“你难道不信我？我绝不会不给自己退路。”

逆云仔细盯着斩荒双眼，终究是撤回了手臂，斩荒伸手，用匕首划破掌心，将血喂至白夭夭唇际，自始至终面上俱是淡淡笑意。

白夭夭面色渐渐回转，苍白退去，泛起潮红。

而远方，则传来了阵阵厮杀之声。

逆云神色一变，斩荒撤回手，多凝视了白夭夭一眼，方同逆云一道上了山巅。

远远看见身披银甲的潇湘仙子领着天兵杀了进来，金戈铁马，号角声直通云霄。

而昆仑山色，隐隐回转，妖异的紫气退去，草木渐渐焕发生机。

小妖们身上的狂戾也已化解，鳞片指爪隐去痕迹。

逆云慌道："怎会？"

斩荒面色虽是铁青，却是神色平静："昆仑山万年不灭的地火，竟叫许宣灭了，我的妖阵业已被破，这莫非就是天命？"

逆云咬牙，拱手道："主上，天兵再有一炷香的时间，怕就要打上来了！此次我们已经取到了破军命格，现在走还来得及！"

斩荒却是摇了摇头："不急。逆云，你说若我当着他们的面迎娶白夭夭，会不会引得许宣前来送上七杀？"

昆仑地火已灭，龙王跌坐在地，饕餮为了救他，浑身也早被烈火灼至重伤，却始终紧紧抱住他，嘶吼道："你为什么要这样做？"

龙王面露痛色，却是看向许宣，目有叮嘱。

许宣眸中光线几变，终于点头，忍痛道："龙王既然相助于我，我自然会停息争斗将饕餮带出，现在，还请龙王同我一道出去。"

龙王终是点头，饕餮扶起他，三人急忙离开山洞。

而刚到洞口，三人就见蝶蔓、藤妖被天兵围在当中，白帝一身铠甲，严阵以待。

眼见三人出现，白帝冷声道："全军听令，抓捕饕餮，生死不论！"

龙王神色一变，而天兵却是丝毫不留喘息的机会，已团团向着两人攻来。

饕餮身负重伤，龙王只得勉力出手相护，喝问白帝道："白帝！向饕餮问罪，难道不应上禀天帝吗？"

白帝却是面不改色："我便是领了九重天之命前来！你若是念及父子血缘，妄图护下他，休怪九重天对龙族无情！"

许宣挥出天乩，逼退天兵，挡在龙王和饕餮之前："前去龙族结盟借兵的是我，如今我决计不能眼睁睁地看着龙王落于如此境地！"

"好一个许宣，青帝教养你两世，万万想不到，你竟与妖为伍，成了九重天的叛徒！”白帝冷哼一声，示意天兵祭出一张大网，将龙王困在其中，许宣手中天乩竟然也无法撼动那网。

白帝漠然道：“此物是凤羽织成的龙网，天生便是为囚龙所造。你还是不要白费力气了！”说着，竟是一剑刺向饕餮，龙王大惊，奋力挡在饕餮身前，白帝这凶猛的一剑竟是穿透龙鳞，直入龙王后背，霎时便是鲜血淋漓。

饕餮嘶吼一声，怒喝道：“白帝！”

许宣眼见白帝拔剑而出，又待再刺，忙上前格挡，而此时远处奔来一昆仑弟子报称：“师父！妖帝妖后跑了！”

白帝不由得皱眉道：“什么妖帝妖后？”

弟子忙回道：“回禀师父，那斩荒在昆仑山上当众迎娶白夭夭，整个妖族都奉她为妖后！”

许宣震惊非常，脚步竟是一晃：“你说什么？”

龙王身负重伤，颤声开口道：“速去吧，他不敢杀我。”

许宣踟蹰一阵，情急之下，终是飞身离去。

2

昆仑云海之上，潇湘仙子带着重重天兵将斩荒三人包围。

白夭夭一身喜服，刺目鲜红，潇湘仙子狠狠地盯着她，面色几乎在盛怒之下扭曲。

斩荒虽是虚弱，面上却依旧是镇定非常：“今日我大婚，故人前来，可带了贺礼？”

潇湘仙子面容阴沉，字字如淬过鲜血：“一会儿我将你拿下，当众凌迟，这样的礼物，你可满意？”

“潇湘，莫不是你还记恨我当年不娶你的事，特来报仇？几千年都过去了，你的气量还是这样不济。”

潇湘仙子一挥长枪，打断他的话：“当日之事我此生不愿再想起，你若再敢多嘴一句，我现在就要了你的命！”

斩荒好似丝毫不惧，笑意淡淡地挂在脸上，许宣匆匆赶到，正见到如此一幕，而白夭夭一见他便急声唤道：“相公！”

斩荒则冷笑一声：“许宣，恭候多时，你总算来了。”

许宣寒声道："快放了我娘子，若你现在认输，我不会取你性命！"

斩荒唇角一勾，自怀中拿出昆仑镜来："眼下我有伤在身，的确拼不过你，可是……我手中的昆仑镜，却能取了你身上的七杀命格！"

众人闻言，都是一惊，白夭夭愤然挣扎道："斩荒，你若敢伤他半分，我就……"

斩荒伸出食指立在唇侧："嘘，夭夭，你我新婚燕尔，休要对我这样凶！"

"无耻之徒！你还敢说！"白夭夭不由得怒斥。

斩荒轻声一笑："为夫是要提醒你，莫不是忘了适才法海的模样了？"

眼见他把玩着手中昆仑镜，白夭夭脸色一白，担忧地看向许宣。

许宣沉声安抚道："别怕，他奈何不了我。"

听他此言，白夭夭点了点头，她一咬牙，当着身侧斩荒和眼前众人，伸手将婚服脱下。

斩荒手拿昆仑镜，更兼忌惮着天兵，只能冷眼看着她脱下婚服，白夭夭冷声说道："斩荒，当着众人的面，我再告诉你一次，我白夭夭，一生只会嫁一个人，一心只会许给一个人！"

斩荒愤怒道："你体内还有我的一半命格，就算如你所说，那人也必须是我！"

"这命格，你若想要，拿去就是！我此生再不要与你有半分瓜葛！"

"待我拿了七杀，自然会拿，"斩荒微微一笑，面容愉悦，却越发显得疯狂，"但你此生都休想从我身边逃开！"

许宣挥舞天乩剑，迎面攻上，潇湘想要相助，许宣却是急声喝止："小白是我的娘子，此事，无须他人插手。"

斩荒一笑，抽出软剑来与天乩缠在一处："这倒有点儿意思……若没了天族士兵相助，凭你也想赢了我？"

两人撞在一处，几番激战，俱是险象环生。白夭夭在一旁忧心观战，忽觉情势不对，神色一变，匆匆开口道："相公！停手！"

许宣停剑，果然见到身上有道白色烟雾正缓缓流失。

斩荒眯眸轻叹："可惜啊，若再迟一会儿，七杀便是我的了。"

白夭夭从侧面蹿出，将喜服罩在斩荒头上，一把便夺走了他手中的昆仑镜，而昆仑镜刚一入手，白夭夭神色便万分痛苦起来。

斩荒惊慌失措道："快放开！以你的身体还想控制昆仑镜？这只会让你陷入元神碎裂之苦！"

白夭夭咬牙道："就算元神碎了，我也要和相公死在一处！"

斩荒见到此番景象，更为恼怒，用手捏住白夭夭的下巴，质问道："就算死，你也要护下许宣吗？"

白夭夭冷笑不答。

"我叫你回答我！"

白夭夭终是眯起杏眸，冷声道："斩荒，枉你虚长几万岁，竟然这般可笑。在你心中，真的懂情，真的识爱吗？"

斩荒被这振聋发聩一问，不由得愣住，而远侧，许宣在昆仑镜的影响下，已然步履摇晃，他低声唤道："夭夭，过来，乖，快过来。"

白夭夭转头看向许宣，轻轻摇头，额心已然渗出一丝血线，她对着许宣轻巧一笑："相公，这世间只有我能阻挡昆仑镜，也唯有我能阻止他夺走七杀格。"

"夭夭，你难道不信我吗？"许宣声音虚弱，却是温柔而坚定地劝哄道，"我会护你周全的。"

白夭夭笑靥如花，却有着不容置疑的力量："不，这回，我想要护下苍生！"

许宣愣住，斩荒却是怒极，冲许宣吼道："难道你要眼睁睁地看着她元神碎裂而死吗？"

随着斩荒的话，白夭夭身后渐渐出现元神虚影，而那虚影发出碎裂声响，许宣亦是目眦欲裂，厉声问道："斩荒，你究竟想要如何？若娘子死了，踏破三界，我也不会放过你！"

"我要的从来都不是她的命！许宣，你今日不能放我们离开，就眼睁睁地看着她死在我们面前吧！"

许宣听得斩荒此言，露出挣扎的神色。

潇湘仙子长枪指向斩荒，戒备道："他是九重天上重犯！许宣，你不能放走他！"

白夭夭则浅笑如常地问许宣："相公，千年前我能为你聚魂，下个千年，你可等我？"

许宣摇头道："傻小白，你还未修得仙身，我要如何为你重聚魂魄？"

白夭夭稍稍愕然，随后便释然一笑："无妨，能与相公相伴两世，已经值了。"

斩荒眼见白夭夭元神将裂，再喝一声："许宣！"

许宣徐徐地闭上双眸，忽地拔剑朝着潇湘仙子攻去，嘶声吼道："快带她走！"

"相公！"白夭夭已然立身不稳，对许宣更是担忧，而斩荒看准时机，软剑挑开昆仑镜，带着瞬时晕过去的白夭夭仓皇而去。

天兵欲追，许宣的天乩上抛，幻出无数剑光，形成屏障，将天兵阻住，自己肩头却生生受了潇湘一枪。

潇湘讶然，眼见斩荒三人已无影踪，抽出长枪，对许宣冷声道："你等着天罚吧！"又转向天兵，"给我追！"

眼见她带着众天兵离去，许宣跌坐云头，反手抹去唇边鲜血，忽觉茫然。

而后，他迅速站起，飞奔至九奚山，找到冰镜，一遍又一遍地施法，试图寻觅白夭夭同斩荒的踪迹，而无论如何，其中都是迷蒙一片。

此战之后，法海昏迷不醒由天兵接走，小青重伤被小灰救回洞府，白夭夭同妖帝一起失踪，昆仑百废待兴，人间更是一片炼狱。

唯一可见的好处，或许是因为昆仑妖阵开启，蟠桃林中的四十八只小妖终是悉数复活，夜以继日地守着小青，盼她早日醒来。

3

山林之中有一座小巧木屋，斩荒守在白夭夭身侧，日日夜夜喂以麒麟之血，终是令白夭夭醒了过来。

白夭夭睁开双眼，一见斩荒，便是怒极，意欲攻来，却被斩荒握住手腕，低声唤道："夭夭……"

白夭夭借着月色，看清他面容苍白，握住自己手腕的掌心露出数道未愈伤痕，竟是一时不知如何动作，半晌才冷声道："你还是不肯投降吗？"

"投降？"斩荒苍凉一笑，"虽未取得七杀，可我已得破军，你也在我手上，取回你身上那半贪狼只待月圆之时，而我还有万象令，数十万妖族听命于我，随时都可卷土重来，我为何要投降？"

白夭夭声音冷冽，缓缓道："得道多助，失道寡助，你已失人心，早晚会失去一切。”

斩荒沉寂良久，忽地看向窗外半轮月亮，轻叹道：“夭夭，我给你讲个故事吧。”

不待白夭夭做出回应，斩荒便轻叹着说道：“你可知，我同天帝是同胞兄弟？”

白夭夭本不欲听他所言，而他此话一出，她瞬时愣住，讶然问道：“什么？”

斩荒望向她浅浅一笑：“这个秘密，九重天可能就百草仙君知晓，连青、白二帝都不知道，他们的天帝，长了张同我一模一样的面容……所以我从前征战四海时，脸上始终戴着一张银色面具，就为了顾全我这位天帝兄长的颜面，只为他口中所说的三界安稳……可笑，我与他同日出生，长得别无二致，同为妖族之中万年难觅的五色麒麟，就只因我身上多了贪狼命格，便为人所忌惮。他成了众生仰望的神明，而我却只能做他脚下的尘泥吗？从万年前他派百草仙君来贬我下界之日起，我便发誓，总有一日我要堂堂正正地重返九重天！”

见他神色癫狂，白夭夭愣在原处，不知如何是好。

斩荒神色却是渐渐平静，又低声问道：“可你知道吗？夭夭，他心计有多深沉？他下凡界找到我，赐我万象令，让我回北荒统领无主的妖界，我以为得他信任，便头戴面具杀回了妖界，曾经以一人之力，抵百名妖族强将，终于让妖界尽数听命于我，此时我才向他们亮出万象令，他们对我不得不服，尊我为帝，哦，逆云便是他们的头领之一，也是从那时起，他便跟在了我身侧。”

顿了一顿，斩荒起身，走到窗下，任月光为他的身影镀上一层萧索清辉：“北荒在那个时候，一片荒芜，经我万年治理，才有了后来的模样，而后便是四海之战，他让我相助，我义不容辞助了，以为终于能扬眉吐气，得封上仙，而换来的，却是他的信口雌黄，甚至令白帝碎我元神……夭夭，你说，今时今日，我离这天只有一步之遥，难道不应该杀回去吗？”

白夭夭心中感慨万千，其中孰是孰非，她不能听斩荒一人之言，更何况如今，搅弄三界风云的更是他妖帝斩荒！她身边亲近之人，也俱是因斩荒的私心而身负重伤。一想到此，白夭夭便是怒到浑身发抖：“你与天帝一母同胞，又是受他指点方才能够统一妖族。但凡你还有半分良心，就不应起兵作乱，将整个妖族，乃至三界苍生卷入战火之中！”

斩荒没有得到自己想要的答案，眉间不由得有些失望，而更多的，是没有知己的愤慨："你修道千年，虽说在人间走过一遭，现在看来，还是太过单纯！天帝假仁假义，罔顾手足之情在先，以那阴私手段登上帝位后，又怕我威胁到他，便以万象令来安抚。只是他错就错在，以为我竟会吃他这一套！"

"就算如你所说，可当日你流连凡间之时，于天帝不过蝼蚁，他若不是顾念你，为何要送你入北荒，还助你在妖族称帝？"

"因为贪狼！"斩荒反身奔向床边，抓住白夭夭手臂，"他惧怕我命中的贪狼格，惧怕我的资质在他之上，惧怕我有朝一日，会夺了他手中的权柄！若天帝当真觉得众生平等，又为何不将他妖族的身份公之于世？"

白夭夭手臂吃痛，皱着眉将他甩开，两人对视片刻，白夭夭只从他眼中看到了自负与疯狂，若说方才还有半分怜惜，此时也已消失无踪，不由得摇着头淡淡道："我如今才算明白，为何你们同年同月同日同时出世，你却得不到那天帝之位。斩荒，你以为是命格作祟吗？你错了，从一开始你就将自己凌驾于众生之上，从未为天下生灵做过半分思量，这样的你，配做天帝吗？"

斩荒震怒，白夭夭却冷笑一声站起身来，正色道："昔日我听相公说过，天帝为度苍生，舍身成仁，险些化去一身修为消散天下，因此千百年来，才不得不闭关修行，而你……"她转身，望着斩荒轻蔑一笑，"与你一路阴沉，用尽心机使尽手段相比，谁配做君主，谁该委于尘泥，高下立判！"

斩荒站起身来，强扣住白夭夭肩头，不顾她反抗，抚上她的脸庞："你不信我也无妨，我便与你做一个赌，我会证明给你看，何为天地之君！"

白夭夭挣脱他略带轻薄的抚摸："若以此做赌，你注定会输。万年前如此，万年后亦然！"

斩荒闻言，不怒反笑："看来这几日你休养得不错，这样甚好，近日我便能将贪狼格补全了。"他深深地望了白夭夭一眼，转身拂袖而去。

白夭夭则松了口气，从袖中拿出小灰替她找来的古籍。

她翻开，却又跌入新的迷惘："这上面空白一片，我该如何寻觅偷换命格之法呢？"

思索至半夜，白夭夭方才迷迷糊糊睡着，隐约之间，发现自己身处神识内白茫茫的世界中，白夭夭皱眉，忽见到一个人影，人影四周闪烁着金光，立在一片混沌之中，白夭夭好奇地走近，讶然发现竟是斩荒！

"你……"正待质问，她忽又住嘴，只觉眼前之人虽与斩荒生得一般无二，周身气息却截然不同，眉宇间更是透着一股浩然仙气。

她顿时拜下："不知是天帝前来，为何事入了我的梦中？"

天帝清浅一笑："你这小妖不算蠢笨，看来骊山老母座下确实不凡。"

"师父……"白夭夭突然灵光一现，抬首满怀期待地看向天帝，"天帝可是来指点我那无字天书的玄机的？"

天帝唇边笑意更深，手中幻化出一只水壶来，递给白夭夭。白夭夭懵懂地接过，向其中闻了闻，越发不解："就是普通的水啊……"而再抬头时，天帝已经不见了踪影。

白夭夭四处寻觅，惊惶醒来，却见自己依旧在木屋中的小床之上，手中也并无水壶。

她从袖中掏出那古籍，迟疑着，将其浸入了旁边的脸盆之中，片刻之后，书籍已然全湿，可一切变化皆无。

白夭夭抱住自己的头，绝望道："我这是哪里生的幻觉，就因为斩荒说他和天帝长得一样，我便梦见了天帝？"

她懒懒地趴在桌上，已经准备放弃，盆中却忽然腾起白烟，白夭夭低头一看，书卷上金光流转，渐渐显露出符号。

她大喜过望，又怕被人看见，忙用宽大的衣袖盖住，忍不住欣喜偷笑。

第二十二章
妖帝易主

1

数天数夜，虽无结果，许宣依旧站在冰镜前不停施法，青帝找到他时，他已是鬓发散乱，双目赤红，俨然疯狂。

“你这样下去，就算找到他们又如何？”青帝终是出声阻止，“法力不支，你莫非还能从妖帝手中夺回白夭夭不成？”

许宣停住手上动作，指尖战栗，呼吸急促，痛声道：“师父！法海伤重不醒，娘子下落不明，可我，却什么都做不了！”

“你可以做的，”见他情绪崩溃，青帝长叹一声，“龙王扯了龙鳞上表，欲求见天帝。潇湘刻意隐瞒，被白帝发现后，虽是怒斥了潇湘，他却也不愿为了身负重罪的龙王得罪众仙家。”

许宣闻言，终是渐渐平静：“……我去。”他无畏得罪谁，何况他本就欠龙王一份人情。

青帝颔首，临走依旧不忘叮嘱：“你还有许多重任在身，白夭夭和法海还等着你救，若你先垮了，他们就更无所依托了。”

青帝离开后，许宣呆坐良久，可终究还是起身，向外而去。

龙王被困于冰牢之中，身上锁着九道玄冰寒锁，他目光平静，似乎早已看淡生死，眼神中亦是无悲无喜。听得许宣脚步声传来，他缓声道：“我想尽法子，将身上鳞片送出，昔日的众仙友未有一人愿意相见，想不到啊，最终等来的却是你。”

许宣观他英雄迟暮的模样，只觉心痛难安：“许宣向来只做自己应做之事，此次妖族之乱，并非龙王之错，如今许宣也自当倾力相助，即使要硬闯天庭，也在所不惜。”

他神色平静，龙王心头却掠过千头万绪，最终化为一声欣慰的嗟叹：“能有你这样的君子之交，我此生算是死而无憾了。”

龙王扶着锁链缓缓起身：“九重天欲要治我袒护逆子之罪，我不欲争辩，饕餮他也更是罪无可恕，可我只求天帝能怜我一族真心归顺，饶饕餮不死，为此，本王愿用龙珠交换！”

许宣难掩震惊之色：“那龙珠上有你毕生修为，若就这样失去，你必死无疑。”

“可三界之中唯有这一颗龙珠，能救法海的命，”龙王依旧神色安详，见许宣目光几变，沉默不语，他轻声道，“你不必忧心，修道者终有作古羽化的一日，我此生无愧于先祖，无愧于天地，无愧于众生，唯一有愧的，只有他，倘他在我身边长大，也不会犯下这许多罪过。为了这孽子，我愿意赔上性命。”

许宣劝道：“龙王少安毋躁，待我禀告天帝，或许九重天开恩，尚能赦免饕餮一命。”

谁料龙王轻轻摆手：“我这一命换一命之计，已是叫天帝为难，若还存有以情动人的心思，岂不叫天帝朝令夕改，又叫天族中人如何看待？如今我被囚于此处，也再难有第二次机会。许宣，今日你便带着我的龙珠前去，若不能保下饕餮，本王也不会怪你！”

“不要！”

许宣闻言大惊，急忙提起仙力灌向冰牢，试图将其破开，可龙王更快，一片金光自他体内射出，连着寒气将许宣逼退几步。

“此事，就托付于你了。”

一声龙吟在耳边消散，许宣再睁眼时，冰牢已经碎裂，一片空空荡荡。他忙向四周察看，大声喊道：“龙王，此事我还没答应于你！”

可天地间一片苍茫，唯有一颗金色龙珠自半空中坠下，稳稳落在许宣掌中。

许宣望着龙珠，心中悲痛万分，郑重道：“龙王放心，许宣绝不负所托！”

许宣闭眸，忽地想起一个典故，二话不说直赴蓬莱仙山，将龙珠放在了无疾兰的花瓣上，只见无疾兰上腾出淡淡白烟，不多时，蓬莱仙山的云雾环绕之中，便现出一个身影，与斩荒一模一样的面容上，却是温润如玉的浅笑："七杀星，果然智计超人。"

许宣弯腰一揖："不过是依着经史典籍妄加猜测，直到此刻，方敢确定……许宣斗胆，见过天帝。"

天帝笑言："麒麟一族对龙珠的味道十分敏锐，加上这无疾兰的催送，如今已是传遍了九重天。许宣，你一向手段凌厉，为了逼我现身，倒是不择手段，险些让我晕了过去啊。"

许宣谨慎回答："许宣不敢，只是更不敢擅闯天界。"

天帝对此答案似是非常满意，笑道："你天生仙根，步入九重天已有多年，只是还未渡劫，因而我不曾召见。如今你第一次相见，难道不应行个大礼？"

许宣却推托道："天帝避世不出多年，从未将真身大白于众仙之前，想来也不会在乎这些虚礼。"

天帝望着许宣半晌，笑了："如今后辈中，你的确算是个有趣的人物。怎么，是想替饕餮求情，还是为你自己求饶？"

许宣唇际有着浅笑："那日私自放走妖帝，许宣罪不容恕，愿受天帝责罚，只不过今日前来，是为另一桩事。得罪！"

话音未落，许宣忽地将无疾兰之上的龙珠朝着天帝抛去。天帝以广袖带起风势，将龙珠卷入袖中，正是这一招之间的迟疑，只见剑光一闪而过，天乩剑已然袭来，天帝下意识抬手，许宣这使尽全力的一招立马便将天帝指尖划破，一粒血珠飘出，许宣以长剑相接，收入怀中。

天帝脸色一凛，微怒道："大胆许宣！竟敢对我出手，只以为你性子孤傲，看来还是低估你了！"

许宣躬身一揖："许宣身上罪孽深重，也不在乎多这一桩，若不借天帝之血，恐怕再难寻到斩荒行踪！"

天帝低眸，沉吟片刻后才道："一个白夭夭，竟让你与斩荒都乱了心神。"

说罢，他便欲转身离去，许宣伸手拦住，恭敬地道："天帝留步，还请天帝允我去将龙王遗言交代与饕餮！"

天帝冷哼一声："天上的事，都叫你一人去做了，你可是以为我手下再无人可用？还是天界缺不了你？"说是这样说着，却忽地抬手，伴随金色龙珠飞出的，是一道玉质令牌，许宣侧身将两物接在手中。

天帝徐声道："你既愿能者多劳，那先前两桩事，并着法海的安危，我一并交给你，若有一桩办砸了，我都要唯你是问，可别忘了，私纵妖帝之罪，我还没找你算账。"

"谢天帝恩准！"许宣得了令牌，不再停留，抱拳行礼后便转身离去。

天帝望着他的背影，却不知在思忖什么。

2

许宣带着令牌，去了鹰司牢笼，只见雄鹰盘旋嘶吼，饕餮已是遍体鳞伤，却依旧透着不可一世的狂妄之气，在雄鹰盘旋袭下时欲伸手抵挡，只是被天罡卫催动雷电劈落在地。

饕餮跌落在地，眸中现出阴鸷之意，忽地见到许宣到来，桀桀怪笑道："你是来看我笑话的吗？"

许宣对欲上前阻拦自己的天罡卫亮出令牌，天罡卫赶忙跪拜："见过天帝！"

"你们下去吧，我有话同他说。"

见天罡卫在许宣示意下逐渐散去，饕餮不屑地冷哼道："与你说话我只觉得徒费口舌，许宣，今日就算是天帝亲临，我也绝不会低头。"

许宣神色淡然，冷声道："我来并不是劝降，也不是取你性命。而是受你父亲所托，前来告诉你，他已经作古了。"

饕餮闻言大骇，冲向许宣："是你？不……是天帝老儿取了他的性命？"

许宣摇头："龙王是自尽的，他用龙珠向九重天换你一命。"

饕餮心痛至极，仰天长啸，顿时暴起，伸出利爪掏向许宣心窝，然而他身上伤势太重，不过几招之间，便被许宣制伏，只是不肯服输，仍作困兽之斗。

许宣怒喝道："够了！若不是为了龙王，我今日定将你手刃此处！你父亲舍了一命，只为换你残存，如今你还待如何？莫不是要叫龙王白死吗？"

饕餮闻言不再挣扎，失魂落魄地委顿在地，身上伤痕道道深可见骨，却也静坐原处，再无半分生机。

许宣长叹道："你罪恶滔天，本无可恕，就算是留一条命，活罪也难逃。天帝下旨，即刻将你押入镇妖塔，化去一身修为，永世在塔中囚禁。"

饕餮缓缓抬起头，神色平静："你去告诉天帝，我要送父亲最后一程。"

许宣闻言却转身沉默离去。

饕餮慌了，站起身来抓住牢笼，怒道："你站住！我要你告诉天帝……"

许宣没有回头，对待饕餮，他心中没有半分怜悯，只漠然留下一句："龙王已去，如今，再没人会听你谈条件了。"

饕餮怒极，欲飞身扑向许宣，却被结界狠狠弹在地上，他朝着许宣背影嘶吼道："许宣！我一定会杀了你！我会杀了九重天上的所有人，让你们后悔今日的所作所为！让你们为我父王的死付出代价！"

他的嘶吼如同金属相击，粗哑不堪，在阴森的牢狱内，只余可怖回响。

次夜便是月圆，是斩荒夺取白夭夭灵珠的好时候。

夜空之中，黑云低垂，乌云遮挡了半边月光，斩荒居于阵法中央，身下阵法隐隐发光。

逆云在旁守着斩荒，眼中闪耀着期待的光芒。

随着地面上紫色莲花印记渐渐沿地扩展，斩荒缓缓睁开眼睛，眼中隐有妖光："时辰已到，请她入阵。"

逆云领命，走到木屋前，却忽地发现一道传音符飞出，他讶然睁眸，拔剑打去，在斩碎灵传音符的同时一脚踹破房门，怒视其中一脸震惊的白夭夭："你竟解开了灵珠封印？"

白夭夭骇然，一掌打向逆云，身子一矮便要逃脱，逆云却抖出银色锁链，瞬间锁住白夭夭手臂，狠厉说道："白姑娘，饶你有本事解了封印，今日也是逃不掉了！"

他扭着白夭夭，将其拽出木屋，送至了阵法中间，银色锁链发出脆响，地上妖异的紫色光链瞬时缠上白夭夭双足，白夭夭立马便被困住，灵珠在胸口悬浮，隐隐透出莹白光线，任她苦苦挣扎都没有丝毫作用。

逆云对斩荒抱拳道："还好主上阵法开启及时，若是再晚一步，白姑娘就将那传音符放出去了。"

斩荒嘴角噙笑，望向在阵法中负隅顽抗的白夭夭："她的能耐果真不小，灵珠已被我全然锁住，竟然有办法在你我眼皮子底下解了这封印，恐怕，是受了什么高人指点吧……"

乌云渐渐散去，一轮圆月当空，斩荒抬头望向天空，对白夭夭道："夭夭，我无意伤你，休要再闹了！"

白夭夭怒瞪了斩荒一眼，挣扎得更加激烈，胸口灵珠爆出一阵阵光芒。

斩荒皱眉，心念一动，阵法溢出紫光万丈，白夭夭顿时感到元神一阵灼痛，身躯内竟隐隐透出白蛇原形。

而她胸口的灵珠中，隐隐透出了一丝紫光，斩荒忍不住上前，伸手抚上。

白夭夭脑中一片嗡嗡之声，眼前闪过天书上的图文符咒，默念道："贪狼噬月，乾坤扭转。"

斩荒忽觉一股强大的力量自白夭夭身躯内传来，他匆匆收手，掌中的万象令图案竟然冒出阵阵白烟。

一旁的逆云感到肩头一疼，忙抚上肩头，紧盯白夭夭。

白夭夭浑身忽然散发出强大的妖气，额头高扬，面目痛苦，衣摆无风自动。

斩荒不由觉得惊诧："你……"

白夭夭身上的银色锁链节节断裂，她轻轻抬首道："斩荒，我早就说过，不会让你如愿！"

斩荒收起惊讶神色，面上又复是一派平静，不怒反笑道："你想逃出去也不是一日两日了，今天我倒要看看，你又有什么新花样！"

白夭夭反手一掌，与斩荒双掌碰触，两人同时落地，白夭夭冷声道："今日我妖力大增，我能赢你，为何要不战而逃？"

二人周身散发出刺目金光，逆云受到强大妖气压迫，竟无法上前，只得担忧地提醒道："主上小心，白姑娘……似乎不同于往日！"

斩荒冷笑一声，就要出手，空中却忽然传来一声厉喝："快住手！"

白夭夭听出是许宣的声音，急急抬首，而在她分神之际，斩荒手中运力，将她一掌击飞，许宣忙飞身上前接住她，却见白夭夭抓住自己的手，痛苦呻吟了一声，他不由得慌张地翻过来察看，痛声道："他阵一开，我便用天帝之血找到你们的所在，却不防还是来晚了。"

白夭夭不解地看向自己的手掌，却见掌心之中，万象令的印记一闪而过，不免也是大惊失色："这是……万象令？"

斩荒被强行夺取万象令，功力受损，看向自己空空如也的手掌，愤怒不已，眼神中渐渐升腾起浓浓杀意，怒喝道："是他！一定是他！"

许宣见状，想要率先出手攻去，只是方一提气，便觉心口郁滞，一番盘算之后，他拉起白夭夭，欲飞身逃离。

斩荒眼神一狠，险些要跌倒，逆云匆匆上前将他扶住，斩荒深吸一口气，吐出一口鲜血来，沉声道："追！"

白夭夭看到许宣面色青黑，不由得关切地问道："相公，你怎么了？"

"天帝欲夺走妖帝的万象令，派仙君来阻拦我寻你，给我下了毒，还好我事先服过万毒丸。"

"你怎可以这样……"白夭夭话音未落，许宣心头一滞，便是朝着地面坠落。

斩荒趁隙追至，一掌攻向许宣背心，白夭夭看在眼里，毫不犹豫地挡在了许宣身前，欲要接下斩荒这拼尽全力的一掌。

斩荒双眸圆睁，收手已是不及，而在危急关头，天帝忽从空中飘然落下，屈指弹在斩荒手背，硬生生改了他的掌风方向。

待得斩荒立稳之后，天帝袍袖一挥，许宣与白夭夭便从原地消失，而他缓缓转身，看向斩荒。

月色之下，天帝与斩荒相对而立，一个通身妖异，如同风流公子，一个一身仙气，缥缈空灵。

兄弟二人，千年不曾谋面，斩荒心中的怨恨更盛，擦去唇边鲜血，冷声道："怎么？你如今舍得出来了，天帝不是一贯风姿超然，怎也会暗中出手，卑鄙行事，强行夺取万象令？"

天帝叹息一声："我当日留有一线希望，以为你能统领妖族，一改三界交战的困局。如今看来，是我低估了你的野心，也高看了你的胸襟！"

斩荒"呵呵"嗤笑两声，讥讽道："此处无人，你也不必惺惺作态，我之野心拜你所赐，我之胸襟，强过你千倍百倍！"

"你说得不错，若当日我不是存了一己私念，也不会放任你将妖族荼毒至此！更不至于令各族卷入战局，天下苍生遭难。"

"大哥若真觉得有愧于苍生，何不让出这天帝的位置？"

斩荒步步逼近天帝，声音越发冷厉残忍："我有今日，也是拜大哥所赐，你亏欠我的，我给你机会弥补。若你替我而死，我顶了这天帝之位，岂不更好？"

见他面容极尽疯狂，天帝目光悲悯，轻叹道："斩荒，你心心念念的不过如此吗？我不做天帝又有何难？只是我绝不会将三界命脉交到你手里！”

斩荒大怒，提掌袭向天帝：“我所求的，从来都是我自己赢得的，无须你对我虚情假意！”

天帝只是退避，并不出手：“万象令我已给了白夭夭，如今你不是我的对手。斩荒，妖族不再听命于你，你还是与我回天上，受天族责罚吧！”

斩荒嗤笑一声：“笑话！我平生从未束手就擒！”

天帝心中一凛，眼前突生变故，斩荒竟然倏然间消失不见，再出现时，已在他身后，一指轻点他的背心，天帝竟然无法挪动分毫。

“万象令不用又如何，这钩沉之术你可抵挡得住？”随着斩荒嗜杀声音传入耳际，四周的树木山石均于瞬间炸裂。

天帝一愣，只得燃了精元，方才勉强脱身。

地动山摇之间，斩荒唇角鲜血点滴渗出，他仰天张狂大笑，眼角却逐渐湿润。

3

白夭夭扶着许宣跌跌撞撞地回到许府，忙前忙后地依他的药方替他煎好汤药，送到不住咳嗽的他面前，责道：“你怎能做出这样的傻事？速速将这药喝下，我去求仙君，他定有法子救你！”

许宣握住她的手，扯出一个笑容，虚弱地道：“别去！”

不过两个字，许宣又咳嗽不止，白夭夭心疼地看着他青黑的面色，坐在他身旁，伸手为他顺气，眼中担忧不止。

许宣顺过气来，眼神流连在她的面容上，仿佛直视着世间最为宝贵的珍宝，语声更若叹息：“别去，就在这，让我好好看看你。”

白夭夭听得这句话，泪水登时流了下来：“我不在你身边，你就是这样照顾自己的吗？”

许宣微微一笑：“我不在，娘子倒将自己照顾得很好。”

“不好！一点儿也不好！”白夭夭噙着泪慌乱地摇头，“我夜夜担惊受怕，不知你是不是受了责罚，也不知我几时才能同你再见。相公，我此生再也不愿离开你。”

许宣将白夭夭的手按在自己胸前，沉声道：“那日我眼睁睁地见你被他带走，心中之痛，此生再也不愿经受。眼下你得了万象令，仙族、妖族都要与你为难，娘子，你怕吗？”

白夭夭却忽地破涕而笑：“你我这千年走来，我再没有什么可怕的了。”

许宣也是从容而笑，两人执手相看，只觉时光宁静，一切竟皆坦然。

白夭夭渐渐依向许宣怀中，良久后，皱眉道：“原是我过了莲火，与其他妖不同，方能夺了万象令。可见这些事，天帝他早有安排。”

许宣却是神色凝重，望着白夭夭掌心的印记，心痛不已：“这其中利害，你不甚明白。万万记得此事不可外传，我明日便上九重天，无论如何也要将你这东西除了。”

“明日？”白夭夭惊惶抬眸，“你体内毒性颇重，不好好养伤，还要上九重天令我担心！”

“我若不去，担心的便是我了，”许宣勾起她鬓边柔软的碎发，别往她小巧的耳后，“夫妻之间，你总不能这样自私。”

白夭夭见他强打精神，面上露出一丝苦涩的笑容，却终究不再反驳。

却不料第二日天明，白夭夭从斩荒手中夺得万象令一事，便已传遍了三界。

青帝传讯，令许宣带着白夭夭赴九奚山商议。

二人奔赴九奚山，青帝却让白夭夭暂且回避，不待许宣出声，白夭夭已恭声应下，转身离开大殿。

空荡荡的大殿之上，一时只有许宣同青帝两人。

许宣“砰”地跪在地上，恳求道：“师父，我想面见天帝。”

“天帝为避开斩荒，燃了精元，眼下正在调养，而他……”青帝半垂双眸，长叹一声，“不会见你的。”

“师父！”许宣急声唤道。

青帝摇了摇头：“天帝已经传讯给为师，他知你怨他设计白夭夭强顶了妖帝之位，却道白夭夭之命，实为你所累，若她没有嫁你，留在骊山修炼千载，如今未尝不可渡劫成仙，可偏生与你成婚，才有了如今田地。大道无常，天衍万物，就凭你区区一人，便想扭转一生孤寡之命，实是可笑，如今你迷途涉深，想要知返，已经晚矣。”

许宣面上浮现一丝痛色：“我平生从未后悔所做之事，我不欲抗拒天命，也甘愿为天下苍生牺牲，可娘子她……”

“你们夫妻本是一体，如今你还不明白吗？”青帝走下台阶，步到许宣面前，扶起他，“此事天帝既然暗中授意安排，自然有其用意。眼下事已至此，覆水难收，我们也只能相信白夭夭了。”

“我从未疑她，只是担心天界与妖界会与她为难。”许宣神色焦灼难安，只要牵涉到白夭夭，他便再难淡如清风。

“的确，大家皆可疑她，白帝可以，潇湘可以，天界的众仙家都可以，你却不行，”青帝阖上双眸，“白夭夭已成妖帝，若能定纷止争，倒是莫大的功劳，你便从旁助她渡过此劫吧。”

许宣低眸，再不言语，若事成定局，他即使豁出性命，也定护得她周全。

青帝教养他千年，纵使他再世为人，又怎会不知他心中的倔强与担当，踟蹰良久，终是不忍地道：“九重天自有规矩，你先是私放妖帝，而后更是大胆冒犯天帝，师父无法替你脱罪，天帝有命，待你将法海命格一事了却后，便去天地之极，斩断情念，封印五感，化作擎天石柱千年，以抵你的错处。”

许宣低垂的双眸中光影几变，却并未出声反对，只低头一拜，默然领命。

青帝摇头叹道：“你我师徒缘分已有数千年，当日我选你为徒，只因你道心正合了我的性子。这几千年间，我也未曾像白帝那般，对徒儿百般照顾，也不像仙君，处处为你着想……”

许宣终是打破死寂的情绪，略带急切地道：“师父传我仙法，教我悟道，九奚山终年清冷，可我却最明白师父的关心！这一点许宣从未有疑意！”

青帝扶住他的肩膀，看入他那双清澈的眸子，缓声道：“为师已经老了，你这责罚，我不会替你求情，千年时光虽长，可断不会要了你的性命，这也是你应当受着的。我们生为仙族，受着众生朝拜，便应时刻心怀苍生，这才是道。你与白夭夭的情，为师未曾拦过，只望将来，你行事之时，时刻谨记为师今日所说的话。”

许宣再度长跪于青帝面前，沉声道：“师父放心，许宣初衷未改，此生不会相负苍生，相负天下！”

待得夭夭能安然转出或承受万象令，待他替法海取回破军，待三界重归宁静……他愿化作磐石，成为这天地间最宁静的守护。

第二十三章

饕餮之孝

1

小青渐渐康复之后，终是敢去寻法海了。

小妖们帮她探听了他的所有消息，他命悬一线，他因龙珠而勉强复原，他日日都来山顶这棵挂满琉璃珠子的树下，盘坐诵经，为那一树被收的妖怪元神超度。

小青醒来只有一个念头，她要见他，将过往的一切问个清楚。

可近在咫尺，她却又迟疑了。

风动珠响，法海睁眼，便见到了远处犹豫的青色身影。

似乎过了许久，法海重新闭上眼睛，口中经文之下，树上一颗琉璃珠轻声爆裂，化作云烟。

小青望着此情此景，缓步上前，轻声道："将来，你收了我的那日，可不要将我放在此处。这里风景美则美矣，却没有半个能说得上话的人，法海，将我的灵珠置于你的佛珠中可好？若真有那么一日，就让我天天伴在你身边。"

"不会有那么一日！"法海起身，一杖挥动。

小青也不闭眼，嘴角扬着绝美笑意，向前迎了上去。

法海手臂停滞，小青身子一阻，却见法海原来将法杖横亘在了两人之间，声音淡淡道："我不会亲近你，也不会伤害你，这一杖之距，就是你我之间，今生今世的距离。"

小青面容惨白，却反手握住了法杖，笑意浅浅地说："你我之间的距离，一杖也好，百杖也罢，我都不在乎了。法海，只要你活着便好，无论天涯海角，我也欢喜。”

法海讶然，眉头一动，收回法杖，转身走向树下。

小青站在原地，抬头看着琉璃之中法海的身影，神情不复往日的张扬跋扈，倒是多了些平时未有的温柔神色。

法海不动声色地吸了两口气后，方沉声道：“今日你既来了，有句话，我也要当面同你讲。此生我不会再见你，就是见了，也如同一草一木一般，毫无二致。”

“好。”

她毫不犹豫的回答让法海皱起了眉头。

小青巧笑倩兮，反问道：“你不信吗？法海，你不敢看着我对我讲，我却敢看着你对你说……我放下了，我已经放下了。”

法海一滞，胸口情绪如排山倒海，闷得他急需寻个宣泄的出口，可他又能如何，不过是如寻常般淡漠道：“如此甚好，佛渡众生，你能从无尽苦厄中脱出，也是你的造化。”

“谢法师点拨。”小青唇角带笑，眼中噙满了泪，说罢，泪珠滚下，转身离开。

待她为他拿回命格，让他不再受苦，这一生就算再不相见，也值得。

她终究是妥协了。

“法海，你可知道？我小青竟然会因为你对命运妥协。”

她言语极轻，法海如何能听到？

知她离开，法海垂首望着手中的佛珠，久久不动。

许宣见过青帝出来，远远看见院中白夭夭俏生生立在一树梅花之下，下颌轻扬，神色沉静，人似梅花傲骨铮铮，却更添几许柔美。知他走近，她向他望来，盈盈一笑，美得夺目。

许宣上前握住她的手，同她相视而笑，在这对视中，两人俱知对方已然对即将到来的困难坦然无比。

白夭夭歪了歪头，问道：“青帝可有责罚于你？”

许宣将她微凉的手捧在掌心轻轻搓着：“那倒没有，只是问了些关于你的事。”

白夭夭稍一思忖，又问："这万象令何去何从，你们可拿出主意了？"

许宣有些不忍告知她真相，便暂且隐瞒道："咱们且住上几日，我再同师父商议。"

白夭夭眸光一动，正待同他讲明自己心中的想法，青帝却从远处疾步而来，打断二人叙话："眼下旁的事都容后再议，饕餮借天罡卫押解他去镇妖塔之机，逃了！"

白夭夭担忧地看向许宣，许宣却是不慌不忙，似是早有预料一般，低头思忖道："饕餮如今唯一的牵挂便是他父王之事，依我看，他这逃脱也未必是要与九重天为敌。师父放心，饕餮定会前来寻我，将龙王临终前的事情问个清楚明白，到时候只需通知天罡卫前来抓捕就是。"

白夭夭点头："那我也在这里，陪着你。"

许宣握了握拳头，颔首认可。

青帝见二人神色从容，本是十分难看的脸色也逐渐恢复如常，稍稍一笑，踱步离去。

白夭夭牵起许宣的手："方才没同你说完，我想过了，斩荒在天帝手中吃了这样大的一个亏，怎么可能就这样算了，于情于理，他都是要来寻我的。妖族各部得知我获得了此万象令，多半是不服气的，想要从我手中夺了万象令去。再来，如今，若我的身份是妖帝，又该如何平息妖族与天族之间的仇怨？"

许宣稍稍皱眉，她抢先说道："天族、龙族、妖族、人族，本就是一同出现，一同修道，并未有高低贵贱之分。饕餮身为龙子，他这一生行差步错，却连一分都未曾忘却龙族。而我当时，虽是形势所迫，却轻易过莲火放弃了妖族身份……"

许宣摇头，不认可道："你与饕餮立场不同，本就不可相比。你虽过了莲火，可心却从未叛离妖族，身份如何，不过是个形式。"

"可造化弄人，我如今，偏偏承了妖帝的身份！妖族之所以成今天的局面，与我也有干系。天意如此，两族之间的纷争，该是由我来平息！"

许宣心内震撼，他本是打算瞒住白夭夭，先另寻他法，却不料她如此淡然地将责任承担了下来。

见他不语，白夭夭继续道："最初我也是慌的，自千年前我在九奚山上被你捡到，因着你的照顾教导，才步上了大道。一路行来，都有相公照顾，哪里受过这样的风浪。只是如今我想清楚了，万象令既到了我手中，我就要扛起这份责任！”

她的目光坚定，中间有期待，有热忱，却唯独没有恐惧。

许宣轻叹一声，伸手将她轻轻揽入怀中：“我的夭夭终于长大了。待饕餮寻来，我们一同陪着他，将龙王送回龙宫可好？”

“龙王？”

白夭夭稍显疑惑，而许宣的手轻轻刮过她的鼻梁，还未来得及为她解惑，山边便有金色结界一闪而灭，一声凄厉的龙吟远远传来。

许宣凝望天边，淡声道：“他来得倒快。”

白夭夭握住许宣的手，暂且放下心中的疑惑，浅笑着点了点头。

2

不知过了多久，许宣孑身一人迎出了山门外，只见饕餮立在门下阵法之中，与天罡卫做着殊死搏斗，虽是被困，却依旧一脸倨傲，见许宣到来，便急声问道：“许宣，我此次来便没打算活着离开，但我父亲呢？我自投罗网，只求将我父亲送回东海！我问你，他最后还留下了什么？”

嘶吼间，饕餮身上已覆上几重锁链，生生被天罡卫压制，跪倒在九奚山门前。

可他仍旧望着许宣，哀号道：“许宣！你告诉我！我父亲还留下了什么？”

天罡卫拖着饕餮，想将他带离此处，饕餮不愿，奋力挣扎着。

“且慢！”许宣唤住众人。

天罡卫冷言道：“许宣，你莫不是想要再度违抗天命，私纵重犯吧？”

青帝此时同白夭夭一起从山门中走出，接过话头：“许宣，将龙王最后的东西交给他，你同白夭夭二人，即刻将他押送东海，全了龙王最后的体面吧。”

“是，师父。”

天罡卫见青帝发话，一时亦是不敢再有所举动，收回了手中长枪。

饕餮眸中的猖狂却渐渐散去，心中只余悲伤和宁静，随着天罡卫压制他的长枪撤走，他也仿佛被抽去了全部力气，缓缓委顿在地。

许宣走到他跟前，为他解去束缚，将一个碧绿的盒子，双手托起，郑重地交给饕餮："这便是龙王的遗物。"

饕餮看着盒子，目光一下软了下来，他双手反复搓摩那盒子，低声喃喃："父王，我来带你回家了……千里路迢迢，这一回咱们回去东海，再不要上九重天！"饕餮说着，将盒子认真收到怀中，上前两步，凑到许宣耳边低声问他，"你上九奚山前可是刻意放出消息说你在此处？"

"我早知道今天要押送你去镇妖塔……"许宣淡淡回道，"我曾答允你父亲，会放你一条生路，既如此，便会替你安排最妥善的归宿。"

饕餮忍不住笑出声来，那笑无奈至极，他摇头叹道："父王临死前，最后的牵挂，原来不是龙族，而是我。"

许宣目光中有着不忍，却不知如何相劝。

饕餮接着说道："如今东海疮痍满目，我苟且偷生，这样回去又有什么意义！许宣，我不愿求生，只愿龙族安享太平，父王的龙族，父王的东海，我来替他守护。"

许宣皱眉："你这是何意？龙王牺牲自己也要保你一命，莫不是你要叫他失望不成？"

饕餮沉吟不语。

许宣看了他良久，手中重新执起一条锁链："我们这便上路吧，只有你安然活着，才能守护东海。到了东海，你或许便全明白了。这锁链，对不住了。"

饕餮傲然一笑："锁便是了，束在身上的桎梏，还算不得什么。"语罢，竟是主动施法，黑色魔气自手中涌起，那锁链顷刻间便绑在了他的身上。

许宣看向白夭夭，后者微微点了点头。

二人陪着饕餮，一并去了东海。

东海海面依旧如以往之平静，如今四海之事，皆由新的南海龙王暂领。

他性子最是中庸，对九重天更是毕恭毕敬，这样，无论如何也能保龙族周全。

饕餮手中捧着碧绿的盒子，站在东海边上，目光投向海面，深沉又悲远。

许宣上前，握住饕餮的手，低声道："打开盒子。"

饕餮像是失了心神，缓缓打开那碧绿小盒。

许宣复又低声道："如今你可明白，为何我说你唯有活下去，才能护住龙族了？"

饕餮入目之间，只见盒中有一只蠕动的小虫，那小虫样貌，让饕餮神情微微一震，眼中泛起泪光："你……"

"那日龙王逼出龙珠化作小虫，尚未有灵智，身上毫无生气。我耗费仙力，将他养在九奚山云池之中，与九奚山灵脉相结，借由天地造化细细温养，如今回到龙宫修炼，万年之后，便能恢复。"

饕餮心中百感交集，深吸了两口气，方桀骜道："我不欠天族的情，我这条命，你取了便是！"

一旁的白夭夭也是如今才知许宣所说的送龙王回东海是何意思，听饕餮如此说，便皱眉道："这万年若失了你的庇护，龙王岂不身陷危局？如今到了你反哺之时，难道不应为了你父亲而活着吗？"

饕餮目光震动，他凝视着许宣同白夭夭二人，见两人面上竟是一派担忧关切，一时心绪沉浮。他缓步走到东海边上，望着辽阔的海面，徐声道："数千年前，父亲牵着我的手，让我去九重天。那时我心中万分怨恨，我怨他不懂我，我怨他向天族低头。数千年后，换我送他落叶归根，方知他的苦衷。我这一生，功名利禄，一样未成，忠、孝、仁、义，全然抛却，有负我父亲殷殷嘱托，今日，却还能为他做一件事，也为龙族做一件事……"

饕餮声音渐低，身上有一层层光晕散出。

"相公！"白夭夭话刚出口，手上已凝出仙术打了出去，意图阻止饕餮，却发现不知何时，饕餮周身已然有了结界，笼罩住了整个东海。

而在许宣眼中，此情此景与那日牢狱中何其相似，饕餮身影，似乎与龙王重叠在一起，不由得也是疾呼道："他这是要逼出龙珠！"

一旁严阵以待的天罡卫此时齐齐上前攻向结界，当头之人怒道："许宣，你为何不出手？若叫他逃了，这罪责便由你一人来承担！"

许宣冷笑道："东海之上，是龙族之地，龙族集合族之力在这里设下结界，当年数万天军尚且无可奈何，如今我又如何能拦？"

远处，饕餮升上云端，神色痛苦，几息之间，已是一身淋漓的鲜血，一滴滴落在碧绿的盒子中。

盒中小虫抬头，周身沐浴红光。

饕餮望着那小虫，勉强一笑："父王，无论你如何看待我，族人如何评说我，我心中无愧，儿子所行之事，毫无私心，每一桩，都是为了龙族！如今犯下种种罪孽，也全由我一人承担，断不会累及全族！”

白夭夭在岸上神色大急，拉着许宣衣袖紧张道：“相公，他这样下去，必死无疑！”

许宣厉声喝道：“饕餮，你已然魔化，如何能以龙珠救龙王！”

饕餮低头，果然见到胸口龙珠隐隐散发着黑色雾气。

他忽然想起白夭夭得了万象令，便匆匆回望向她，乞求道：“你能用万象令，替我净化龙珠！”

白夭夭一时愣在原处。

见她不动，饕餮又催促了一声：“快啊！我已无退路，你若相助，至少能救我父王性命！从前过往，当我对不起你了……我今生欠了你们夫妻二人太多的情，也不在乎再多这么一桩了！”

白夭夭迟疑再三，终是走上前去。

天罡卫头领怒喝道：“白夭夭，你们二人一再违背九重天……”

许宣见她拿定主意，立马横剑站在天罡卫前，朗声道：“娘子，该如何便如何！这些天罡卫由我来挡！”

“许宣！你这是犯上作乱！”天罡卫虽是怒极，却迫于天乩剑之寒光，不敢上前。

白夭夭见饕餮胸口的龙珠黑红之气更盛，终是将掌心张开，万象令隐隐流动着光影，忽如利剑般的光束穿透结界，朝着饕餮而出。

而天乩剑剑光一闪，与天罡卫交战在一处。

眼看那龙珠渐渐闪烁出金光，饕餮业已力竭，身子微微一晃，皎洁的龙珠透体而出，淡淡的光晕慢慢没入了饕餮手中碧绿的盒子里。

蓦然，盒子一落，饕餮已从云端向下坠去，忽而，一只苍老的手将他抱住，竟是一脸痛楚的龙王。

他望着饕餮，老泪纵横：“逆子！你一生从不服管教，我以龙珠换你生路，你为何偏偏不愿听我这一次？”

饕餮气息虚弱，嘴角却勾出一丝笑意来：“我一生从未按你心意，果然一事无成，又何妨再违逆你这一次？”

龙王听他勉强吐出这些话，更是心如刀绞：“为父不要你光耀龙族，只要你好好活着！”

在老父怀中，饕餮竟也流下泪来，只是身体已难支撑，有万千情绪从心中涌出，开口却晦涩难言，只是声音微弱地叹道：“临了，又连累父亲为我伤心一场。儿子生于此，葬于此，也不算白活……”

说罢，他使出浑身最后一丝力气，一把推开龙王，拼尽全力跃入东海。

龙吟在耳边炸裂，东海水波急速翻腾，蓦然竟染上淡淡血红，再复重归平静。

龙王泪流满面，抬首望天，悲凉压抑之下，也是一声龙吟长啸。

白夭夭立在海边，已不自觉泪流满面。

龙王回身望着那些天罡卫，那些年轻的天兵抵挡不住龙王威势，渐渐垂下头颅。许宣跨前一步，以身挡住龙王的视线，轻轻摇头。

白夭夭擦去脸上的泪水，也是低声劝道：“他生前最后的愿望，就是龙族安好。”

水波喧嚣，众人半晌无语。

龙王阖起双眸，长叹一声，再睁眼时，望着白夭夭微微抱拳：“从今以后，你便是妖族之主，三界中谁敢为难于你，便是与龙族为敌！”

苍老的身躯弯身重重行礼：“感谢二位，龙族记在心上。”

东海之上，波涛不停，龙王眼神飘远，缓步步入东海之中，目光所及之处，仿佛见到数千年前年少的饕餮，站在东海边，一抹张扬的笑意，先声开口唤他：“父王……”眼神是最清澈骄傲的意气风发。

3

天罡卫怒气冲冲地回九重天复命，许宣上前握住白夭夭的手：“我们也回去吧。”

白夭夭点了点头，脸上却晃过一丝复杂的神色。

二人回到凡间，许宣在许府安顿好白夭夭，便称自己要去看看法海身体如何，白夭夭目送他离去。

没过多久，却也自行出了门，缓步到了临安府外的一条小溪边，却见此处满树紫红色花朵，竟是逆了时节，灼灼盛放。

溪水潺潺，斩荒于花树下徐徐转身，面上不辨悲喜。

“你让饕餮暗音传我前来，意欲何为？”

“这是个交易，我助他逃离，帮他上了九奚山，他帮我通知你前来，我只是想看，你会不会真的背着许宣，来赴我一面之约……”斩荒望着白夭夭，眸中柔情万分，唇边更充满魅惑的笑意，“我若说我只是想见你，你信不信？”

白夭夭面如冰霜，冷声道：“相公近日太过疲累，我来，不过是想帮他解决了你，所以你最好收起你那些龌龊的想法。”

“夭夭，你喜欢这些花吗？”斩荒却侧首仰望树上繁花，另起话头，“你总去雷峰塔边的桃花林，我也曾去过的，入目皆是粉红花海，而我 似也是从那时起，便在满树桃花下，对你起了贪恋。从见到你的那一瞬，我心中便再无天下，只想同你携手踏遍天涯，可惜，那处却是许宣所植。而后我走访这许多地方，竟找不到一处你所钟爱的盛景。此处虽比不上桃花林，可经我妖力滋养，也是另一番盛景。”

白夭夭轻嘲道：“你又不是他，如何明白桃林之美？”

斩荒自讽一笑：“你说的不错，虚度了几万年华，竟未曾发现 繁花似锦，也有这样一般绮丽之美。”

他脸上的温润笑意，在白夭夭看来却实在疯狂。

她素手唤出挽留，指向斩荒：“斩荒，如今你已作困兽之斗，还是莫要挣扎了。”

“夭夭，你很自负，敢孤身前来替法海讨要破军，是算准了我不忍心抢夺你的贪狼吗？”斩荒妖娆一笑，轻抬手间，白夭夭身上已落满花瓣。

白夭夭神情警惕，丝毫不为美景所乱，而斩荒却于落英缤纷中，向着白夭夭步步逼近：“那你可知，我方才既说这里所有的花都是我用妖力滋养生成，此处花林，就是我的阵法……你说我是困兽，就真的不怕我走投无路，舍了你去？”

白夭夭已觉在此落花纷纷之中，脚步颇为凝滞，她皱眉抬手，使出万象令，霎时间灼热狂风卷过，落花尽数燃烧，两人脚下瞬间已成红莲烈火，她咬牙道：“斩荒，你错了，我来之前并非不惧你夺我贪狼，而是我心知法海虽得龙珠续命，却不长久，相公为了他必须尽快找到你，而你同样觊觎他身上的七杀，也欲寻他背水一战。相公怕我担心不肯告诉我，但我既然知道你要与我相公决一生死，无论如何我亦会挡在他身前，率先与你战过。今日我宁愿一死，也绝不会将贪狼交到你手中！”

莲火之中，斩荒昂首疯狂大笑：“原来你并不信我……夭夭，我这一生最想要的，你从不曾给我。区区贪狼又如何，难道你真以为，我是在意的吗？”

白夭夭愕然：“你若不在意，又何必对我出手？”

斩荒笑意渐渐沉寂，只化作唇际的浅浅一点，向来漫不经心的眼中，燃着莲火的通红光芒：“我骗你的事，你没有一桩看透，我真心相诉，你却句句怀疑。以往我道你是痴傻，却原来，你只是没将我放在心上。这也无妨，你我之间，只要有一人倾心相待，毫无保留便够了。往后时光悠悠，你总有一日能明白，这就是我爱你的方式，无论你是如何待我……”

斩荒双手一挥，天幕渐暗，地上红莲烈火更盛，而白夭夭手中的万象令，竟如火焰焚烧。

第二十四章
斩荒之情

1

许宣找到已是形容枯槁的法海，将自己的计划告知于他，法海有些无奈地苦笑："你这是在用自己的命格做赌注啊？"

许宣淡然一笑："你说的不错，我便是要下此赌注，引斩荒前来一战。"

法海摇头轻叹："兵行险招。人说成了家，便就定了性子，怎么你的鲁莽更胜当年，难道不怕你娘子知道吗？"

许宣沉默良久："我实在没有时间了。"

法海抬首："若是因为我的身子，我早已看淡生死。"

"不仅如此，"许宣望着他，宽抚般一笑，"天族已定了对我的责罚，这一战，若是活着，要去天地之极受罚千年，从此斩断五感，再无情根，千年过后，也不知能否再续前缘。若是身死，也同样叫她伤心一场。胜与败，都没必要让她知晓，徒增伤情。"

法海听了，又何尝不伤感，喃喃道："你几时知道的？倒是藏得颇深……"

许宣毫不介意地疏朗一笑："你也得替我瞒住才是。"

法海一叹，拨动手中念珠："苦海无尽，轮回无常，这是因果相报。千年前，你我二人联手封印蛟龙，那一败，竟是累及千年。如今，命定的纷争，原来一定要战，西湖一别，想不到再聚首还能一同为这苍生而战！"

"此生能得你并肩而战，总是快意。"许宣与法海相视一笑，眉目间尽是风发的少年意气。

二人同时道："击鼓宣战！"

许宣挥手之间，天乩剑飞至空中，以剑柄重重撞向巨鼓。

鼓声穿透云层，直透黄泉碧落、四海八荒。

永安师叔点上清香，认真俯身三次，插入香炉，僧众敲着木鱼走入大殿，口中梵文晦涩却庄严，阳光从大殿射入，照向两边的壁画，诸天神佛怒目金刚，林立两侧，不怒自威。

鼓声阵阵传来，斩荒立于莲火阵中，周身紫袍竟比一旁花海、火海更为鲜亮，妖异非常。

斩荒闭目倾听着绵延不绝的鼓声，手指随着鼓声轻轻摆动，嘴角露出笑意，再睁眼时，眼中满是野心与张狂："许宣，你很好！做我对手，也不算辜负。"

白夭夭跌坐在花海之中，用力喘着气，手中万象令竟在不断滴血，口中也有一丝鲜血滑落，她紧盯着斩荒，厉声道："你……你竟然……"话未说完，便是力竭摔倒，斩荒接过她，将她紧紧揽在怀中，抚上她如玉的面颊，眸中尽是宠溺的神色："总算在你眼中见了不一样的神色……夭夭，你得了万象令，我本是气愤不已，想要袖手旁观，看你能否守住，却不自觉帮你扫除了妖界叛徒……你说得对，许宣很好，他替你筹谋，获得龙族相助，从此妖族与天族都不敢轻视于你，而我……我这真心，你可明白？从此以后，这四海八荒，纵无我和许宣，也是无人敢再欺你了。"

白夭夭竟觉眼眶有了一丝酸涩："我……才不要……"

斩荒如玉的食指轻触在白夭夭唇间，比了一个噤声的手势："听见鼓声了吗？这是许宣在向我宣战。夭夭，我这就前去应战，你只消在此处等着便好。"他屈指，缓缓擦拭掉白夭夭唇间的鲜血，指尖辗转在她殷红的嘴唇间，低喃道，"'君问归期未有期，慵倚栏杆，满院春寒。'夭夭，此去一战，你希望我与许宣，谁能活下来？"

他唇间的笑意渐深，直至发出疯狂的笑声。莲火渐熄，天色渐明，白夭夭晕倒在斩荒怀中。紫色繁花再度轻扬，斩荒目光却是痴痴流连。

他也曾无数次问过自己值不值得，甚至也曾想要杀掉她来断绝牵绊，可面对她，他从来都是没有选择。

斩荒唇边勾出完美的笑意，将白夭夭细心安顿好后，斩荒提步向金山寺而去。刚一迈入竹林，林间便是无风自动，升起金色佛纹的结界，斩荒被笼罩其中。他不慌不忙一笑，赞道："这结界倒是布置精巧，许宣，这一回，你我之间倒是没有输赢，只剩下生死。"

身后远远追随的逆云一惊，抬手想要阻止斩荒："主上！他们有备而来，你切不可中了圈套啊！"

斩荒摇了摇头："逆云，你跟在我身边这么久，这一生太长，我已是倦了。恍然一梦二十年，散尽元神，重塑肉身，问鼎昆仑，历经挚爱……我啊，已不愿再以千年万年的时间去筹划。我说过，终此一生，唯求快意。"

逆云眸中迸出泪光，他跪在地上，沉痛道："主上还未英雄迟暮，何故做此言论！若是此去主上身死，逆云愿再为主上守上千年，等你回来！"

斩荒摆了摆手，轻笑道："我已为你除尽身上妖气，三界之中，你今后大可隐身于凡间，绝不会有人寻你麻烦。"

逆云嘴唇轻微颤抖，磕下头去："属下心意已决，只愿与主上共生死。"

斩荒失笑道："想不到，到头来只有你在乎我的生死。逆云，若是换个娇滴滴的美人来，或许还能拦我一拦，你啊，还是去过你的日子吧。"

远处风声渐疾，斩荒抬头望去，淡然道："快离开吧，迟了，恐怕就难了……"见逆云不愿起身，斩荒冷下面容，"这是我对你最后的命令，逆云，我要你自此平淡从容，三界隐身！"

说罢，他面上又复浮现出淡淡笑意，踏步深入竹林之中。

地面上，一道道金色佛印大亮，斩荒抬首，与面前持着天乩剑的许宣遥遥对峙着，两人之间杀机弥漫。斩荒轻蔑一笑："我以为你还有什么招数，于阵法一道，你太过自信，区区这么一个阵法，就想要杀我吗？"

许宣面容沉静："借金山寺佛法，你我胜败也不过五五，我仍会与你一战。斩荒，只是你已经输了，因为你太贪……因为贪胜，你毁了妖族大好势头；因为贪权，你以一己之私却导致合族上下受尽三界围捕！如今，你还不知错吗？"

斩荒"呵呵"一笑，冷言道："若我不贪，九重天可还记得这三界之中还有个斩荒？你生来便有旁人将一切双手奉上，自然不懂我之苦楚，若我无争，这世间早无妖族！筹谋多年，我自然求胜，若是今日败了……"他唇边忽然绽放极深一笑，"败了我也认了，合该我这一生，不悔不悟！"

“你若真的不在意生死，又何必对法海下手？”

“你也一样，若心中不是为了法海，也才真正做得到无惧胜败。”

许宣天乩剑在地面一划，徐声道：“如今这法阵之中，刻满了佛家真经，只要将你诛杀于此，便能使你精魂不散，抽取灵珠，将命格还给法海。”

斩荒眼神蓦地狠厉起来：“我平生不依天地，不靠父母，最恨受人左右。我要生便生，要死便死，谁能定我去留！许宣，你还是将我看浅了！”

许宣轻笑出声：“你这点倒是与我相同。”

斩荒正色问道：“你难道不惧怕天庭吗？”

许宣傲然一笑：“我这一生除了娘子，再无牵挂，所行之事，无愧天地。”

斩荒闻言哈哈大笑起来，许宣则将天乩直指斩荒：“无须多言，亮剑一战吧。”

“今日鹿死谁手还未定，别在我面前猖狂！”斩荒收起笑意，运起妖力向前攻去，霎时间紫色的妖气弥漫在竹林之间，天乩剑雪光隐现，碎叶纷飞，围绕着两人身影缠斗。

而天空之上，隐隐聚起天雷，带着劈开天地之势，响彻三界之中。

2

乌云流转，霎时间便是暴雨倾盆，白夭夭在漫天大雨中醒了过来，缓缓挣扎着起身，遥望向金山寺方向，只见那处雷影重重，更是一片烟雾弥漫，她心头一震，想起晕去之前的宣战鼓声，提步想要往金山寺赶去，却发现脚踝处有紫色光链牢牢扎根地面，将她困在了此处。

白夭夭担心许宣安全，看向手中的万象令，勉强提起妖力，连连击向脚下阵法的阵眼之处，即使割伤了脚踝也是全然不顾，霎时间血染红罗袜，白夭夭掌心逐渐剧痛不已，亦是体力难支。她忽地想起小青，向着空中放出了一道传音符，因着阵法拘束了她的法力，那仙符在暴雨中飘摇不定，白夭夭只得再度使出万象令，希望小青或者小灰能有所感应。

金山寺大殿之上，一众和尚，齐声诵着法号，法海听得暴雨之中的刀剑相击之声，越发焦灼。忽然之间，手中念珠断裂，沉香佛珠落了一地，他还未来得及做出反应，旁边永安师叔的念珠蓦地断裂，两人对视间，大殿之上佛珠已滚了满地。

法海思忖片刻，忽然站起，手中持杖，立在大殿之上，虔诚问道：“师叔！杀生乃是不得不为，你说佛祖可会怪我？”

永安双手合十，垂眸道：“佛不杀生，可你是僧。为救众生而杀生，三千业果你一人承担！”

法海脚步一顿，忽而又是眉目疏朗，畅怀一笑：“我所受的业果，岂止三千！”

疾风裹着雨滴，吹得法海衣袖飘飘。法海持杖冲出大殿，众僧读经之声再度而起，而风雨则渐渐停歇下来。

许宣到底不及斩荒，正是被斩荒凝出的一团紫色妖力逼至胸前，法海猛然出杖替他挡下。

斩荒看向法海，朗笑道：“来得正好！你们二人联手，才算叫我打个酣畅！”

许宣同法海对视一眼，齐齐攻上，只可惜二者无论配合得如何默契，几招之间却堪堪与对面的斩荒斗个平手。

法海催动法阵中的佛经，一时引下金色雷光，但斩荒见状只是淡淡一笑：“不过凭着这些雕虫小技，就想要打败我吗？”竟是不闪不避，任由那金色雷光落在自己身上。

许宣神色一变，却见斩荒十指指尖忽地抽出血线，向两人缠绕过来！

“不好！”许宣急忙远遁避开，而法海身形稍慢，下盘却被血线缠绕，直入法海胸口。

竹林霎时间染上血色。

法海怒吼一声：“快！以血移阵！”

斩荒闻言略微疑惑，就在这迟疑的时候，突然间，竹林地上阵阵金色佛字流光闪过，竹叶快速飘飞将斩荒席卷在中心，许宣将心头血逼入剑身，天乩剑顿作龙吟之响，剑光转为血红，在满地金色佛光中显得分外刺目。

斩荒冷笑一声，以妖力劈开眼前纷飞的落叶：“你以心头血祭这阵法，莫不是想与我共赴黄泉？”

“便是同归于尽又如何？斩荒，今日我绝不会再叫你存活于世，为害这三界众生！”

法海见斩荒手上运转起黑紫色妖力，于起落之间将许宣的血色剑光捏得粉碎，急忙挥杖横扫过去，因迎风起身，身形已然不稳，却仍旧以一杖杵地立于阵心，大喝道："双杀阵！起！"

佛光扬起凄风乱叶，许宣借机避入林中，斩荒一路追来，不耐至极，挥手间便将一片竹林夷为平地。而忽然之间，竹林中的竹叶也纷纷转为金色，竹林竟然以斩荒所在之处为轴心，快速转动起来，他难掩惊讶，道："既破了你的剑光，这阵法为何还能启动？"

许宣静立在不远处，徐声道："我耗费了百年修为，在阵中祭炼了另一道杀阵，以精魂将两阵黏合修补，且战且退，只为将你诱入。"

只见纷飞的金色竹叶结成织网，如同监牢将斩荒困在其中，许宣剑光再起，此次结结实实地在斩荒身上割出数道伤口。

斩荒仰天大笑："我一世小心，也算精于阵法，如今竟遭了你这后辈的算计。今日我唯有与你同归于尽，才算不枉了妖帝之名！"他眉间渐渐裂开一丝血线，金色牢笼震动，隐有崩塌之势，阵外许宣法海二人见状，对视一眼，法海将颈上佛珠扣在双手上，胸口溢出佛光，蓦然间，地下的阵形快速转动，威力之大，将三人身形隐没于纷飞的叶片之中。

3

金山寺大殿之上，此时已是静籁无声，金光一闪间，许宣三人乍现此地，皆是满身伤痕。

斩荒看清眼前的景象，疯狂大笑道："为夺我命格，先是以竹林佛光弱我妖气，再以双杀阵法克我功力，吟唱佛经，不过是要将我从竹林转到此处，开阵移形，你们二人倒是真有几分本事……"话一说完，斩荒便是大口喘息，方才一番决斗伤他颇重，身形微微一晃，竟是险些滑倒，斩荒低头，见大殿之上一地佛珠散落，微微蹙起眉头。

法海盘坐在蒲团之上，手持木鱼，开始念起了佛经。

许宣弯腰拾起一颗佛珠，拈在手中，缓缓道："法海已命此处僧人尽数离开，只为等你前来。金山寺眼下除却我们三人，再无半个生灵。你若要与我同归于尽，只可惜了这百年古刹……"说着，他手中万丈金光亮起，天乩剑上，血红之光森然，"在林中你连元神都祭炼了，眼下还能有什么招数？"

斩荒唇角挂着若有似无的笑意，眼见着许宣将天乩送入自己胸膛，不仅不闪不避，反是笑意更深："百足之虫，死而不僵！许宣，你太轻视我了！"

法海诵经之声蓦地中断，许宣紧盯着斩荒胸口，亦是面色惨然。

倒是法海先笑出声来，声音释怀："这一仗，打得畅快！斩荒，你是个好对手。三界之中，能将我与许宣耍弄到如此地步，你是第一人！"

许宣剑尖一挑，斩荒的灵珠落入手中，皱眉道："破军、贪狼，都被你从灵珠中剥离。莫不是放到你那随从身上？不会……你为人狡诈多疑，定不会如此轻率。"

斩荒望着许宣苦思的模样，忍不住讽笑出声："许宣，人事浮沉，造化弄人。纵使你与白夭夭情之所至，天地动容，却原来也会输在一个情字上。"

许宣闻言，面色一变，将斩荒灵珠紧紧攥住："你什么意思……"

"你怕她深受时局所累，瞒着所有人在金山寺设下阵法，步步为营，而你却不知，与你心心相印的娘子，早得了饕餮的讯，单独赴会，与我相见，想从我身上取走破军。许宣，你输了，输在情字之上！"

许宣长剑再出，横在斩荒的脖子上，剑锋太利，令斩荒身上再添血迹，许宣已是怒不可当："你对娘子如何了？"

"我送了她锦绣前程，送了她从此扬眉吐气的资本！她有龙族为靠，贪狼、破军尽在手中，从此这三界之中，谁还敢与她为难？许宣，你有你爱她的方式，可我的真心魄力，才学本事哪一点输了你，我也自有我爱她的方式！"

许宣嘶吼一声，长剑再进寸许："上次是你逼迫我娘子穿上嫁衣，此仇，我忍到今日，也该找你算账了！"

斩荒唇边血丝绵延，却更显得他笑容妖异诡魅："我今日来，就从未想着要活着出去。剥离命格，我本就舍去生死，不顾三界！只是唯一想要护下的，就是她。可是你呢？你又能做出与我同样的选择吗？"

法海眼见许宣要下杀手，急忙上前拦住他："不可，斩荒剥离命格，本便痛不欲生，却以自身麒麟之血滋养灵珠，适才大战，再伤元神，撑到此刻也该力竭，你且留他一命，回去细细盘问，兴许还有转机。"

许宣持剑的手轻轻颤抖，终是犹豫了。

斩荒见状，唇边不羁的笑意更深："我们三人，天生身负'杀破狼'命格，今日三星齐聚，死在一处，也是再合适不过！"

第二十五章
水漫金山

1

说话间，斩荒将指尖滴落的血珠挥洒于满地佛珠之上，刹那间佛珠上便泛起慑人红光。

许宣面色再度一变：“他要以麒麟之血，引动红莲业火！”

斩荒仰天大笑：“用这地狱之火，设下结界，焚尽你我性命，将此处烧得片甲不剩，作为你我埋骨之所！”

大殿之内，红色结界已然形成，将三人牢牢困在其中。

白夭夭远远望见红色结界和金山寺上的浓烟滚滚，更是焦急不堪，双手双脚都早已鲜血淋淋，却不断运起万象令击向脚下光链，而那光链终于断了一根。

“小白！”因白夭夭法力受困，万象令指令不明，小青始终感应不到白夭夭所处之地，好在她身为山君，命手下小妖们尽数以妖力搜寻，这才寻到此处。

眼见白夭夭双手惨状，小青想也不想，抽出长剑挥手斩断了另外几根锁链，而后却是看着手中之剑愣住：“是斩荒困住你的？他法力竟是如此不济吗？”

白夭夭双目失神，只呆呆地望着金山寺方向，喃喃道：“金山寺……这是斩荒的红莲结界，他怕是要与相公同归于尽了。”

小青恍然大悟：“那想来斩荒是受了重伤，所以才再难困住你。可这个红莲结界是什么？法海他们是不是也危险了？”

白夭夭眼见火光冲天，摇头道：“不行，小青，咱们得赶紧灭了莲火，否则他们三人只能葬身一处！”

小青心头慌乱，喃喃道：“这是红莲业火，如何能灭？”

“借西湖之水！”白夭夭转过身来，目光凝重，不容小青反驳，她便又继续道，“小青，事不宜迟，再要犹豫谁也保不住。你们二人去召集众妖，前去西湖。我去金山寺，救他们出来！”

说罢她便飞身而去，小青看着雨后初霁的碧空渐渐浓烟密布，狠狠一跺脚，暗道：“法海，你要撑住！小灰，你召集众妖，西湖边见！”

2

永安住持袈裟加身，身后带着僧人围在金山寺外，白夭夭翩然落地，刚接近庙宇，却被一道白光逼得退后几步，抬头望去，却见面前白帝神色肃穆地挡在跟前。

白夭夭眼神痛苦，乞求道：“还请白帝放我过去！相公他还在寺内！”

“白夭夭，你来迟了，”白帝沉声说完，挥动衣袖间，已是两道金色锁链缠上了金山寺外的红莲结界，“天帝已经下令，这次无论谁输谁赢，那三种命格，必须留在此处！”

“什么？”白夭夭脚下一软，“天帝是要他们死？”

白帝想到法海，何尝不是心痛，但依旧面色肃穆地道：“九重天容不下再一次的失误，此番若是再让斩荒集齐三种命格，那苍生倾覆，再无回转的余地！这是无奈之策！”

白夭夭握紧双拳，渐生愤怒：“你们天族无胆对付斩荒，便任由相公他们以命相搏？红莲结界已起，你们不想着救他，却要他葬身此处！五方天帝，便是如此仁爱，如此情义吗？”

“休要放肆！许宣之事我们若是早知道，断不会由着他这样胡来！他师父如今还在九重天上，跪在天帝门前请他收回成命！你又知道什么？”

“我只知道，你们所要的，只有命格！”白夭夭声色俱厉，“如今破军贪狼皆在我体内，若你们要取，何不将那锁链锁在我的身上？”

白帝闻言微微一颤，面露慎重之色：“此话当真？”

白夭夭远望着金山寺上笼罩的结界血色越来越浓，嘶吼道：“让他们出来！就算困住斩荒又如何？不过是白白赔了二人性命！”

白帝怒道：“红莲业火焚尽世间万物，斩荒以此困住了他们二人，你就算闯入，顷刻间也会化成飞灰，这是他设下的死局，你又能如何？”

白夭夭心如刀绞，强咬住嘴唇不让泪水落下。她通红着眼眶，直向着金山寺中，声音远远传出：“许宣，若你记得许下的誓言，若你还对我有一分一毫的怜惜，想办法活下来！”

结界之内，许宣以仙力强将一朵飞来的红莲挡开，耳中听见白夭夭的声音传来，神色顿生痛楚，而斩荒的脸色在一片血红中，反倒是逐渐凌厉冷酷：“她一贯对我避之不及，为了你，哪怕隔着莲火，也不惜一切代价要闯入这结界。”

许宣以手撑着天乩剑柄，早已力竭，而一旁的法海持杖之手，亦是早已不稳。

火光潋滟，三人已然气虚力竭，还是许宣率先将天乩拔出，以衣角擦去剑尖的血痕。

法海脸色苍白，一笑：“怎么？还欲再战？”

许宣淡淡道：“我得想法子出去，否则以娘子那混不讲理的性子，定然会耗尽妖力。”

斩荒闻言冷笑：“莲火一起，任你有通天的本事，又如何能灭？”

“杀了你，火自然就灭了！”许宣提气，拼尽性命，将天乩剑挥向斩荒，斩荒上前，也是握紧了剑柄，两人用尽全力，对峙僵持，四目相对间，飞扬的尽是血性。

纵是西湖边，亦能望见金山寺上妖火缭绕，宛如朵朵莲花连成一片，众小妖皆是慌乱不已，而小青因法力不足，一次又一次的催动也不过令西湖水面微微涌动，丝毫不能成势。

小灰也如被火烤，急得不停跺脚：“这……这该如何是好？”

小青皱眉思忖片刻，朗声开口：“众妖听令！引水，灭火！”

阿福抓耳挠腮：“山君，小的们是走兽，平日里修习的多是土木法术，还有火系的，这引水一事，恐怕难以持久！”

小青望了一眼众妖，咬牙狠心道：“你们几个，将妖力渡在我身上！”

小灰双眸蓦然圆睁，急忙劝道：“山君不可，我们妖力混杂，一个闪失你便要爆体而亡了！”

“哪还管得了那许多，听我的！”小青双手一沉，青色妖力从指尖溢出，袭向西湖水面，众妖面露担忧，却也只能一个接一个将法力灌于小青身上。

小青咬牙，嘶吼一声，唇边已然渗出血丝，而西湖之水终于翻腾起一道冲天水柱，向着金山寺奔袭而来，轰隆之声，震天动地，白帝骇然道：“以那帮小妖之力，还妄图引水倒灌，横亘整个临安城，且不说此举扰乱三界秩序，就是那些小妖微末的道行，你可知有多危险！”

白夭夭面容沉静，只目不转睛地凝视结界之内：“这一次，我只为救出相公来！”

白帝气急：“引动西湖之水，关系的是人间安危！”

“大不了再遭一次天雷！为救他，我愿与天地为敌！”白夭夭扯出一笑，火光映衬着她娇柔又坚强的样子，她衣上染血，神情倨傲……趁着水柱袭来，白帝失神之机，白夭夭一跃而起，击向金山寺上空的金色锁链。

白帝赶紧挥出仙力，怒喝道：“速速住手！”

白夭夭哪顾得上白帝的阻拦，后背生生接了白帝那一掌，双手齐齐释放法力，劈断了金色锁链。

随着一口鲜血喷出，盘踞在结界外的水柱猛然灌入结界，犹如一道水蛇，直缠上金山寺去，怒吼着攻向逐渐吞噬着金山寺的火麒麟，渐而拼死缠着火麒麟作殊死一搏。

3

眼前火势渐渐熄灭，寺内化作死一般的沉寂。

白夭夭想也不想地冲入寺中，终是见到许宣长剑指在斩荒喉际，法海法杖则抵在斩荒后背。

胸中舒出一口长气，自此再无气力，白夭夭脚下一软，跌坐在地。

许宣收剑，上前将她紧紧抱在怀里：“可是受伤了？伤着哪儿了？”

“你活着……我就知道，你一定可以活着……”白夭夭笑中带泪，眼中全是释然的喜悦。

“我答应你的，如今可是做到了，”许宣拇指缓缓拭去白夭夭面上的泪水及血痕，“而你呢，娘子，为何独自将自己深陷危险之中？”

斩荒笑得张狂："好一对同生共死的夫妻！我用本元之力所布下的莲火，仍挡不住你们二人！好！好极了！"笑着笑着，斩荒口中便有鲜血咳了出来。

白帝赶紧上前两步，将仙力注入斩荒体内，稳住他岌岌可危的性命，转头又急匆匆地对许宣道："许宣！破军贪狼都在白夭夭体内！你若不及时将命格抽出，物归原主，这三界的运势，就要乱了！"

许宣看着怀中的白夭夭，一时不知如何动作。

斩荒唇边勾出妖冶的笑意，哑声道："许宣，纵使她心系于你，可你还是赢不过我！我为了她，甘愿舍下三界，而如今情势变化，法海与她之间，只能活一个，你这好兄弟、好丈夫，又该如何选择？"

白帝皱眉，对许宣道："你带着他体内的灵珠上九重天寻天帝，他定有法子使命格归位！许宣，别中了他的圈套！"

许宣从怀中掏出斩荒的灵珠，只见其上遍布裂痕，黯淡无光，许宣眉心紧皱，面色沉重："原来，这才是你一早就布下的圈套。"

斩荒闻言倒是大笑起来，金山寺在他背后，也显得荒芜苍凉："我聪明一世，与天相争，平生鲜有败绩。沙场征战多少次，却从未料到，有朝一日竟会落到此等地步！筹划千年，却一朝败北，受九重天算计，于三界中如丧家之犬，历尽追捕……"他将目光凝在白夭夭脸上，白夭夭心头一涩，竟是第一次对斩荒露出了和软的神色。

斩荒就这样，隔着数不清的物是人非望着她，轻笑着道："我不悔，这一生的胜负，一生的荣辱，到头来随红莲业火付之一炬。留下的，唯有我的心。夭夭，情之滋味，入骨相思，我离问鼎三界唯有一步之遥，可离你却始终有千山万水。如今，我舍下所有，唯愿你从今以后，再不用看他人脸色，如此，你心中可对我有一丝的情动？"

他的目光同言语一样痴缠，堂堂妖帝，睥睨世间万物，唯独此时此刻，竟在言语中露出一丝哀求。

白夭夭想起临安初见，他是玩世不恭又意气风发的少年，如今一身尘泥兼满目疮痍，白夭夭心中如被针尖轻轻戳动，传来轻浅的疼痛，她望向身边白衣飘然的许宣，艰难开口道："我心中，从始至终，只有许宣一人。"

斩荒眼中一瞬间失去了光辉，神情颓唐，再无生机，他自讽一笑："既如此，也够了。我从不受制于人，生死亦如此……"他忽地从地上暴起，伸手去夺许宣手中的灵珠，"沦为阶下囚徒，我宁愿一死！许宣，三界只容得下一个妖帝！如今，唯有我一死，夭夭方有生机，你不会不明白这个道理。”

许宣目露不忍，手中紧紧攥着灵珠，与斩荒对峙，手中力道多了几分。

白帝大急道：“许宣！莫不是你要违逆了天帝的意思！还有法海……”

法海出声打断道：“师父！生死于我这个方外之人，没有半分分量！许宣，此事我早已对你言明，眼下你无须为难！”

白夭夭缓缓站起身来，不住摇头，凄苦道：“不会的，我应了小青，会替她救下你。破军本就是你的命格，我想尽办法也会还给你！”

众人各执一词，许宣双目徘徊不定，面上痛色尽显，斩荒却趁其走神，施了个巧力将灵珠夺了过来，白帝怒极，一袖掀翻斩荒，正欲再次上前，法海却拦在他面前，哀求道：“师父……”

白帝指着斩荒怒道：“你居心实在歹毒，千年前，我就应不顾天帝反对，在昆仑山上诛杀了你！”

斩荒俯身在地，胸口绽放出大朵血花，手握灵珠，却笑得更加得意：“大业难成，我此生注定饮恨而终，既然如此，能叫你们这些道貌岸然的仙族，生出这样的记恨，我死得也不算亏！”

他将灵珠对着阳光举起，白夭夭的容颜，映在灵珠之上，他微微一笑，问道：“夭夭，会记得我吗？”

白夭夭避开了斩荒的目光。

斩荒惨然一笑：“忘了也没关系。我爱你，本就是我一人的事，上有碧落下有黄泉，前后万万年，我这一生，遇见过你，爱上过你，这便够了。”

他笑得凄然，身虽垂死，声音中却带着浓浓的暖意，白夭夭终是忍不住看向他，目露同情与心软。

斩荒带血的手紧紧握住灵珠，暗暗发力，断断续续地道：“从头到尾，我孑然一人……如此也好，来去、生死，都只由着我一人决定！”

灵珠碎裂，在他手中化作齑粉。

风过，那紫色麒麟灵珠再不复存在，斩荒缓缓倒下，眼光始终缠绵在白夭夭身上，而他最后的声音，亦环绕在白夭夭耳侧：“夭夭，我此生最快乐的时光便是同你在木屋中共度的那几日，你重伤沉睡的样子，让我觉得天地之间你真切地属于我……今生你多保重，来世，你只会……是我的。”

斩荒化作烟尘，原地盛开了满目绮丽的红莲。

红莲飘散开来，白夭夭摊开掌心，一朵莲花便轻轻落于其上，却转瞬间又悄然消失。

白夭夭眼角有一滴泪珠滑落，她缓缓闭上双眼，再睁开时，已是清明。

永安带头，众僧人席地，口中诵起超度的经文，法海法杖拄地，挣扎着向门外的众僧人走去：“我手中未染杀孽，便好；破军格在你那里，甚好！”

白帝上前扶住摇摇晃晃的他，忍不住斥道：“少了破军格，你连命都保不住，还要帮着设阵！如今命格还是没有夺回来，好？好在哪里！”

法海笑道：“师父，徒儿是佛门中人，你……”

小青匆匆赶来，远远望见他此般模样，便咬住嘴唇，不知如何是好。

突然间一声长啸破空而来。

天地震动，大片乌云再度卷来。

“蛟龙！”许宣望向白夭夭，解释道，“你引动西湖之水灭了莲火，却是破了最后一道结界。”

白夭夭心中慌乱，喃喃难语。

许宣握住她的手，给她力量与勇气：“娘子，我们速去西湖，或许要劳你同我共战蛟龙了。”随后，他又转向白帝，朗声道：“还请白帝将法海带回九奚山疗伤，我们命众小妖赶紧撤离西湖，救治百姓……”

第二十六章

人间炼狱

1

西湖之水倒灌之危刚过，蛟龙又已出世，人间再成炼狱。

许宣同白夭夭走在灾难过后的颓败街头，四周流离失所的百姓哭喊之声不绝于耳，白夭夭不住地落泪。两人并肩走到许府之外，只见那大门被水冲得七七八八，白夭夭一触之下，门板便歪了半边。

府中更是满目疮痍，白夭夭喃喃道："我的家，都已如此，更何况，城中那些百姓的家。"

庭院之中，一棵桃树已被浸泡得连根拔起，白夭夭不由得颤声道："相公，这是成婚那日，我与你亲手种下的。"白夭夭终是崩溃，跌坐在地，痛哭出声，她望着自己的双手，只觉其上俱是满满的罪孽，"相公，我是不是又闯祸了……"

许宣将她紧紧揽进怀中，任由泪水浸湿自己的衣衫："不怪你……夭夭，一切都不怪你。"

"可我们方才还杀了蛟龙……相公，你之前万般计划，皆是为了龙族，今天却任由蛟龙死在天乩剑下……之前的一切岂不是都白费了功夫？"

许宣竟扯出一笑，伸手揉了揉白夭夭的脑袋："无妨，只要你不涉及其中，于天下也好，于龙族也罢，我从无所求。这些滔天大祸，我会陪你一起担着。我们一起去赎罪。我这便去药师宫中，能多救一个人，便多救一个，总能减少杀孽。"

“我与你同去！”白夭夭拉住他的手，站起身来。

然二人还未出门，小灰已经心急火燎地跑进来：“许大夫！许大姐流产了，许家姐夫受命在城中维持秩序，现在也是下落不明，清风在四处寻你。”

“什么？”许宣忽觉愧疚，他先前竟不知他姐姐有孕在身……这个弟弟做的，实在太不够格。

白夭夭更是焦灼难安，抓住许宣的手：“相公，你赶紧去看姐姐情况如何！”又转向小灰，细心叮嘱：“小灰，带着小妖们，咱们将百姓转移到安全的地方，务必要妥善照顾安置，唯有如此，才能减轻我的罪孽。另外，让小妖们多多留心姐夫的下落，拜托了。”

“哎！”小灰一一应下，一溜烟地跑了。

许宣轻握了握白夭夭的手：“娘子，那我先去了。城中众人就托付于你了，只要还有一线生机在，就务必要想法子救治，一条性命是一桩杀孽，将来若是反噬……”

白夭夭柔声打断他的话：“你不用再说，我心中明白，即使不为着自己，就为着他们，也不会再使一人身死。”

许宣帮她理过额际的湿发：“你伤重，切莫滥用术法，叫小灰去药师宫，找人来帮忙。”

白夭夭点点头，送他出门，再目送他消失在长街尽头。

忽有传音符飘然而至，白夭夭接过后，瞳中一黯。

2

天帝手持锄头，亲手在蓬莱仙山花园中植入一朵红莲，而后蹲下身来，以手掌轻拂过红莲花瓣，低喃道：“我自做了天帝，方知天道的可怕。你我自出生后，命运便截然不同。不过晚生了片刻，你从小都是如此孤傲不羁，最后，连生死也不愿受他人决断……”那红莲无风自动，开放得十分妖异，天帝再掬一抔黄土，摇头长叹，“斩荒，你错了，我从未想过要你的命，明知你犯了大错，仍盼着有一日，你能悔悟，却原来，错的也是我。”

天帝自嘲一笑：“也许，你回来，找我认个错，我宁愿不做这个天帝，也会护下你。可你终究没有……你终究没有回来。”

远处百草仙君前来，恭声禀道：“天帝，青帝又来造访，如今就在园外。”

天帝皱眉，冷声道：“我不是说过谁也不见吗？”

百草仙君为难道：“他也是五帝之一，跪在蓬莱之外只为求见一面，我这……”

“既然如此，便让他进来吧，”天帝拍了拍手上的黄土，淡淡道，“白夭夭犯下如此大错，实难饶恕。传我旨意，毁其元神，囚于黑暗之地，一生一世，永不能离开。就让潇湘仙子，前去擒人吧……”

潇湘仙子立于昆仑山巅，抬手将一壶酒洒于云海之中，自嘲道：“我与你斗了一生，可到你死了才知，在你心中，我竟连半分影子都没留下。只是我也终究没落了下乘，你在白夭夭心中，又何尝不是如此？斩荒，若当初你没有在婚礼上当众出走，今日，你我定会有不同的结果。”

潇湘仙子唇边低笑两声，似嘲讽，似苦涩，她紧攥手中的酒壶，声音轻不可闻：“反正你身已死，我只当，你悔了。”收到天帝传讯，潇湘仙子站起身来，眉目间又恢复冷傲之色，“你生的时候都未曾想起过我，死了，怕是也不愿饮我这壶酒。既如此，我为何还要一厢情愿地惦记于你？我这便去擒你心心念念之人，她也没有什么好下场，我们都没有什么好下场。”

潇湘渐渐笑出声来，笑声越来越大，可眼角却滑落一行晶莹的泪珠。

白夭夭赶至西湖边，龙王正望着如今一片死寂的湖面，背影沧桑。

知她到来，他神色复杂地转过身来，怒视白夭夭：“蛟龙为何会死在你夫妻二人的手中？白夭夭，你们不会不知，你杀死的是我龙族的守护之神，是所有龙族子民的信仰和力量！”

白夭夭目光震动，眼中是深深的愧疚：“这一切都是我的过错，白夭夭愿意一人承担！”

龙王失声大笑：“日前我还在东海向你许下诺言，无论今后如何，我龙族都会做你白夭夭的后盾！今日若是换了他人，我会毫不犹豫地杀了他，可却偏偏是你，还有……许宣……天意弄人，如今更觉讽刺至极。”

白夭夭垂眸，低声缓缓道：“我自知罪深难赎，龙王动手吧，我愿意以命偿还！”

龙王提起一掌，手背隐有龙鳞闪现，然而还未有所动作，潇湘仙子已带着天罡卫匆匆赶到：“住手！白夭夭自有九重天来惩处！”

她从远处大步前来，从手中召唤出捆仙索，手臂一抖向着白夭夭裹去。

“潇湘仙子，我愿意随你离开，”白夭夭任由仙索捆上自己，却依旧望向龙王，“但我得先了了对龙族的亏欠。龙王，我是真的希望一切能在我这里停止，四海真的不能再生动荡了。”

“这一切哪儿容得你说了算！”潇湘仙子厉声呵斥。

龙王以警告的视线投向潇湘仙子，潇湘仙子虽依旧背脊直挺，却没有再催促白夭夭离去。

龙王缓缓放下了高举的手，望着满眼恳求的白夭夭，长叹道：“白夭夭，你与许宣的命，是欠了龙族的。哪一天龙族要取，我自会来寻你，只是这之前，切莫轻易丧命了！”

白夭夭听在耳中，哪里不明白龙王深意，心中更觉愧疚，她低眸，颤声问：“眼下失了守护神，龙族……要如何？”

龙王却是语声淡然：“合族上下，为着龙神，畏手畏脚数万年，新生之子，哪还记得龙族当年遨游四海的潇洒恣意。如今蛟龙已去，我们倒是无所畏惧了，龙族上下每个人，都是本族的守护之神！但你大可放心，龙族亦是心向和平。”

龙王的话语在夜色中掷地有声，微有些浑浊的双眸中却有着让人心安的力量，白夭夭望着他，深深地鞠下躬去。

潇湘仙子扯动手中的锁链，欲带着她上九重天复命，白夭夭跌跌撞撞地随她走了。龙王留在原地，望向苍茫夜色，眼神黯然。

3

白夭夭没有料到，天帝竟会在潇湘仙子绑她上九重天后，直接带她来了骊山，不由得向天帝问出了心中疑惑。

天帝温和一笑，徐声道：“九重天上，人人都要我立时处置于你，若非如此，恐怕你将成为众矢之的，我也会烦不胜烦。”

白夭夭沉默须臾，方认真道：“我不怕责罚，既是做错了事，我也应当接受责罚。”

天帝轻叹一声：“唯有这样，你才能减轻心中的愧疚吗？”

白夭夭颔首：“是……无论天帝降下何等旨意，我都会承受，但在我受罚之前，我希望天帝能允我先救下法海。”

天帝驻足，凝神望向她：“你要去救法海，可知……”

“我知道……”白夭夭竟是淡然一笑，“即使舍去性命，我也愿意。”

“这样的话，你岂非背离了你与许宣之情？千年都守过来了，如今这样放弃，值得吗？”

“求而不得，舍而不能，一直是我与他之间的命数，然而我从未背离他，只是情至深，未必只是长相守。此生我与他携手，与天相争，争过了，又何须拘泥结果……”白夭夭贝齿缓缓刮过下唇，忽地展现一丝苦笑。

天帝沉默一瞬，才问：“你当真决定了？可知如此一来，你二人之间再难重圆，许宣也应了他一生孤苦的命格。”

白夭夭神色镇定，仿佛是终于将一切都放下了，她轻叹一声：“从见到你的一刻起，我便知道再没有回旋的余地。天衍万物，众生都是天命的产物，相公再如何无双，终究难敌天命。天帝，我决定了，离去，是为了让他平稳地活着。”

天帝略微点头，目光中有着沉重：“也罢，只是我还要你做好一件事。”

白夭夭一愣。

天帝展颜一笑：“你知道天界不便干涉人界，法海又在昆仑卧床不起，所以，我要你去凡间助百姓渡过此劫，许宣他一个人忙不过来。”

白夭夭闻言，眼中浮起泪光，深深拜下。

回到凡间，白夭夭率先便在断桥上见到了熬红了双眼的许宣。

他向她展开怀抱，白夭夭也是纵情地投进了这个温暖有力、给了她无数依靠的怀抱。

他抚着她的长发，低声呢喃：“那天我来晚了，没有阻止你被带走，我去找了师父去向天帝求情，师父说你会回来的，还好你真的回来了……”说到此处，他又拉开她，细细察看，“你可有事？”

“没有，天帝他很好，他让我回来助你重建人间。”白夭夭重新抱紧他，深知以后或许就难以再这样抱着他了。

她的相公是天下最好的人。

可惜，她却不能陪他到老，还总是拖累于他。

“夭夭，”许宣似是感受到她的情绪有些反常，便担忧地问道，“你可是……”

“是的，我问过天帝了，他也没有办法救法海，”白夭夭松开手，仰首甜笑着望向他，“所以我决定了，我要将破军格从灵珠中剥离出来，还给法海。”

许宣下意识地摇头，白夭夭掩住他的嘴唇，稍稍眯起剪水双瞳，郑重道：“如此一来，我方能无悔地活着，或者死去，即使我灰飞烟灭，终究是救了一个人，也算稍稍偿还深重的罪孽。”

许宣拉下她的手，疾声道：“你再等等……”

“我能等你，千年都能等。只是法海如何能等？而你我又如何能眼睁睁看着法海死去？”白夭夭不待许宣插话，便继续道，“而相公，我们还有许多事要做，临安府内，本就饱受妖族纷扰，而后又因着我历此重灾，这一切，都应如天帝所说，我们共同去将它安顿妥当，减轻罪孽。多多行善积德，或许我们还能图个来世？”

她一直在轻浅甜笑，可那笑却比利刃更加残忍，它直逼许宣心口，一遍又一遍地逼问他，他怎会如此无能……许宣恸道：“夭夭，我从未想要将你卷入天下风云之中，只因我明白，苍生的重任，比任何事都要沉重。”

白夭夭摇头道：“我却不觉得沉重，我心中所求，唯愿你安好，愿百姓和乐！”

许宣扣住白夭夭双肩，将她拉入自己的怀中，深深地抱紧，在她耳边恸道：“我要你答应我，这次无论如何也要信我！我会用尽一切法子助法海延续生命，你切莫做出草率的决定，信我，我能想出法子来！”

白夭夭愣了一瞬，笑着点头：“好，我等你十日，天帝说了，法海至多能撑十日。我们这几日先不要再见了，各自安顿百姓吧。”

许宣沉痛地闭上双眸，终是点了点头。

再拥了他一阵，白夭夭轻轻挣脱，转身缓缓往桥下走去，临到桥之尽头，她转身回眸，再次望了许宣一眼，他白衣清癯，依稀如同记忆中的模样，她不由得轻声叹道：“果然年年岁岁都是这西湖碧水，岁岁年年人相同，却也不同。”

许宣仿佛听到她的声音，脚下忍不住向前追了两步，白夭夭却是收回了视线，苦笑道：“相公，这或许是你我之间最后一眼了。”

杨柳依依，月色清澈，白夭夭眼前之万事万物，却于倏然间尽皆朦胧。

第二十七章
小青之愿

1

五日之后的清晨，白夭夭站在城中，看着晨光熹微下重新开张的包子铺，露出了一丝浅浅笑意。百姓们又复开始正常的生活，来来往往，安居乐业。

阿福突然追着一个小孩子蹿过来，连喊着："小宝，别乱跑啊！"

卖包子的大叔看到阿福，热情地招呼："阿福兄弟，给小宝买个豆沙包吃吗？"

小孩子立马开心地凑过去，眼巴巴地回首望着阿福。

"买买买！"阿福忙上前，从钱袋中掏出了一文钱。卖包子的大叔笑着将包子递给小孩子的同时，却又塞了个肉包给阿福。

阿福连忙推辞，又准备再掏钱，却被大叔朗笑着拒绝了："你先前帮我寻回我妻子，这么大的恩情，我只不过多给你一个包子，算什么，你再推辞便是看不起我了啊！"

阿福只得收下，拉起小孩子的小手，一人一个包子并肩走了。

小青缓步走到白夭夭身边，唇际同样是安宁的笑意："小宝是阿福在这次水灾后收留的孤儿，小妖们在帮着药师宫采药、维护秩序之余，几乎不眠不休地四处去寻找百姓失散的亲人。小宝的父母没有找到，但他却由阿福他们几个轮流带着。谁能想到，这几个粗糙的男妖，带起小孩儿来居然这么细心，特别是阿福，完全就是当成亲生儿子来看待了。"

白夭夭点了点头，目露欣慰："又是谁能料到，经历此灾之后，百姓们也不再畏惧妖了。"

“是啊。”小青说到此倒是有些自豪，“他们真的没给我丢人，现在谁有个什么事，都爱去寻他们帮忙，而作为回报，这些百姓也帮他们将山中那些特产变作钱财，对了，你知道吗？我那洞府外面居然被村民在短短几日内开垦出一块田……不就是帮他们找到了耕地的老牛吗？真是热情得挡都挡不住。”

她表情生动，白夭夭不禁“扑哧”一声笑了出来。

小青莞尔一笑，又道：“还有，许家姐夫也终于给小鹿找到了，许家大姐……也不怕妖了，我那天陪着小鹿去的，她还抓着我的手念叨你呢，说是要跟你道歉。”

白夭夭想到许姣容，却又有些愁闷：“可毕竟因为我，她才失了腹中孩子……我知道她同姐夫成亲多年，一直盼着……”

“有许宣替她调养身体，孩子总会再有的。如今已是最好的结局了。”小青抱了抱她，“姐姐，你曾教我做人，那时也告诉我，人的一生艰难，从来都不容后悔。当时那样急迫，若是重来一次，也根本容不得你思考。我们现在，已经做得很好了。”

白夭夭颔首，回抱住她：“是啊，看着一切慢慢好起来，我的心里真的好受许多，小青……谢谢你……”

“你我之间，何须言谢？何况，引水之举，我也有私心的。”

说到此，小青匆匆住口，可白夭夭却知她私心是为了谁，不由得低唤一声：“小青……”

小青挪开视线，大大咧咧地道：“我每天都会去明心台看他，放心吧，虽然他精神不太好，但还活着，每天还知道用仅余的力气念经，真是太招人恨了。姐姐你不用担心，这不还有几天吗，我相信许宣会想出万全之策的。”

白夭夭抿唇，还未想到该如何相劝，忽有一道传音符自天空传来，白夭夭低眸读完，对上小青狐疑的目光，道：“我是戴罪之人，这符中也是寻常信息，不过是九重天对我的时时叮嘱罢了。”

说罢，她便迈步往前走去，小青脸上疑惑的神色却越发深重。

2

法海靠在琉璃树下，已然虚弱到了极点，他勉力望向树上的琉璃珠，夕阳西下，珠光夺目，他对面前的潇湘仙子笑道：“师兄妹一场，你终究待我不薄，倒是替我选了个好地方，死后能葬在此处，也是风景……”

潇湘仙子冷冷打断他：“此处妖气旺盛，或许能助她将破军渡给你。”

法海闻言大惊，撑着树想要站起来，又重重跌落地面：“胡闹！拔出破军，白夭夭定然会死！”

白夭夭甩掉小青，大步赶来，淡然替潇湘仙子解释道：“我一身罪孽，并不怕死。”

“你要是死了，许宣怎么办？”

“你要是死了，相公同样难办。”

法海见到白夭夭脸上，一股倔强模样，喃喃几下，却不知如何开口。

白夭夭转身对着潇湘仙子道：“谢谢仙子相助，此事与你无关，还请仙子回避。”

潇湘仙子深深看了一眼二人，竟是难得地没有反驳，而是转身准备离开。

法海自嘲道：“你一向对白夭夭不满，想不到今日却是为了我与她化干戈为玉帛，这倒成了我如今唯一所做的好事。”

潇湘仙子冷声道：“你若想好好报答我，就留住你这条命，此处妖气甚重，仙族中人，哪怕是天帝，也寻不到你的行踪。当然，包括许宣。”

法海闻言心中一急，再次想要撑着树干站起来，却又重重跌落，潇湘仙子看着他吃力挣扎的样子，微微皱眉：“斩荒留下此举给许宣，他左右都难决定，你若真怕他为难，如今将此事交与白夭夭来成全，未尝不是好事！”

法海怒言驳斥：“荒谬！”这一怒吼扯动内伤，便是接连不断地咳嗽起来。

白夭夭一伸手，施了法术令法海沉沉睡去，边迈步走向法海边对潇湘仙子道：“还请仙子告诉相公，就说白夭夭犯下大错，甘愿领罚，自此被囚于黑暗之地。”

两人错身之际，潇湘仙子忽而伸手抓住白夭夭的手臂，问道：“你当真不悔？”

白夭夭轻轻一笑：“如今妖族合族上下，都在尽力弥补这人间大难，只是仍挽不回悲剧。仙子，我不能再令法海与小青留下遗憾。”

说罢，她轻轻挣开潇湘仙子的手，向前走去，眼神坚定，早没了往昔的依赖。

法海幽幽转醒之时，林中早已点起了点点灯火，映衬着琉璃珠，折射出清莹的光辉，白夭夭坐在他面前，正闭目打坐，法海尝试着抬起手臂，却发现自己已经无法动弹，他只能怒道：“你们夫妻都是如此妄为吗？白夭夭，你何曾替我想过，我不要背负着你的这份情。”

白夭夭平静道：“天帝已经下令，命我毁去元神。若我元神一毁，如何保得住命格？你能继续活下去，总比你我双双离世要好上许多吧。”

法海摇头道：“你几时……这样悲观了……以许宣之能……”他已不能成句，痛苦地倒在地上，挣扎着断续说着，“或许……有法子……别……”

远处明月高升，一股妖异的阴云缠在如钩的月上，白夭夭见状，双手置于丹田处，催动灵珠，霎时间林中数百灵珠叮叮作响，她借助妖气将灵珠逼出，带着笑意对法海道：“我这就将命格还给你，只是你要答应我一件事。你尽快去北荒取了无草给相公，亲眼看着他服下，自此一生一世，不再有情，也不会，再有灾难。”

法海大口喘气，冷言道：“千年之前，你当一条小白蛇……尚且贪生……如今，几时竟如此……看得开……”

白夭夭看着法海，忍不住笑了：“哪儿有这么多当年，当年我若死于你的剑下就好了……”她声音戛然而止，面上表情且悲且喜，摇头道，“不，我舍不得死。若是千年前就一命呜呼了，哪里能与相公经历这许多人间的欢喜？哪里能体验他亲手教我诗书礼仪、琴棋书画的过程。经历过，总归不负我这一生！”

白夭夭面上带笑，眼中却滚下大滴泪珠，面前的灵珠散发出淡淡光晕，随着她手中施法，灵珠微微震颤，脸色也随之变得痛苦起来，眼前逐渐变得一片模糊，耳边风声及树上灵珠相撞的声音都霎时消失，世界突然安静了。

五感渐失……这便是死吗？

3

破军命格的剥离之痛，如同千刀万剐，白夭夭蓄积所有力量，双手紧攥，灵珠中所迸发的光亮，一时间竟照亮了山头。

随着白光一闪，破军命格剥离，一道白色光点落入了法海体内，而白夭夭的灵珠微微有了裂痕，撕扯着白夭夭最后的意志，四周声音又一瞬回到了她的耳中，眼前也渐渐有了模糊的光影。

隐约间，视线中闯入了一抹绿色的身影，她不由得喃喃唤道："小青。"

小青声音俏皮："小白，不是说好了你我姐妹二人一同想法子的吗？你又骗我！"

她的青色衣衫在白夭夭身前摇晃，白夭夭视线逐渐模糊，却听见法海怒吼道："小青，不要！"

小青明媚的脸庞在七彩琉璃珠的投射下映出妖冶光影，她面上仍有最初的倔强，稍一挥手，她便在身边设下青色仙障，阻拦了二人靠近。她咬着嘴唇，瞪大双眼，定定道："我们做妖的，从没有言而无信，我说过，不会让你们任何一人死！"

白夭夭躺在地上，耳边似有嗡鸣之声，可眼中那一抹碧色却令她的心惊到了极点。

青色的灵珠自胸前浮出，小青轻笑道："你们或许不知道，我曾因跟踪蝶蔓，找到过斩荒，虽没有能力从他那里得到破军，他却告诉了我如何保下你们二人的法子。"

小青声音逐渐虚弱，身上涌出的大量鲜血，染红了衣襟。

白夭夭眼前的碧绿换作猩红，她挣扎着向前爬去，双手不断地摸索，却找不到小青的踪迹，耳边传来灵珠碎裂之声，白夭夭胆战心惊，跪行着向小青的方向而去，可如同法海一样，均被青色仙障挡在了外面。

小青唇边依旧有笑："小白，如今想来，斩荒为你而死，他告诉我这些，或许也是为了我今日能够护下你吧……我做人果然还是不够久，竟要斩荒教我情的道理。爱一个人，就是见不得他受到半点儿伤害。"

青色仙障霎时间光芒大作，小青用最后的力量，将灵珠逼入白夭夭体内："小白，你的灵珠，我替法海还给你了。"

白夭夭哭喊道："小青，你疯了吗？小青！"

小青轻笑出声："小白，两日前你与潇湘秘密相会，我便猜出一切了。我们不是姐妹吗？还记得……昆仑山上，是你挡在我身前，这一次，换作我来。"

小青身子摇晃，碧色灵珠静静落在掌心，上头已是密布裂痕，她喘息道："只恨我千年来疏于修炼，如今法力不够，仍不能护你周全，但终归能保你一命。否则，咱们两个都死于此处，也太不合算了。就让我最后再唤你一声姐姐吧。"

说话间，小青手中的灵珠竟碎成片。

那轻微的声音传进白夭夭耳中，却如晴天霹雳，她凄厉地喊道："小青！"她高举双手摸索着，却只能由着灵珠的粉末穿过她的指尖，散落无踪。

青色仙障消失，小青往后一倒，时光仿佛变得很慢，她唇边含笑，望着天空那一轮弯月，最终落入法海怀中，眼前便全是她爱入骨血的那张面容。

他的眼，他的鼻，他的嘴唇，他其实很好看的啊。

法海痛心道："为何我说的话，你从不放在心上？"

小青想要挣扎开来，断断续续地道："别碰我……你……会疼……"

法海闻言，神情更是痛苦，伸手将小青紧紧搂入怀中，怒喝道："你一意孤行的时候，怎么不问我是不是会疼？"

灼痕在他手掌出现，可小青这般模样，却让他心慌至极，纵使身受烈火焚身之痛，他也不愿放手。

小青浅浅一笑，扬着小巧的下巴："你回去见了白帝，要告诉他，他错了，他们都错了。他们说我是你命中要收的最后一只妖，可其实并不是啊……法海，你是破军星，注定了我会死在你手上，可是他们又错了，是我替你夺回了破军，是我自愿死在自己手上。"

法海痛声道："他们错了，我也错了。小青，我错了。"

小青望着他，痴迷又留恋："若是……若是，我死在了你手上，你会有多难过啊……"

法海抬起头，双眼已是赤红，他对着头上苍天，发出撕心怒吼。

白夭夭无声地流着泪，眼中只剩些许微弱的光芒，她向着法海方向行进几步，哀求道："求求你，法海，想想办法救救小青，她不能死，你替我逼出灵珠，求你了！"

小青摇头，甜声道："小白，我不怕死的，能如此死去，也算全了我的心意。小白，我一点儿都不难过，只是……有些想哭罢了。"她眼中滑下两行泪水，无力地伸出手，想要掰开法海已满是灼痕的手指。

法海摇着头，忍着痛反手紧紧地握住小青的手。

小青忍不住抽泣出声，带着哭腔道："以前我叫你抱着我，你如何都不肯，如今，你看看你全身都是血，一定疼极了！"

"我不疼，信我，一点儿都不疼。"

"……那你心里也不许疼，好吗？"

法海终于忍不住流下泪来，重重点头。

小青又是莞尔一笑："下一次，你可不许再骗我，你心里有我，我都知道，可你偏偏不说。下一次，如果我们再相见，我不要做妖，你也不许收妖，好不好？"

法海深吸一口气，痛苦道："我答应你，决不食言。"

小青眸中似乎出现了未来的幸福模样，唇边也是恬淡至极的笑意："下一世，我想同你做一对人间男女，织布、耕田，再不要经历……这些，再没有……命中注定的劫……"

她气力渐弱，呼吸却是越发急促，那双生得妖媚却又偏偏纯真至极的眸子缓缓地阖上。

"小青，你不许死，我所做的种种，要的不是今日的结果！你睁开眼睛，看看我！"法海将小青的手举起来，抚摸着自己的脸，脸上也霎时出现一道灼痕。

小青意识却终是渐渐涣散，声音带着初见时的倔强与委屈："下回，别再剃度了，我，真的好难过……法海，我……爱……"声音渐低至再不可闻。

法海朝着夜色，朝着一树轻灵的珠子，朝着自己的双手怒吼着，一声又一声，断人心肠，却再也唤不回小青的命。

他的泪水滴落于小青的衣襟上，将未染上鲜血的浅碧化作深青，小青慢慢在他怀中消散，任他抱得再紧，最后只余一颗晶莹透彻的碧色琉璃珠静静躺在掌心，他凝视许久，从怀中取出那支被他修补得极好的碧色发簪，轻轻放在琉璃珠旁，掩住脸，却盖不住压抑的哭声。

白夭夭抬头，喉咙中已发不出任何声音，只是无声地悲鸣。

两行血泪自她眼中滑落，她的世界霎时变成一片黑暗。

而蓦然间，远处传来一声巨响，临安城上空漫天烟花落下，山顶亦被璀璨烟花映成一片粉色。

许宣站在桃花林中，望着烟火灿烂，低声道："夭夭，临安城终渡难关，官府决定今夜办这庙会，我特意请县令备下这满城烟花，你可见到？"

许宣想起白夭夭曾向他提起烟花时一脸向往的模样，心头凄楚，他要怎样才能找回她那时的天真笑容。

"夭夭，官府也是借此庙会让大家不要再沉溺在悲伤中，无论前路如何艰险，一切都会好起来的。"许宣唇角渐渐升起坚定的笑意，望向手中白夭夭的陶塑娃娃，目光温柔至极。

第二十八章

自请入塔

1

小青走后的时光，对于白夭夭而言，既是度日如年，又是飞驰而过。

毕竟全然失明的她，一片混沌，已不知自己过了几天几夜。

潇湘仙子被天帝责罚后，吐露了白夭夭所在之处，天帝寻了来，将她救到了蓬莱，在仙鹤的照顾下，她渐渐痊愈。

可除了眼前一片漆黑以外，内心更是一片死寂，每日只是对着脑海中小青的身影低声呢喃。

“小青，天帝说他曾经打算以他的灵珠来助我，他说是我鲁莽了，其实我早就猜到，我那时担心九重天会因他此举而生出变故，想着不过豁出自己的性命罢了，却不料拖累了你。你真傻，明明是我的劫数，为何要你来承担？

“小青，仙鹤说，白帝他们都对你再无偏见了，你曾经在昆仑的所作所为，天界都放下了。天帝说，你替九重天保住了破军，是苍天之福，说你性子纯善，功过相抵，大家只会惦念这份功绩……可他们又错了不是？你从不在意仙族如何看待你，整个九重天，你心中只看重法海一人，你只希望他平安便好。你从未相负于他。

“小青，天帝说我尽力弥补了我之过错，他许我不毁元神了，只是仍须关押去黑暗之地。小青，我决定忘掉相公了，我向天帝讨要了了无草，唯有无情，方能了无挂念，如此一来，对我反倒是解脱了。毕竟只要想到他，便痛得我喘不过气来。也许我们相忘于天涯，对彼此，对天下，尽皆是最好的保全。

可是小青，我今天又在不住地想起他，唯有对你说话，我内心才能平静。小青，你回来好不好？陪在我身边好不好？”

许宣上天入地，疯狂地寻了白夭夭三天三夜，终在青帝的劝解下不寻了。

可他终究是参不透的，这么大的事情，他从始至终被蒙在鼓里，差点儿失去了白夭夭，而因果轮回，最终竟是小青身死道消。

若说小青求仁得仁，他们又该如何自处，如何心安？

青帝说无为才是清静，可他坐在明心台上，做不到无为，做不到清静，只能一杯接一杯地饮酒，希望能做到瞬息的无牵无挂。

月色之下，法海穿着灰色僧衣慢慢行来，望见自斟自饮的他，便是一声长叹：“本以为我在金山寺中日夜见到她的幻影已是心如刀绞、苦不堪言，而今，竟是我先来寻你。你何必自怨自艾，至少白夭夭还活着，纵使前路不明，也还可有所期盼。”

许宣对他摇了摇酒壶，笑道：“这是夭夭与小青一同酿下的桃花酒，如今正是酒香的时候。”

法海摇头，同在明心台上坐下：“她的酒，我可不敢喝，喝了便更忘不掉她了，你说她怎么就那样傻，还有白夭夭……”

许宣想起截然不同却又殊途同归的姐妹两人，一笑：“一个是雪地里迷途的，另一个在山间野了千年，本就是这样烂漫不羁的性子……我们谁也束不住。”

法海手上摩挲着佛珠上的碧色琉璃，低声道：“我早说了，蛇类，万不可招惹。若不是你千年前非要救下白夭夭，如今……如今……”竟是再难言语。

许宣淡淡道：“如今百般情缘都纠缠在一起，想不到，先放下的人竟是她。”

法海眸中闪过一丝悲痛：“她说，我们下次再见之时，她不为妖，我不捉妖，男耕女织，做一对平凡之人。”

许宣哀伤道：“今生既已如此，小青便只求来世，在这一点上，她比你我悟得要深许多。”

“来世？哪里还有来世？”法海转过身来，眼中有着疯狂的绝望，“她的元神散得干干净净，三生路上只有过往，三界之中再无她的踪迹，永永远远……都不会有了……既然要求来世，今生又何必来扰我！”

许宣将杯中之酒一饮而尽，强压哀伤，伸手抚住法海肩头，却压到他的伤口，引得他一声痛呼，许宣立马皱眉：“你这一身伤为何还未愈合？我替你诊治。”

法海摇着头退开一步，目光凝望着手上的灼痕：“这是她留给我的最后的印记，我只怕寻她的路太长，太久，若不让这伤跟着我一生一世，只恐怕转日便将她忘个干净了。”

许宣有些讶然：“你还想找她？”

法海低笑一声：“横竖要活着过一日，有个念想总比万念俱灰要好。”他扬了扬手臂，“这便是我今后的念想。”

许宣拉开他的衣袖，只见上面遍布的烧灼伤痕触目惊心，不由得颤声道：“你留着的分明是你的情，这一个字，叫你费尽了心思，最终落得的不过是一身伤。”

法海却是一派甘之如饴的模样：“你信吗？这皮肉的伤，比心中的伤要轻松许多。”

许宣松开手，摇头道：“你一向心深似海，谁也瞧不明白，这一回，终于让人看个透彻。”

法海无奈一笑：“修仙本就是与天相争，而你我天资上佳，一路行来，人道是我们占尽了命格的便宜。可你说，我们真斗不过这天吗？为何从出生起，便要背负着这命格？天若有情，为何不叫我选上一遭？”

许宣抬眸望向他，蹙眉道：“你已入了空门，又何必再纠缠在这样的问题中？”

法海眉目间逐渐恢复沉寂，徐声叹道：“你说得不错，世间佛祖的信众万千，大抵都是因着想不明白一些事，便只能放下了。”

许宣又饮下一杯桃花酒，恍惚间见到白夭夭在一树桃花下的纯净笑颜，许久，终是艰难开口：“那日，娘子如何？”

法海抬眼望向许宣，神色压抑：“由我告诉你也不过是听说，你既想知道，又何妨去蓬莱仙山一探？”

许宣眸中有光点一闪而过：“她在蓬莱……”

“我只能告诉你，她也需要疗伤，而天帝对她，还是顾念的。”

法海话音未落，小灰已从远处奔跑过来，口中大喊道：“许大夫！”

许宣转身迎上，淡淡地留下一句：“谢你告知，我定然会去。”

他方走到岸边，众小妖便团团拥上，将他围在中间。

阿福率先道："许相公，你最是菩萨心肠，对我们也一贯好，如今这事唯有你能办了！"

小鹿则是紧紧抓住他的衣袖："许大夫，求求你了，倘若白娘娘知道，也定会如此的。"

"你就帮山君捏个陶偶吧。"小灰刚刚开口，许宣便明白了他们的想法，深深一叹，"与你们那时不同，小青的元神已经消散，无论捏多少陶偶泥塑，她也回不来了。"

众妖面面相觑，小灰则是下意识地摇头，"扑通"一声跪在了许宣面前，慌张道："许相公你放心，陶偶只要捏出来了，进蟠桃林的事由我们来办！"

许宣厉声道："又要胡闹！"

"不不不……"小灰赶紧摇头，"我们不会去闯，不会给你惹麻烦，我们去白帝祠求白帝！"

阿福赶紧补充："或者青帝……诸天神佛，总有精诚所至，可怜我们的人。"

"说得不错！"

"我们可以的！"

"我愿意为山君受天雷。"

众妖你一言，我一语地讨论着，许宣不住摇头，见没人搭理他，便急声喝道："住口！"

众妖皆是一愣，目光惶恐地望向他。

许宣深吸一口气，沉声道："你们休要再提此事，也不许在背后再做什么动作，小青不会再回来了，你们若真惦念着她，就应当好好修炼，切莫再置身危险之中！"

空气忽地陷入死一般的沉寂。

是小鹿先忍不住哭出声来，而小灰抹掉了面颊的泪，从小声的低泣，到最后的痛哭失声……众妖齐齐大声哭了起来。

许宣面露不忍，伸出手轻拍小灰："你修为最强，也是小青的心腹，如今应该担起山君的责任，照顾他们。小青走的时候，是带着笑的，这些事，恐怕才是小青最后的牵挂。"

小灰用力抹掉泪水，抽噎道："我……会努力，好好修炼，以后替山君，护着大家！"

2

这一日，白夭夭感受到仙鹤来看自己的时候心事重重，便问道："姐姐可是有话要跟我说？"

"他……来找过你……"仙鹤迟疑许久后才低声道，"我跟他说了你要断情，他不相信，以为是天帝之命，我帮你拦下了他，将你让我转达他的话告诉他了……说你谢谢他赠予的那一城烟火，可你如今什么也看不见了……他心痛的样子，实在让人不忍。"

白夭夭听罢，空洞的眼中一片漆黑，最终却忽然道："姐姐，我想要之前九奚山上紫宣赠我的那把琴，不然每天于黑暗中静坐，实在觉得时日漫长。"

仙鹤知道她心意已决，是笃定不愿意见许宣了。沉默良久后，仙鹤点了点头，意识到她看不见后，才轻轻道："好，我过两日便帮你去取，近日怕是走不开。"

"又出什么事了吗？"白夭夭没有光芒的双眼看向仙鹤。

"嗯，潇湘……出事了……"仙鹤摇了摇头，低低一叹，"我虽不喜潇湘，有时候却也是敬她的，毕竟……看着如此强大不可侵犯，其实也是个伤心人。"

仙鹤走了后，白夭夭知她有事隐瞒，便摸索着来到窗边，失明之后，听觉倒是较以往敏锐了许多。侧耳听去，只觉今日的蓬莱脚步声分外匆匆，显是有特别重大的事发生，不由得心中略生慌乱。

稍一思忖，她静静循着声音，小心翼翼地走出了房门。

这一路便寻到了蓬莱仙山的花园之中。

只听得百草仙君语声慌乱道："潇湘迟迟无法痊愈不是因为方式，而是心魔！我用尽了法子也无法拔除她身上的魔气，那魔障极为厉害，若是就此蔓延，天下百姓哪里能抵挡得住！依我看，都不要轻举妄动。潇湘在九重天上已是佼佼者，不过去那雷峰塔下探了一圈便是如此，再去几个小仙，也一样是伤了元神的结果！"

片刻后，天帝才叹道："如法海所说，是蛟龙之死，让临安失了镇守，再加上水患之中，百姓流离失所阴阳相离，种种因缘际会，才使得雷峰塔下汇聚了至阴的怨念，产生出这样强大的魔障……敌暗我明，这次实在太过被动。"

自请入塔

仙鹤忽然语声沉重地道："我有事要禀报……潇湘仙子要我转达于天帝，雷峰塔下她已尽数摸了个清楚，几位上仙商议出的对策她也心中有数。潇湘仙子说，她愿为天下守在塔底，她是麒麟之身……万兽始祖，祥瑞的血脉……"

百草仙君怒气冲冲地打断："荒唐！依她现在的身子，只要出了蓬莱仙山，失了澎湃仙气的滋养，哪里能行得了半步？"

天帝微微一叹，接着说道："此事哪里有你们想的这样简单。魔障之气，日夜折磨元神，迟早会将人、将仙化为魔族，若非有着强大的意志，如何能度过，一旦成魔，届时更为麻烦。法海说他要去，想必许宣更有这样的心思，可是他们尚在人界，皆是不能。"

仙鹤更是忧心忡忡："那九重天上，谁人还有这样的本事？"

天帝声音依旧温润如玉："此事我不过是故意放出些消息，想听听九重天众仙的意见，只是时至今日九重天上居然无人敢应。既然如此，不如还是由我去吧。"

百草仙君急忙反对："这更是不可了，九重天若是失了您，比魔族入侵更甚！"

天帝似是笑了笑："我这麒麟之身，也坐不了几日天帝之位了，如此一来，正好教与他们众生平等的道理。"

白夭夭听到此处，终于边向他们走近边朗声道："我身为妖帝，也肩负着一族的性命。此事追溯起来，也是由我而起，若是要去黑暗之地，永生被困，不若就选在这雷峰塔底，做我的刑场，让我为犯下的过错赎罪。"

仙鹤一震，花容失色："夭夭！天帝所说的后果，难道你没听到吗？日夜煎熬，永无边际！"

白夭夭点头，面上是恬淡至极的浅浅笑意："也唯有如此，我才能在活着的时日，求一个心安，"她摊开掌心，掌中金纹浮动，"我本就是白得了万象令，既然三界中都称我一声妖帝，扛起这样的责任，也是理所当然。"

天帝轻叹道："你的功力是靠着外物强行提上去的，那魔气的时时蛊惑，我只怕你扛不住。"

白夭夭轻松一笑，黑色瞳仁直直望向天帝："扛不扛得住，也总得试过方才知道。三界如今未安，恐怕还要请天帝稳住局势，对我族人多多加以照顾。而我，此一去也算是为了化解仙族与妖族之间的嫌隙，还望天帝成全。"

她声音清脆，在此处花园中掷地有声。

天帝静静地看了她许久后道："那你去准备吧。我可以对你承诺，自你去后，九重天上仙人都会与妖族中人和睦共处。"

3

许宣听得此消息，如被火焚，急匆匆便赶来了蓬莱，正遇到仙鹤神色凄然地在熬制了无草。

知他到来，她满脸痛楚："你回去吧，夭夭今夜便要喝下了无草……她心意已决，不愿见你了。"

许宣的手压在眉心，讽笑连连："我还是晚了一步……本来该是我的……这了无草，她要喝便喝吧，待我入了雷峰塔，我让法海亲自监督她喝下去！可她怎么敢？！娘子她怎么敢先应下此事？！"

仙鹤痛声道："她说，是为了妖族，也是为了苍生。她明日便要入塔。"

"水淹金山，错不在她一人，我亦有责！这事，我定不会让她独扛！"许宣双拳攥紧，面露坚定神色。

仙鹤轻轻一叹："你待如何？与她同进塔底？那得她肯，你比我更知道夭夭是什么性子……你抢先偷偷进塔？天帝已派驻重兵守在雷峰塔，不允许任何人进入，你想要不惊动九重天入塔，是绝不可能的。许宣，只要一牵扯到夭夭，你总是关心则乱。我也不希望夭夭去，但有些事，如今真的已由不得你我。"

许宣神色缓缓沉寂下来，看着仙鹤将了无草的汤药倒出，缓缓地闭了眼睛，随后伸出手去："让我去吧。情在两颗心中，怎能让她一人做这决定？"

仙鹤看他许久，终是放手。

许宣接过药水，神情复杂，转身朝着客房走去。

在推开房门之前，许宣竟觉自己有些失了勇气，明明许久不见，该是迫不及待的啊……他们怎么会走到如此境地？

以前教她道理时，总盼着她能快些长大，因而将那些事理、人理不分巨细地告知她，可如今……

他却想，若她还是那个只知依赖他的小白，该有多好？就让他为她遮去一切风雨，该有多好？

忽有琴音一响，许宣手微微一颤，睁开双眸自讽一笑，将房门推了开来。

自请入塔

房中的她，一身白衣坐在灯下，身影单薄却是笑容安详，或是听见房门推开的声音，抬眸望来，在目光与对方接触的一霎，轻声问："你来了？"

许宣一时失神，目光进入白夭夭瞳孔，极深极黑，竟让他如堕泥潭，再也离不开。

他一时心跳如擂鼓，穷尽脑汁想要解释自己为何到来，是该直言自己是来拦阻她的，还是先质问她为何要做此自私的决定……

桌上孤灯摇曳，白夭夭却先笑了："仙鹤姐姐，这把琴今日再抚上，琴音一如往昔，可平白竟又乱了我的心。"

许宣心内刺痛，这才想起白夭夭如今已经看不到了。

他尽力控制自己的呼吸，将手中的药放在桌上，蹲在白夭夭身前，深情地望着她。

白夭夭一无所察，素手轻轻抚过琴弦，唇边是久违的笑意："我如今还能记起，那时紫宣便是这样握着我的手，教我宫商角徵羽，一遍遍从无不耐之意。他手掌的温度，如同九奚山的泉水一般，清冷又温柔。"

他教她的第一首琴曲，就这样在她指尖响起，琴音叮咚，白夭夭眼角滑落晶莹的泪光，许宣下意识伸手，却又在她面庞一寸之距停下，心中的钝痛几乎击垮他全部的伪装。

白夭夭依旧甜甜笑着，柔声道："这千年，姐姐总说我为救紫宣，甘愿牺牲一切。只是姐姐忘了，我曾经最是怕死的，自从相公回来后，我便更加畏惧死亡。若我也去了，这世上岂不留他孤孤单单一人？可若他先我而去，我一人独活，心中剩下的唯有无尽悔恨，悔连累，悔无能，恨难相守，恨历经万苦千辛，却不能白头。其实我并不是那样深明大义，我也怕自己反悔，怕自己会如以往一样，只要一想起他的孤单便会什么都不顾了。我已经为我的自私犯了太多错，这次，我愿意对不起他，而对天下苍生尽责。便请姐姐喂我喝下了无草，今夜之后，断了这份情，绝了我心中的念想……"

许宣颊边亦有眼泪无声滑落，她在情海和大义之间挣扎徘徊，他又何尝不是？早从千年前的初见，他一直图谋两全，而如今……

或许便让她忘了吧，若自己真成了她的负担，她能绝情断念，又何尝不好？

许宣以小勺盛了了无草汤药递到她唇边，白夭夭感受到药的温度，唇边笑意又深了几许："天帝前几日问我还有什么未了的心愿，烦请姐姐转达，我只要相公生生世世无忧……若苍天有怜，也要助他保百姓安好，世间长宁。”

如被针直直扎入心脏，许宣微微一颤，小勺倾覆，白夭夭“啊”的一声，手却被他握在手里，听得他低沉苦痛的声音，喃喃问：“夭夭，你真要忘了我？”

他不过只言片语，便已让她方寸大乱、无所适从，她掩着面匆匆起身，撞倒了桌子，汤药流淌了一地，琴也落在地上，琴弦断裂发出铮铮之鸣，而她自己，也是一脸慌张地跌坐在地……

许宣想要上前扶她，她却拨开他的手，不住地往后退去：“相公……不……你走……”

许宣恸道：“你为何要怕我？”

白夭夭失控吼道：“你又为何要来？你明知我不愿见你，却偏偏要令我难堪，令我痛苦！”

许宣既痛且怒：“你瞒着我救法海，却将自己弄至这般田地，如今还要断情，一柄桃木剑不够，你还要将我忘记了吗？夭夭，你自欺欺人，还想将我骗到几时？”

“就算我不告诉你，你早晚也会知道此事。除了此事，你还会知道，我在这里过得有多好，我已经习惯了活于黑暗之中，我可以修炼，可以弹琴，可以听风听雨！我明明都已经习惯了，可为何，为何还是要来……”白夭夭说着说着，便忍不住低头啜泣起来。

许宣蹲下身来，平视着她，将她鬓边的碎发整理妥帖，声音如千年前那样温柔慈悲：“你看不见，但我可以代替你的眼睛。你没见过烟火绽放的样子，那我就说与你听。那一夜，街头巷尾摩肩接踵，万千焰火将临安染上璀璨，桃花林中，一片盛景。人间至美，不过如此……”

白夭夭捂住耳朵不住地摇头，许宣眼眶通红，替她拭去面上泪水，继续缓缓道：“你可是忘了，千年前，我对小白动了心，替她取名白夭夭，我承诺这一世都会护着她，可她偏偏想忘了我。你说，我到底该如何是好？”

他的声音如西湖之水，白夭夭几乎溺毙其中，直到许宣伸手将她抱入怀中，她重心不稳，被地上的碎瓷片割伤了手，才被疼痛唤回了理智。

许宣执起她的手，细细帮她察看伤口，心痛地道：“夭夭，往后我都会小心护着你，夭夭，你要信我，无论是什么，我都能给你。”

“休书你也给吗？”白夭夭冷下面容，那双已经没有光彩的眼睛看向许宣，却慑得他一时噤声，“我已负了天下，你又何妨放下那些不切实际的誓言，就此两别，今生今世再无瓜葛！”

许宣缓缓地闭上双眼，不再多言，强硬地将她抱起来放在榻上便转身出去了。

房中蓦然空荡，饶是她眼中本就无处不是漆黑一片，也觉得现在这屋里，空旷得可怕。

白夭夭将自己紧紧环住，埋首膝盖，低低地哭了起来。

第二十九章 断桥之约

1

许宣走出很远之后，忽地停下，月光落了他一身，他却良久不能回神。

仙鹤从远处缓缓而来，一脸欲言又止的模样，许宣却忽地一笑，先开口道："我初来九重天时，无人愿意与我亲近，可我也从未厌弃过自己这与生俱来的命格，师父传我道，传我是非黑白，我始知这便是自己的命，而紫宣也愿为守护天下苍生而努力。"他望向仙鹤，走近几步，继续淡淡道，"直到遇到她，才明白七杀真是世间最残忍的诅咒。若从未拥有，还谈何孤寡，唯有得到却失去，才觉得天地苍茫，一人难行。"

仙鹤垂眸沉默许久，才望向许宣："这一回，我没有什么还能劝解你的。你是何等聪慧之人，既然看透，那就要认命。无论如何，你必须得放手，这是夭夭的决定。"

许宣苦笑："我明知她的决定有错，明知她将来终要后悔，我明知……"

仙鹤打断道："就算你知道一切，你也得让她走，许宣，你算尽千机，可你终究不是她，不过是一家之言有失公允。这人事易变，又岂是你能料透的？将来如何，她后不后悔，也不是你能决定的！"

许宣倒是没有争辩，许久之后，忽地问道："百草仙君与天帝最为亲近，你可知道，他们有什么修补灵珠之法？"

仙鹤微微一愣，低眸摇了摇头，却忽道："天帝在仙山的花园里，种了一株红莲。"

许宣眸中闪过一丝恍然，没有道别便着急离去，仙鹤则缓缓地闭眸，慨叹道："终究，是没有谁能将情放下的。"

琉璃灯被夜风吹拂得明明灭灭，天帝于花园中细心照顾着红莲，夜晚的红莲如焚天之火，格外妖艳。

他忽听得脚步声匆匆而至，回头便撞上许宣深沉的眼眸。

许宣深深一揖："许宣再来求见，希望天帝能出手修补一颗灵珠。"

天帝面色不改，一面培土一面道："你既来见我，想来是知道我有办法。可我也得言明于你，修补灵珠，代价极大。"

许宣毫不犹豫地说："许宣行事，向来不计任何代价。"

天帝轻笑一声，俯身向红莲上浇上一瓢水："寻常人循规蹈矩，一心向道，终其一生也未必能窥到天机。而你、法海、斩荒三人，身负命格，离经叛道，倒是我数万年见过的仙资最高的……人间说，富贵险中求，许宣你可要想清楚，有的人侥幸活着，而有的人魂断其中。"

许宣毅然决然地重复了一遍："我说了，不计任何代价。"

"当初我将你娘子卷进来，不过是想要收回万象令，却不想这一条小白蛇，虽无高贵的血统，却真扛起了妖界的责任，数月前，两族交战一触即发，而如今，九重天上，因昆仑山一役对妖族的误解，竟借着白夭夭有了转圜，如此说来，我应谢她。而我欣赏她，更理解她。"天帝望着那红莲，忽地叹道，"当年我接天帝之位，为求大道无情，博爱众生，便饮下了了无草。无情，向来不是什么责罚，唯有无情，才不会被情所困，才能超脱世间之情。"他隔着夜色望向许宣，微微笑了，"而今看你们这些后辈，却原来是我错了。麒麟就算一生只动一次情，却是耗尽了生命，只求一瞬的美好，这样磅礴三沛的情，我此生却无法体验，拥有天地同寿的性命，倒觉得空虚了。"

他神色显得如此寂寥，或许高处真的不胜寒，然而这不就是天帝所应承担的责任吗？

许宣淡然回视天帝，缓缓道："道不同，行事不同。三界仍需无情之人来治理，天帝的情，绵延悠长，如水之上善，从不为一人，却给了众生。"

天帝唇边笑意一深："数万年也无人同我论道，许宣你倒是又做了一次第一人。"

两人相视皆笑。

天帝稍一挥手，一道金色符纸飞向许宣，许宣伸手接过，天帝亦是回首："去吧，最终的结果还在你手中，仍需要你自己决定，只是今后，切莫后悔。"

许宣点头离开，天帝的手则拂过红莲："悔意，远比情思来得更重啊……"微风吹过，天帝的感慨便就此散在了夜空之中。

2

许宣回来的时候，天色渐亮，白夭夭早已止住哭泣，听得房门打开之声，她脸色苍白地回头，冷声道："你还没走吗？非要待到最后一刻才满意？"

许宣的声音已然听不出任何情绪，不过淡淡开口："夭夭，我已经请命于天帝。今日，我会亲自送你进入雷峰塔。"

白夭夭一惊，急忙站起，大步朝许宣走来，许宣眼见她又将撞上桌子，忙扶住她，不顾她的反抗，将她的手紧紧握在掌心，声音柔和地道："我知你不愿，可这或许是我能伴你的最后一程，也算全了你我之间的夫妻情分。"

白夭夭心头一痛，最终，却是不再挣扎了。

天亮之后，许宣带着白夭夭缓步来到塔前，许宣望了一眼雷峰塔，将情绪藏起，细心提醒她道："小心台阶，还有一级。"

白夭夭抬步上去，便想挣脱许宣的手，许宣却是握得更紧，真到了这一刻，他方知自己根本没有这么坦然……若她忘了他，真能平静幸福，他或许会成全，可眼看着她要去受苦，叫他如何舍得？

许宣眼中痛楚更甚，再也掩不住："夭夭，因为我的自私，未让你饮下了无草，你可会怪我？"

白夭夭强板起脸来，声音冷淡："我既答应了你，就不会后悔。但是许宣，若你敢擅闯雷峰塔，我定会与塔同毁。反正我就是这样任意妄为，也不差多这一桩！"说罢，她狠狠拉开他的手，冷声道，"人已送到了，你请回吧。"

她一瞬都不再停留，一步步坚定而决绝地朝着雷峰塔走去。

许宣的目光落在白夭夭的背影之上，唇边扯出凄然笑意，一步步随在她的身后，直至潇湘仙子将他拦住，冷声道："我之前答应过白夭夭，要将你拦在外面。"

眼见她即将进入塔中，许宣忍不住再唤了一声："夭夭！"

白夭夭停住脚步，却并未回首，声如轻风道："许宣，放过我吧，也放过你自己……"

许宣闻言，忽地并起三指指向天际，一字一句道："我许宣，于三界之中，既娶白夭夭，此生不论生死，也绝不相负！在此以三界之名立下誓言，今日白夭夭执意入塔，我身为夫君不再阻拦，然他日桃花林开，西湖水干，雷峰塔倒，我必于此候白夭夭出来！断桥相会，定下生死之约！夭夭，我不负你，你也不能负了我。"

白夭夭终是回首，可眼中依旧是一片漆黑，看不到他此时温柔又坚定的模样。

白夭夭凄凉一笑，回首，不再多言，正欲继续提步，却忽然听见法海的声音传来——

"且慢！"

法海大步走来，站在潇湘仙子身边，朗声道："我身为佛门弟子，佛心清静，不为魔扰，由我伴白夭夭入雷峰塔，以佛经克制心魔。"

白夭夭怒道："法海，魔障之重，岂是你能解的？"

法海神色平静如常："我修的是佛，不怕魔。区区魔气，不能清理，我有何颜面再习佛法，再渡世人？"

法海回身，见许宣正动容地看着自己，便认真地道："雷峰塔下，由我守着白夭夭，魔要伤她，必先伤我，若法海做不到，那便天诛地灭，消失于三界！"

"不可！"白夭夭匆匆打断，"这是我一人之事，你休要胡言乱语。"

法海轻轻一叹："你身有孽债，的确需要偿还，我不会帮你更多，只是我也不能眼睁睁地看着你成魔。小青若还在这里，定然不会同意。"

白夭夭听到小青的名字，心底一抽，终是不再反对了。

许宣还想往前，潇湘仙子再次将他拦住，冷声道："许宣，我答应过她，今日绝不会放你过去。"

许宣急声道："你当日难道不是为了法海，才与夭夭相知相识，如今难道忍心见法海也入雷峰塔中却不阻止吗？"

潇湘仙子反问道："你一路护着白夭夭，不惜牺牲自己，难道忍心让她堕入魔道，却不使法海进塔吗？许宣，你不信我，我也不信你。"

一道无解的问题，横在众人之间。

最终还是法海走在白夭夭身前，平静地道："走吧！"

伴随着法海手中的木鱼声和口中的诵经声，许宣见到他们二人一前一后，一步步走入塔内。

雷峰塔的大门，缓缓开启又重重关上，犹如一记重锤，敲在了许宣的胸口。

3

自大门进入雷峰塔后，竟有一处偏门可直接通向塔底。塔身高五层，地基之下仍有五层，沿着四周石壁，有盘旋石级慢慢通下。

白夭夭与法海一前一后向下行走，石壁上烛火霎时间齐亮，在两人身周明明灭灭，带着一股诡异的气息，四周魔气从地心不断涌出，在两人身上留下道道血痕，两人忍着痛，踉跄前行，二人呼吸渐成喘息之声。

忽而白夭夭身子一软，沿着石级重重跌落，一路滚落塔底，发出令人畏惧的痛苦喘息。

法海飞身落地，将她搀起，肃然道："切不可睡过去，否则你会困于梦魇，再也无法醒来！"

法海口中喃喃念着清心咒，克制着心魔，将白夭夭抱在怀中，向着塔底中心的石台走去。

浓重的魔气不断地撞击着两人，划出触目惊心的道道血痕，白夭夭努力克制着，但痛楚却蔓延至四肢，她忍不住叫出声来："快走……"

法海却是冷声拒绝："我走了，你定会成魔。"

白夭夭捂住头痛苦道："届时，你就守在塔外……将我……一剑穿心，让我死个……痛快！"说完这些话，她已是耗尽力气，虚弱地伏在石台上，用法力设下了六角法阵。

法海席地坐在她身侧，再度敲起木鱼，只是声音断断续续。

窒息之感渐渐涌上，白夭夭咬紧牙关，努力保持着神智的清明。

法海紧皱眉头，压低声音道："别想旁的事，专心听我的经文！"话音刚落，法海眉心抽动，唇边已然有一道鲜血流下，他抬手拭去，继续道，"我的经文不会停，你定要稳住！白夭夭，若是被魔气占了你的灵台，这一世你都脱不了魔魇的折磨！"

白夭夭努力保持清醒，可一阵黑气飘过，仿佛间，她感到身边的法海似乎离自己越来越远，她跌入无尽的深渊，而法海却好像换了一个人，在她耳边蛊惑道："你不是要断情吗？这样苦苦撑着，心中不难受吗？白夭夭，你进来之前是如何想的，你难道都忘了？明明做好了赴死的准备，如今这又是在挣扎什么呢？临安城中死去的人，谁替他们赎罪！来，将你的意识交给我，把一切都忘了。"

法海的声音越隔越远，白夭夭双眼沉重，险些睡过去。

法海见状，大急，赶忙咬破舌尖，逼出一口血来，吟起了驱魔的咒语。

眼见那黑气紧紧缠在白夭夭身上不愿下来，法海只得大喊："白夭夭，这名字是许宣给你取的！你忘了当初，为何要化为人形了吗？"

回忆霎时间涌入白夭夭已然混沌一片的脑海，她忽然想起了许许多多的过往——

九奚山上的温泉之中，她初次化为人形。

蓬莱仙山夜色下的桃花林，紫宣在灯影下与她相拥。

断桥之上，许宣与她共执一盏琉璃灯，相视一笑……

白夭夭睁眼，唇边笑意无尽温柔，低声呢喃道："我终于明白相公为何不愿我断情了。"

法海闻言，神色中隐有痛楚，摘下脖子上的一串佛珠，将那颗碧色的挑出来放于白夭夭掌心之上，白夭夭一触及这颗小青化成的琉璃珠，眼泪便是瞬间涌出："若是断了情，世间再无牵挂。无所欲求，便无所畏惧，也没有一丝一毫的挂念，那又该如何同这魔气对抗，在无尽的塔底，驻守千年万年呢？"

她抬头，将佛珠微微托起一些，与法海共同握住，黑色之气，在他们身周竟是略微褪去。

而后，竟褪得越来越远。

窒息之感蓦然退却，白夭夭欣喜道："怎么竟感受不到半分魔气的压力？法海，我可是已克服了魔障？"

法海沉声不语，回头望着许宣渐渐清晰的人影，只见他身上已经划下了数道血痕，却只是用仙力灌亮天乩，诱惑黑气缠绕而去。

法海闭上双眼，不忍心去看白夭夭面上的喜悦，只沉声道："魔气无形，你宁心静气，守住心中的善念。或许，能灭了此处的魔魇。"

白夭夭点头，继续心无杂念地入定。

而许宣终于战至塔底，看到白夭夭的一刹那，唇边便携上三分带着安心意味的笑意。

魔气缠绕他的全身，令他仿如受了鞭刑，几乎看不清人形，他站在白夭夭身前，小心翼翼的，只是不让魔气接近白夭夭半分。

天乩剑上剑光闪过，许宣眼神冷厉，将天乩剑脱手而出，剑光光华四射，剑身回转，四处飞跃一周，将万道魔气全部吸入他的体内。魔气在许宣身上再度划下一道道深可见骨的血痕，许宣痛彻心扉，身影微颤，却依旧以保护者的姿态，挡于白夭夭面前。

白夭夭闻到了空气中的血腥味，不由得慌乱地抬头："法海，你受伤了吗？"她伸出手，掌心有许宣身上飞溅而出的血珠滚落，更是心慌意乱，四处摸索，"这是血啊……法海，你究竟如何了？"

许宣对法海摇了摇头，法海忽觉心头钝痛，却还要装作平心静气地道："与魔相争，如何不受点儿皮肉之痛。夭夭，你可知魔折磨的不是皮肉，而是心，漫漫岁月，你始终在他心中，你的心，那一方天地，定要清明。"

白夭夭低低一笑："我仿佛能感受到他的气息。"

许宣连半声痛呼都没有发出，双足落地，天乩剑重回他手中，他的鲜血滴落于地，许宣周身黑气褪去，他静静地站立在白夭夭的面前，身上的血珠不住滴落，眼中的宠爱几乎要漫溢了出来，却是再不敢上前半步。

他落地的声音再度令白夭夭疑惑："法海，是什么声音？有人进来了吗？"

法海看着许宣，不敢言语，许宣则缓缓上前，用天乩剑撑着身体，勉强将手掌轻轻贴在白夭夭的面庞之侧咫尺，不敢触碰。

在一片死寂之中，白夭夭惊慌神色更重，再度向着四周摸索："有人吗？"

眼看她就要碰上自己的手，许宣略微一缩，掌心涌出白色仙力，笼在白夭夭的身周，给了她一个美梦，令她安然睡去。

法海神情悲怆，起身缓缓走向许宣，将手轻放在天乩剑上，压抑着怒意开口："要灭魔魇，有的是法子，为何你要如此？"

许宣虽是虚弱，却是满足："仙骨化血，既能灭了魔气，也能补上她的灵珠……我唯有这一个选择……"

法海沉默一瞬，摇了摇头："我还是漏算了这个，原来你在雷峰塔外的立誓，每一句都是早就设想好的！两人中若只能活下一个，你偏要把苦楚留给她来承受，许宣，你竟如此狠决！”

许宣凄楚一笑：“我说不定会活下去。”

或许？

法海瞬时怒从心来：“若是让她知晓了呢？”

“你不会的，”许宣望向法海，是最沉静淡然的模样，“从前你不会，往后你也不会。”

法海讽笑出声：“千年过去，你我都没能变了秉性。偏偏我答应了你入塔助你，现在竟不知是对是错。”

许宣咳嗽几声，胸前剧痛，却沙哑着声音继续道：“她遇到多少次危难，我便会救多少次。只要我还有一丝元神在，她都是我娘子，是我不能不顾之人。法海，帮我……一同将魔气净化。”

法海犹豫着不肯出手，直到他看清了许宣那双向来清冷自持的眸中出现了哀求。

暗自长叹，法海终是抬手，带起金色佛光，周围黑色魔气再次疯狂地鞭挞向许宣，每一片都带起大片血雾。

而在白夭夭梦中，却似有桃花片片飞落，飘于自己身上。

她梦见许宣从后面揽住她，让她抬头看漫天烟花。

那烟花这样美，璀璨银华将夜空照得明亮绚丽，而他在她耳边低声絮语：“夭夭，我赠你的不止这一城的炫目，我要许你一生无忧，我要你喜乐长安，要你与我常伴，白首欢愉……有一桩事，你猜错了。在我心中，众生重，也重不过你。即便三界视你如仇，我仍愿以一生换你笑颜如桃花，就像现在这样……”

他一挥手，她的鬓间便已装点上了两三朵细小的桃花，而她在漫天烟火下的暖暖一笑，却是人比花娇。

许宣走了，法海蹲在白夭夭的面前，看着她那甜蜜的笑意，心中痛不可当，不由得低声问：“若有朝一日，你知道你今生所有的美梦，都是许宣用痛楚换来的，你还能否再展笑颜？”

第三十章
来生再赴

1

九奚山上，青帝抬头，将枝头一枝梅花采下，放于篮中。白帝皱眉看着他肩头的雪，忍不住伸手帮他掸去："你明知你那徒儿所受之苦，倒在此处装什么闲情逸致。"

青帝笑意豁达，欣赏着自己手中的梅枝："徒弟长大了，有他自己的仙路，像你我这样的老人家，也该看看雪，煮煮茶。"

白帝"哼"了一声，一脸自傲地否认："本帝与天地同寿，眼下大道长荣，我还远远未到退隐的时候！"

青帝失笑，拎起雪地中的花篮，捻须沉吟："表面来看或许是苦，但在他心底说不定正是乐处。九奚山不也如此？旁人只知清苦，但你却明白，日日白雪红梅，我自得其乐。"

白帝看他目光悠远，自觉胸襟难及，长叹一声道："现在还想得起他们二人刚入九重天的情形，多少修道的苦难都熬了过来，只希望这次可以逢凶化吉。"

青帝忽而一笑，问："法海不一样也在塔底吗？"

白帝眼前一亮："怎么？莫非你要与我联手，阻止他们胡闹？"

青帝却是微笑着摇头摆手："当日许宣在众人面前，以三界之名立下誓言，以他的个性，谁能阻拦？与其出手阻拦，再酿大祸，这或许是最好的结局。"

白帝站在原地目送青帝踏雪远去。

落雪无声，待雪积在肩上，白帝才叹息一声，追了上去："老哥哥，等等我，我们今日再下两盘棋如何？我保证不发脾气……"

2

春夏秋冬，四季流转，一晃眼，竟是十六年过去。

许宣站在断桥上，银发披肩，法海从桥下拄着法杖上来，看着他在夕阳余晖中的沧桑容颜，心中感慨万千，闷声道："她今天同我说她觉得自己佛法修炼得不错，越来越能够不受魔魇影响了……还说她又做了那个美梦……"

许宣望着湖面上渐渐西沉的落日，沉默半晌后，才淡然道："今晚是最后一次了，这便能将那魔障彻底灭了，从此盛世长安。"

法海皱眉，犹豫半晌："这一次，我不会再帮你了。"

许宣竟然丝毫不感到意外，反而另起话头："其实也亏得你教小妖他们时时刻刻在塔外念经相助……而你知道吗？我花了十多年，终于培养出了一个宫上，就是阿福带回来的那个孩子小宝，他还向姐姐的女儿提了亲，两个孩子从小一同长大，竟还有聊不完的话题……这样，我总算对药师宫和仙君都有了交代，夭夭出来后知道姐姐还能再有孩子，而且将同阿福带大的小宝成亲，想来也会开心。"

他说得一派轻松喜气，法海却是怒上心头："你助龙族重建东海，助妖族肃清北荒，为青帝在九奚山种满梅林，又将药师宫长久传承，甚至还用仙草为小宝重塑了慧根。每一桩都耗费了你数年的心血岁月，许宣，你不是天帝，更不是什么了不起的人物，你现在与凡人也没有多大的分别了，你还想要怎样？"

许宣沉下笑容，淡淡地道："我只想完成所有的心愿，而今晚，便是最后一桩……"

法海神色凄凉："十多年，人不人鬼不鬼，你这心愿，叫我如何助你完成！"

许宣坚定地道："今晚，无论你来或者不来，我都会前去。"

见他转身欲走，法海闭上眼，在他身后轻轻开口："若是她知道了……"

许宣驻足："若是她知道了……你只需告诉她，断桥之约，定不相负！"

3

天乱剑已然通体血红，许宣再一次一身狼狈，而白夭夭却仍旧带着笑意睡在他面前。

许宣的血浸透了衣裳，却是笑着望向他最爱的女人，以指尖缓缓滑过他熟悉的轮廓，仿佛要刻入心中，一生一世留存于心。

“夭夭，你我之间，每一桩过往，都是我的美梦，只不过，这梦，终要醒了。”

许宣身子一晃，跌倒在地。

暗处的法海目光一沉，停下诵经，冲了过来，疾呼道：“许宣！许宣！”

大量的血从许宣口中涌出，身上一层层白烟向外飘散，法海惊觉不对，提起法力朝着许宣丹田一探，震惊道：“你的仙根……几时断了？”

许宣轻巧一笑：“我忘记告诉你了吗？仙根，被我拿来为娘子修补灵珠了……”

“糊涂！糊涂啊！如此一来，你再也回不了九重天，甚至活不过……”法海重重一叹，“就算没了魔魇，放了白夭夭又如何？生死之道，谁还能再让你们长相厮守？许宣，你到底在做什么？”

许宣神色依旧淡然：“我没想那么多，只觉得，凡间比天上好……我，只要她安好，不受伤害。”

法海心头巨震，声音中已带颤抖：“原来你那一桩桩心愿，竟是你最后能做的事了。千年前，你半步渡劫；千年后，却落到这般田地！难道不可惜吗？”

“千年又如何？我是紫宣，也是许宣，从来不曾变……”许宣渐渐虚弱，雷峰塔内传来轰隆之声，空中最后的一丝黑气也被许宣身上飘散出去的白气吞噬干净。

雷峰塔外，流光四溢的阵法，一瞬爆发。

法海看着身周忽然大亮的光彩，更为震怒，手中唤起法杖，一杖打在阵法中心。

流光渐渐向外散去。

黑暗的大地渐渐有了一丝光亮，蓦然风起，桃花林中，片片桃花飞扬。

第三十章

来生再赴

日光透过云层洒落，流光在湖面上流转，西湖之水隐隐奔腾，丰盈水面竟是慢慢消失。

小灰等人站在雷峰塔前，脸上皆是激动与欣喜。

小灰拍掌道："许大夫说得没错！桃花林开，西湖水干，白娘娘终于要出雷峰塔了！"

阿福亦是喜悦非常，却还念着正经事，忙道："别停别停！你们别光顾着开心，继续念经！"

"对对对！继续念经！"

随着众人纷纷念经，耳边竟传来一声巨响，众人兴奋睁眼，只见眼前雷峰塔开始剧烈摇晃，带起无数尘烟翻滚蔓延。

白夭夭悠悠从梦中转醒，发现眼前竟出现了模糊的景象，整个塔身都在一片黑暗中剧烈摇晃，她大喊道："这是怎么了？法海！你在吗？"

"雷峰塔已然不稳，我且以法力一挡，你千万小心。"法海顺着台阶而上，尽量以法力挥开落石，不让落石砸向两人。

"法海，若是塔倒，别管我，先逃出去……"白夭夭突然止住呼唤，只因她竟隐隐听到了耳边断断续续有许宣的声音传来——"今后……没法……娘子……安好。"

"相公！"白夭夭顿生惶然，匆匆向着四周摸索，"相公！我听到你的声音了！你也在这，对吗？"终于，在呛人的尘烟中，她摸到了一只温暖却苍老的手，十指交扣间，白夭夭不敢相信，"是……你吗？回答我啊！"

雷峰塔剧烈摇晃，不断有落石砸下，地面之上，高耸的塔尖竟然裂开一道缝隙。

一束阳光洒落，白夭夭双眼有刺目的疼痛，她却紧盯着自己方才握在手中的手，心惊道："怎会如此枯瘦苍老……"

片片桃花从塔顶的裂缝中飘入，轻轻落在白夭夭的脸上。白夭夭用手接住，不敢相信地道："相公，是你做的吗？为何我的眼睛能看到了？我不要出塔，我习惯于塔底，你别为我……"大地忽然发出震耳欲聋的嗡鸣，打断了白夭夭的声音。

她没有重见光明的喜悦，只有无限的慌乱焦急，如失足坠入万丈深渊，她深恐是他做了什么……

落石开始不断落于两人手上，白夭夭手上吃痛，血痕立现，却宁死不肯放开，那枯瘦的手却渐渐将她松开。她心中的慌乱已将她逼至疯狂，不断地刨开石块，想重新将那手抓回手里："桃花林开，西湖水干，雷峰塔倒，断桥之约，我……不负，你也不能，许宣，你的许诺，可还作数？"

随着塔顶巨石轰然落下，白夭夭再也握不住那只手。

"许宣！"

微不可闻的声音自石下传来："从今以后，你要，好好地活着。"

许宣以最后的法力，幻化出仙障，缓缓落在白夭夭身边将她罩住，漫天尘烟，铺天盖地，滚滚而来。

"白娘娘出来了！白娘娘出来了！"

小妖们激动地叫着，看着那渐息的尘烟后，现出一道踉跄的白色身影来。

他们扑上前去，白夭夭被他们撞得东倒西歪，她用手指遮挡着灿烂的阳光，看着眼前的一切渐渐变得清晰，一时脸上悲喜难辨。

而小灰却是喜不自胜："许大夫说你的眼睛能好，果真就好了！"

小鹿又问："那灵珠呢？许相公也说灵珠能好的！"

白夭夭闻言，忙伸手抚上胸口，果然……

她蓦地想起黑夜之中的那些美梦，还有那些美梦中许宣的声音。

白夭夭一把捉住小灰："相公呢？"

小灰一时支吾："许相公他……这个……"

白夭夭状似疯癫地再问："你告诉我，这些年，相公究竟做了什么？"

小灰着急地挠着耳朵："白娘娘，我也不知道啊，许相公的事，从来不许我们插手帮忙，只说是……是……危险……"

那两个字在白夭夭耳中，犹如晴天霹雳，她心中隐隐浮动着不祥的预感，跌跌撞撞地跑回废墟，徒手去挖那些巨石和尘土，待到十指指尖全是鲜血，她竟在废墟之下看到了古琴一角。

她小心翼翼地将古琴挖出，果然是当年紫宣送她的那台琴，琴弦已经被修复好，只是在琴头……

白夭夭眼前仿佛看到他用刻刀，一刀刀在这琴上留下最后的信息，耳边也传来他的声音："断桥之约，来生再赴。"

眼泪夺眶而出，铺天盖地的悲伤让她站不起身来。

远处，西湖的上空聚起雷云，轰隆的雷声震耳欲聋。

小灰他们上前扶住她，小鹿关切地劝道："白娘娘，你刚出来，需要休息……”

“放手！”白夭夭挣脱他们，“我要去断桥！相公承诺过的断桥之约，他绝不会负我！”

小妖们只得护着她，随她而去。

他们皆不知，废墟的另一面，许宣满身是血地躺在法海怀中，脸色苍白，双目紧闭，已然没了气息。

只唇边，还有那如春风般和煦的温柔笑意。

法海手掌紧握，恨不得将手中染血的佛珠嵌入掌心，神色更是痛苦不已，不住地闷声抽噎。

4

七日。

白夭夭在断桥上守了七日，一步也没有走开。

她眼看着干涸的西湖重新盈满碧色的湖水，眼看着天边云卷云舒，雨下雨歇。

短短七日，她已尝尽了世间最大的恐惧。

她不停地问着——

“相公，我守约了，可是你呢？你在哪里？所有人都对我守口如瓶，该不是……

“相公，如果是这样，我宁愿一生都活在黑暗中，至少心是明的，至少梦中还有你！

“许宣，什么断桥之约，这一次你骗了我，便是负了三界的见证。这一回，我绝不会再等你了，一天也不等了……”

白夭夭眼中再次盈满泪水，天空中叫嚣着雷鸣，穿过厚厚的云层，倾盆大雨随着她的泪水一并砸下。

白夭夭站起身来，一步一步，缓缓地走向断桥边：“今生的约定，来生莫再辜负。”

一身白衣，就这样投入沉静的湖水中。

水流带动白夭夭的衣衫轻柔飘荡，她的双眸随着缓缓下沉渐渐阖在一起，唇角渐渐浮升起一丝苍凉的笑意。

天空突然转晴，一道破云的日出直射入水底，浮动在白夭夭的身周。

而就于此时，一道身影拂开水流，来到白夭夭的身边，周身浮动着几乎透明的光晕，如同幻影。

他将白夭夭抱在怀中，带着怜惜，带着不舍，带着一段隔了太久的深沉。

5

天色晴朗，法海竹杖芒鞋，来到山巅之上。

满树的琉璃蒙尘，想是自他去后，再无人来。

法海放下竹杖，摘掉斗笠，伸手将树上的琉璃一一解下，再悉数埋在土中。

做完这些，已是汗如雨下，法海靠在树上，拿出腰间的葫芦喝了一口水，有烧灼之痕的手腕上，挂着一颗被摩挲得越发光润的碧色琉璃，在树影下反射出娇俏可爱的光芒。

法海看着那琉璃，将它解开拿在手中，凝视着它低声道："你从前问我情是什么，我以为自己很懂，现在才明白，此道之深，一生不过明悟万一。许宣去了，夭夭一人枯等。可我知道你……却是半点儿都耐不住寂寞的。小青，再等我几十年，黄泉路上，也就能如你所愿了。"

法海看着山下袅袅炊烟，排排人家，喃喃道："男耕女织也要选一处风景，小青，是喜欢依山还是傍水，这回你可得托梦于我，再不许要些不知所谓的脾气，不来见我了。"

远远望去，法海所靠的那棵树上，绿叶掩映，竟好似有一碧衫少女坐在树梢，看着远方的风景，笑意盎然。

6

风雨皆是过往，如今风光正好，春意融融。

西湖水面波光潋滟，俯瞰临安城，一切似乎不曾变过。

时光匆匆，而他们的故事，成了这里最凄美的传说。

（全文终）